有度文化

失控

裘山山 ——

著

山西出版传媒集团　北岳文艺出版社

图书在版编目（CIP）数据

失控 / 裘山山著. — 太原：北岳文艺出版社，2019.7
ISBN 978-7-5378-5918-9

Ⅰ. ①失… Ⅱ. ①裘… Ⅲ. ①中篇小说－小说集－中国－当代 ②短篇小说－小说集－中国－当代 Ⅳ. ①I247.7

中国版本图书馆CIP数据核字（2019）第095829号

失控

裘山山 / 著

出品人
续小强

选题策划
刘文飞

责任编辑
刘文飞

书籍设计
张永文

印装监制
巩璠

出版发行：山西出版传媒集团·北岳文艺出版社
地址：山西省太原市并州南路57号　邮编：030012
电话：0351-5628696（发行部）　0351-5628688（总编室）
传真：0351-5628680
网址：http://www.bywy.com　E-mail：bywycbs@163.com
经销商：新华书店
印刷装订：山西臣功印业有限公司

开本：787mm×1092mm　1/32
字数：200千字
印张：8
版次：2019年7月第1版
印次：2025年1月山西第2次印刷
书号：ISBN 978-7-5378-5918-9
定价：59.80元

本书版权为本社独家所有，未经本社同意不得转载、摘编或复制

目 录

失　控　/ 001
调整呼吸　/ 045
曹德万出门去找爱情　/ 069
卤水点豆腐　/ 093
听一位未亡人讲述　/ 133
百密一疏　/ 147
加西亚的石头　/ 171
累累的耳朵　/ 189
水天一色　/ 205
后　记　/ 245

失 控

导游顾宁

没想到出了人命!

下午都还好好的,吃晚饭时都还好好的,怎么一下子就发生这么悲摧的事?真是中头彩了,到现在我头都嗡嗡作响,估计脑血管都鼓起来了,千万别爆掉。本来今天就累得不要不要的,还雪上加霜……不行,等这个团结束了我必须休假,在家睡三天三夜,不,五天五夜,睡到整个身体的系统彻底更新为止,不然我就废了。

好好,我镇定,深呼吸,从头讲。

从哪个头呢?就从出发吧。

我们这个团是九寨沟黄龙五日游,十二个游客,一辆中巴就坐下了。我喜欢带这样的小型团,没那么操心(这下再不敢说小团不操心了)。昨天本来一切顺利,早上从成都出发,晚上就到了九寨沟。

线路?是成都—汶川—松潘—黄龙—九寨沟。别看这么多地方,全程也就是四百八十多公里。真不算什么,我跟游客们说,前往九寨沟的路很好,没什么了不起的,大概七个半小时能到。虽然路途长,但大家放松心态,别抱着会累的样子就没事儿了。沿途我们随时停车拍照,让大家玩儿得尽兴。

我们是早上八点半从成都出发的。成都到汶川全程都是高速公路，路况极好，所以我们还提前到了。参观了汶川的地震遗址纪念馆，然后就在汶川县城吃午饭。下午顺利到达黄龙。

有人说黄龙的风景不如九寨沟，其实它别有风味，不输九寨沟，黄龙主要以原始森林、高山湖泊、巨型钙化瀑布、钙化彩池等自然景观为主，还融汇了丰富的动植物资源和民族文化，景点有七绝：彩池、雪山、峡谷、森林、滩流、古寺、民俗。途中还可远观红军长征纪念碑……哦不好意思，习惯了，一讲就会这样。

黄龙的最高海拔是四千多米，不知道那位老先生出状况是不是和高海拔有关。可是另外一位比他年长的都没事。我在车上跟大家提前说了的，让大家提前做高原反应的心理准备，有西洋参什么的，就吃两粒，愿意买个小罐氧气的，也可以买两罐。整个游程三个多小时，很消耗体力，请各位根据自己的身体状况量力而行。

当然，不去景区也很可惜，迎宾池、飞瀑流辉、洗身洞、盆景池、五彩池之类就看不到了……噢不好意思，一讲又顺嘴了。

车上的几个年轻人都去了，连两个大妈都去了，可能还是女人有耐力吧。就两个老头儿，周先生和王先生没上去。周先生带着他孙女在一家茶室坐着，王老先生也过去了。周先生一直抱着小孙女，好宝贝的样子。小孙女玩儿了一会儿就在他怀里睡着了。

我走过去跟他们打了个招呼，不去看美景了吗？那个王老中医说，他膝盖不好，不能爬山；周先生说他们都这个岁数了，什么美景没看过？当时感觉一切正常，两个老头儿好像也很谈得来，像老朋友一样。

一下午都在黄龙，大概游览了四个小时，比预计时间长了半个小时，因为有两个年轻人，其实就是周老先生夫妇的孩子，他们很晚才下来。等他们俩花了差不多半小时。周先生和老伴儿都很不高兴，尤其是周大妈，冲着儿子儿媳嚷嚷说，怎么回事呀？孩子也不管，就知道自己玩儿。儿子连连说对不起，因为他们去五彩池耽误了时间。难怪！从缆车下来到五彩池还要走很远的路呢。年轻女子一言不发，走过去把小孩儿接过来抱着。

那年轻女子叫榴月，长得很漂亮，开始还有些拘谨，后来就放开了，一路上喜笑颜开的，不断拍照，买东西，什么乱七八糟的旅游纪念品都买，好像这次旅行特别开心，要么就是她很少出来，什么都觉得新鲜。

晚上七点多才到达九寨沟，因为天黑了，路上车不敢开快。吃了晚饭住进酒店快九点了。我简单交代了一下第二天的安排，让大家抓紧时间休息，自己也赶紧进房间，梳理一天的情况，又落实了第二天进沟的安排，然后想以最快的速度洗洗睡。

但是不断有事，电话微信轮番响。其中包括那个王先生夫妇的女儿，对她爹妈出来旅游很不放心，要我随时发微信汇报情况。这对老夫妻不会发微信图，我只好一路拍图发给他们的女儿。后来天黑了没再拍，她就急了。其实她父母不算年长，人家有些老人八十多了还独自出行呢。就是缺少锻炼。真的，人的很多功能不锻炼就会退化的，经常出门的老人，精神状态都不一样。

十点多好不容易洗了澡，又有个客人打电话说他电视打不开，半夜了还看什么电视嘛，再说这种事完全可以找客房嘛，什么都找我，真是无语了。有啥法，只有帮他叫客房服务。刚进浴室，微信的语音响了，我真是不想接，但语音铃一停，手机铃就响了，只好出来接。这一接，居然出了人命。

电话是208房间打来的，周先生昏倒了，不省人事。时间？大概快十一点了吧？让我看下手机，哦，接到电话是十点五十。我一边重新套上黏糊糊的脏衣服往外跑，一边打电话给120，同时还打电话给总台。等我冲进208房间时，看到周先生仰面倒在地下，身上裹着浴衣。

跪在他身边的居然是那个榴月，也穿着睡衣，面色苍白，在发抖，抖个不停，你恨不能去按住她。周先生的老伴儿瘫坐在床上，手抚胸口大喘气，好像被吓得犯心脏病了。她儿子站在她身边，两眼发直，就是他给我打的电话。

后来那个老中医来了，还好有他，我根本不敢靠近。他俯身下去查看，然后摇头晃脑，那表情，肯定是说已经死了。

全部人都不说话了。太恐怖了！看恐怖片都没那么恐怖过。我头皮一阵阵发麻，毕竟是头一回目睹死亡。榴月瘫坐在地下，要昏过去的样子，小伙子过去把她拉起来，拖到沙发上。房间本来就小，经济型酒店嘛，我觉得要憋死了，赶紧跑到走廊外面。心脏狂跳，腿发软，不知不觉就顺着墙根滑下去了，然后就看到120的医生从我的面前跑过去，进了房间。

后来听医生说，他是哮喘发作，引起呼吸道严重痉挛，没有及时喷药，不，好像是喷药过量，导致中枢神经麻痹，最后心脏衰竭。通俗地说，他是憋死了。

唉，真是"活久见"，倒霉，太倒霉了。虽然是病故，不是事故，可是这个团算是泡汤了。都怪我出门之前忘了看黄历。不过就算是看了黄历不宜出行也得出行呀，我哪有资格随心所欲？出行是饭碗，必须出行，我的工作在路上。

请原谅我话多，实在是吓得不轻。那一晚基本没睡，迷糊了一会儿天就亮了。原以为接下来处理后事就行了。我留下，让旅行社再派个导游来把其他游客带走，继续后面的行程。

可是一早你们警察就来了，搞了半天是周先生的女儿昨天夜里报了案，不让动她父亲。听说她正在赶过来的路上，怀疑父亲是非正常死亡，要求调查。她说哮喘已经是父亲的老毛病了，他早已应对自如，不应该活活被憋死。一定有人为因素。

又惊到我了。人为因素？是有人故意害他吗？怎么可能？他明明是在自己房间倒下的，身边除了家人，没有陌生人。

好吧。既然要调查，我只好配合喽。

不过，细细一想，也确实有疑点。或者说有很多奇怪的地方，我是说这家人，周老先生这一家人。虽然就一天时间，我已经发现了很多奇怪的地方，把我的八卦心都给激发出来了，如果再多游一天，我就会发现问题。肯定的。

特别是昨天下午大家在车上等那两个年轻人的时候，我看到周先生和老伴儿的神色都有些异常，隐隐约约就闻到了一种不一样的气息，真的。我向来敏感，每次参加饭局，坐下一会儿就能判断出这一桌哪两个人关系暧昧。

嗯，就说说我发现的奇怪之处吧，简单一句话，他们老夫妻不像老夫妻，小夫妻不像小夫妻，连那个三岁的孩子也奇怪，我从来没听见他叫过爷爷奶奶，除了妈妈他谁也不喊。那个年轻男人也从来不管孩子，根本不像个当爹的，只顾自己玩儿，一下车就冲下去拍照，而且只拍风景，很少给家里人拍。我当时还想，要是我老公这个德行，立马拜拜。

一直到下午游黄龙景区，那对小夫妻才开始在一起玩儿，起初都不怎么说话，各自坐在单人座上。照理说这一家出游，那个年轻男人应该是主心骨才是，照顾爹妈和老婆。但在我看来，那个老头儿周先生才是主心骨，一会儿抱孩子，一会儿给两个女人买水喝。我做导游五年，见识过形形色色的游客，奇怪的也没少见，但一家人都很奇怪的还是头一回遇见。

对了，最初报团的时候也有点儿怪。我听同事说，是那个年轻女人来报的，就是榴月。他们一家人参团，老两口和小两口，外带一个三岁的孩子。缴费的时候却主动提出按六个人缴费。因为那个榴月说，他们需要三个标间。同事觉得奇怪，孩子不可能自己住呀。她解释说周先生打呼很厉害，需要和老伴儿分开住。原来如此，显然他们不缺钱，我们当然巴不得了。随她的便了。所以我们这个团说是十二个人，实际上只有十个半人，车子很宽松。刚开始榴月和小伙子都各自坐在单人座上，后来两个人跑到最后一排去挨着坐了。

榴月一见面就说，他们家三间房子一定要挨着，这个可以理解。我不理解的是她说这话的神情，在强调必须挨着的时候，语调里流露出很心虚的样子，好像她提了一个不合理的要求。其实她不说我也会把他们一家安排在相邻的房间呀，她专门强调了，反倒让人起疑心。

刚才忽然听到个八卦，又把我惊到了，他们说榴月才是周先生的妻子，那个所谓的"老伴儿"是周先生的姐姐。是真的吗？

哇，我是说怎么那么奇怪，原来如此啊。这下，那些奇怪的事情就可以解释了。哇哇，这么奇葩的事怎么让我给遇到了。真是中彩。对不起对不起，我实在是控记不住我记几（控制不住我自己）。

如果是这样，你们应该重点询问那个榴月，她的疑点最大了。既然他们是夫妻，为什么出事的时候她没和周先生在一起？有人看到她穿着睡衣从外跑回自己房间的；而且她一直在发抖，一直在哭，还说对不起谁。我没听清。

难道是她有外遇了？把那个老头给气死了？对了，我还听那个姓方的大妈说，她当时到处找不到那个急救药，她还说那个药老头儿是随身带着的，难道是榴月故意把药藏起来了？

哈，我是不是唠过界了？好，不瞎猜了。我知道的就是这么多。这是我的名片，你们如果以后想参团旅游就找我，一定给最优惠的价。你们的家人也可以。

哎，你们是不是也应该给我一张名片啊，然后说，想起什么再给我打电话。美剧里就是这样的，对不对？

游客王老中医

是哪个的嘴那么快，跟你们说我和周老板聊过天的？

当然也没必要隐瞒，聊个天很正常嘛，一个团旅游，两个老男人，肯定谈得拢嘛。

我愿意来讲情况，尽一个公民的义务，如果能帮你们查清案子，当然好。不过你们最好不要写我的名字，我不想让人家晓得是我说的，尤其不想让周老板的家人晓得是我说的。另外，我也不想让人家晓得我出来旅游了。为啥子？你不管嘛，反正请你们保密。

不是我冲壳子（川话，吹牛之意），我从一大早上车起，就感觉到他们这家人不正常。我虽然看不来面相，算不来命，但毕竟行医多年，看脸色还是有得问题的。

我看到他们老两口坐在一起，不像老两口，彼此很客气。哪像我和我家老妮儿（川话，老太婆），一哈儿互相照顾，一哈儿互相抱怨。那小两口呢，更奇怪，各坐各的，一开始话都不说，好像怄了气出来的。反正旅途无聊，我就一直在观察他们。要是让我把个脉，手一搭上去，八九不离十。我是中医世家哦。

中间到景点停车的时候，那个小伙子每次都是第一个跳下车，跑得飞快，也不管老婆娃娃，自己就去放水（解手），然后到处拍照。那个年轻女子很漂亮，看上去最多三十，身材保持得像个女学生，眼神也有点儿怯生生的，好像没见过啥子世面。她穿了件翠绿色的短褂子，下面是深色裙子，多有气质的，一个人慢慢往景区走，就像一棵树在动一样。嘿嘿，我还是会形容哇？

那个老头儿经常不下车，好像对啥子风景都没兴趣，靠在位置上打瞌睡。就是参观汶川地震遗址的时候他进去看了看,他还给我说地震那年他捐了一卡车矿泉水、一卡车食品,还有毛毯啥子东西,总之是献了爱心的。但是他家老妮儿每次都要下车,而且经常是最后一个上车,慢条斯理的。总之,一家人都很奇怪。

对了,中午吃饭的时候,我还发现一个奇怪的地方,那个年轻女子先给娃娃喂,小伙子就只顾自己闷头吃,完全不管。后来,还是老头儿把娃娃抱过来,让年轻妈妈吃饭。老公不管,婆婆也不管,反倒是公公管,是不是好笑?和普通人家完全不同。

我越看越觉得有名堂,就给我们那口子说,我敢肯定那对年轻人不是夫妻,我从没见过这样的夫妻。我们家老妮儿说,也可能是那小伙子还没长醒,不懂事。我说,一看就是三十的人了,还没长醒?不会哦。我行医三十多年,啥子人没见过,看一眼就能判断个八九不离十,他就是不像丈夫,更不像爹。

比如你,警察同志,肯定不是四川人,对不对?我一听就听出来了,你那个四川话,是外地人学的四川话。你是河北的?我感觉你也不是河北的。承德?承德不是河北,承德当然不是河北……手机号是河北移动也不能代表什么嘛。你晓得不,民国的时候,承德是绥远的,绥远是东北的,那时候不是叫东三省,是叫东五省……

好好,我不扯了,接着刚才的说。

吃过午饭离开汶川上路后,情况开始起变化了,两个年轻人突然坐到一起去了,跑到最后一排,开始摆龙门阵了,男娃娃不停地说这说那,女娃娃不停地笑,两个人叽叽喳喳的,很开心的样子。不过我还是认为他们不是夫妻,因为他们那种开心,感觉像是刚认识的新朋友那种,古人说过"乐莫乐兮新相知"。老熟人不是那种开心法。

但是那两个老的还是一直焖起。

到了川主寺,周老头儿就说,他不进景区游玩,就在原地喝茶歇脚。我一听正好,我也不想去,毕竟七十多的人,坐几个小时车就够累的了。于是我们两个,不,是我们三个,还有那个三岁的小丫头,就找了家茶馆坐下喝茶。我们家老妮儿和他家老妮儿都上去了。

说老实话,我根本不想出来旅游,有啥子可游的?就是我们家老妮儿,非要出来不可。她说她那些同学一天都在晒照片,去这儿旅游了,到那儿旅游了。她就口水滴答地羡慕人家。我跟她说,旅游有啥子意思嘛,不就是从自己待厌烦的地方跑到人家待厌烦的地方去看稀奇吗?我又没在成都待烦,不想出去。她说天天在家憋着,太无聊,想去看春天的美景。我说你想看春天美景还不简单,直接去府南河边看就可以了,河边公园要水有水要草有草,要树有树要花有花,非要出远门干什么?别处的花也是那样开,树也是那样长。何必麻烦嘛。加上一出门就有很多不安全因素,没看到新闻上经常有大巴翻车吗?她就骂我乌鸦嘴。

你看嘛,还被我说到了嘛,果然就遇到事情了嘛。本来在家安安生生的,多好,为了跑这一趟,我的诊所还要关一星期。我的诊所火爆得很,每天从早到晚有人,好多人慕名而来。我还骗人家说家里有急事,需要停业一周。唉,真是不上算。

本来我们家老妮儿一直安安心心在家的,都是那个啥子朋友圈儿把她给诱惑了。我就不搞那个东西,有啥子意思嘛。她那天报了团回来,高兴得不得了,说是现在有规定,参加九寨沟旅游团,年龄限制在七十五岁以下,我刚好够格,报到名了。好像捡了多大一个便宜。我还有四个月才满七十五。冇法,我犟不过她,毕竟人家多年轻的时候就跟我了,我那个时候落魄,快四十了都没对象,出身不好嘛。她是二十出头的黄花大姑娘,嫁给了我,虽然现在也是五十多的老太婆了,但我还是亏欠过她嘛。这几年我每天坐诊,她在家带孙儿,的确辛苦。好嘛,我就带她出来耍一盘嘛。哪晓得……

所以我早就说了,老头娶小的风险很大,又费马达又费电。那个吴昌硕那么牛,娶了一个小妻,还不是跑了。吴昌硕还多幽默的,说我情深,她一往……

好好,我接着说正事。

我跟那个老头儿坐下来喝茶,几分钟就搞清楚了他的状况,原来他是个大老板,他给了我一张名片,我一看到那个企业的名字吓了一大跳,太有名了,我都买过他家产品。简直看不出来他是那么大个老板,穿的比我还朴素,肚子也没有鼓起,脸上也没有油光光的。我虽然没表现出来,还是吓了一大跳。

他听说我是老中医,对我也很客气,马上咨询了一些身体情况。他说他有哮喘,很多年了,必须随身带药,是原来下乡当知青的时候得的。我马上答应,回去就给他开一个方子,虽然不能根治,但可以缓解很多。我们中医讲究的是调理……

我还跟他说,年轻的时候病是敌人,入侵到你身体里欺负你,很快就被兵强马壮的你给打跑了。年老的时候病成了朋友,登堂入室后就不走了。这种时候,你只有心平气和地与它共处,一起走完人生的最后阶段。

他很欣赏我的说法,说我很有哲理。

那是,我们中医就是讲究辩证法。我还跟他说,人上了七十,就不能不考虑剩下的路了。像我,早就准备好跑路了。他问我是不是写好了遗嘱。我说不是的,遗嘱归遗嘱,我是为了断自己做好了准备。他有点儿吃惊。我说我的原则是,活要活得开心,死要死得痛快。如果哪天我得了重症,不可逆转,我绝对不会毫无尊严地延长生命,立马自我了断。他问我咋个自我了断。我说我有药,备好了的,到时候"嘎嘣"一下就了断。他问我啥子药,我说这个不能分享,不然我成杀人犯了,而且我不会等到连吃药的能力都没有了才了断,我肯定要提前了断,求个好死。

他朝我举了个大拇指，表示很赞成。反正我们两个聊得很投机。

后来我们又彼此报了下年龄，搞了半天他比我小七岁。我还以为他也上七十了，结果他才六十七，他有点儿显老，可能做生意太辛苦了，太熬心血了。不管你好有钱，身体都是一样的，都是经不起熬的。英雄都气短，何况老英雄？

不晓得咋个就聊到了老婆。我跟他说，我老婆比我小二十（其实是小十八，中国人都喜欢四舍五入嘛），所以她还敢上去游览，我不敢上去。这里海拔还是有点儿高。可能我说这个话的时候有点儿骄傲，男人嘛，娶个年轻老婆肯定还是有点儿骄傲的。他一下就笑起来了，确实笑得很突然。他说他老婆比他小四十，所以更没问题了。我又吓了一大跳，虽然之前一直疑心，听他说出来还是吓了一大跳。他吓了我两大跳，第一大跳是那张名片。

我就忍不住问他，那，那两位是你的……？他知道我问的是哪两位，回答说，他们是我姐姐和我外甥。哦，是这样。我心里面想，好奇怪的组合，不是一般的奇怪。

周老板看出我的奇怪了，假装没看出来。大家都是这个年龄了，啥子情况都能应对，不想解释就不解释。但是他还是开始给我摆龙门阵了，讲起他是咋个娶到那个美女的，绘声绘色，简直像茶馆里说书的一样，多好听的。说到底，就是因为他有钱。有钱人的生活，我们简直不能想象。有一回有个有钱人在我那儿看病，说自从他养的锦鲤死了后他就一直不好，股市也亏，心慌气短，晚上失眠，只好下决心再去买两条。我想买个金鱼还要下决心吗？就问他好多钱一条，他说五万一条！我的个乖乖，五万，两条十万！我们老妮儿让我给她买个一万的手镯我都没舍得，真是人比人气死人呀。那个病人走了以后，我马上拿卡给老妮儿说，去买手镯吧，手镯永远不会死。

好好，我接着说。

反正周老板摆起他娶小老婆的时候，是有点儿得意的，他娶那个美女的时候，他已经五十九了，美女刚刚二十。他说他们差四十，果然也是四舍五入了。

这么一说我明白了，他怀里的那个小丫头是他的，是他和那个年轻姑娘的。他说这是他们第二个了。老大已经上小学了，所以没有带出来。我心想，看不出，还凶（川话，厉害之意）嘛，居然生了两个。

但是我看他现在不行了，看气色就晓得，已经在走下坡路了，而且走得很快。一个强人，最终打垮他的只有身体。身体一垮，咋个都骄傲不起来了，真的，打垮一个强人的只有他自己。

我没想到他会把这些秘密都告诉我，可能他觉得我们都是老牛吃嫩草，有共同语言，容易理解。其实我们完全不同，我娶老婆的时候四十岁，也还是青壮年嘛，而且是初婚嘛，他肯定是第二道了。他才是老牛吃嫩草。我不算。

好好，不说这个。

周老板开始讲的时候还是比较得意的，不知道为啥子，讲到后来脸上就有愁云了。他可能没察觉，我一眼看出来了。他说他和我一样，对旅游没兴趣，生意都忙不过来，社会活动都参加不完，哪有闲心旅游嘛。但是不知道咋回事，这一年多榴月天天要求出门旅游，他没办法，才答应出来的。

我点头表示理解，我说周老板，我跟你完全一样，我也不想出门。按我们传统医学来讲，老人宜静不宜动。在家千日好，出门一日难嘛。

周老板说，我倒是经常出差的，但是……唉。这一年多身体也不如从前了。你要是一年前见到我，肯定觉得我精神得很。这一年我变化很大。王医生，是不是人的身体下滑也是有个节点？到了某个节点就会刹不住车？

我连忙安慰他说不会的，你就是太累了，需要调理。我们毕竟是六七十岁的人了,不能和年轻的时候比,身体各个零件都老化了,磨损了。等回到成都了你来找我,我专门为你配个方子,帮你调理一下,等于是在各个零件点点儿油,虽然恢复不到从前,但还是可以经用一些嘛。他还多高兴的,说这次出门还是有收获,认识了我这个老中医。

哪晓得。他认识我晚喽。

昨天夜里?昨天夜里是这样的,我们老两口本来早早就上床休息了,后来我听到走廊上有动静,感觉不寻常,就起来开门去看,一打开门,看到导游小顾正往208房间跑,我想是不是有人生病了。当医生的嘛,还是有职业敏感的,我就跟着跑过去了。

等我进到房间的时候,周老板已经不出气了。

唉,下午都还好好的,咋个说没了就没了呢?我虽然行医几十年,也有点儿看不懂。听说他从发病到咽气,时间很短,就是半个多小时。也好,没受啥子罪,还是比较符合我说的那种痛快了断。

不过他倒是痛快了,他家人很痛苦,我看到那个年轻女娃子脸色苍白,一下就瘫倒地下了。他老姐姐坐在一边摸到胸口掉眼泪,眼里有很多怨气,我看出来了。

人世间的事,有时候真是太奇怪了,见怪还是要怪。

游客方女士

虽然不是我报的案,但我也赞成查一下老周的死因。在这个问题上,我站在他女儿一边。老周他得哮喘又不是一两天了,怎么可能被这个病害死?这里面有个很大的疑团,需要解开。

我到现在还有点儿回不过神来,怎么会发生这样的事?我也是年过半百经历过不少事情的人了,一直都很淡定的。我相信凡事皆有因缘，可是这件事情的因缘很不明了，让我无法勘破。仅用人生无常来解释，是解释不通的。

一个好端端的人，说没就没了，一个成功的企业家，一个常人眼里的大款，一个可以让很多人依靠的墙，突然就坍塌了，化成尘土了。虽然我知道，无论是谁最终都要化作尘土，但总得有个前因后果吧。

当然，出了这样的事，我也没必要隐瞒了。我承认，我和周德伦不是夫妻，那个榴月才是他妻子。我是周德伦叫来给他打掩护的，周德伦出了我们的所有费用。

我和他是什么关系？算姐弟吧，他叫我方姐。其实我比他还小个半岁吧，但是公司里的人都叫我方姐，他也这么叫，估计很多人都不知道我的真名字了。

我真名方素荷，素雅的荷花，父母大概是这么期待我的吧，因为生在七月。现在自然是干荷了。那个年轻小伙子是我儿子，专门请假陪我出来玩儿的。我没有告诉他我是来帮周德伦打掩护的，如果说了，他肯定不来。这个月我正好过生日，他问我要什么礼物，我说你从来没陪你妈玩儿过，陪我玩儿几天就算给我的生日礼物了。儿子很孝顺，答应了。到了旅游团我才告诉他实情，他很不高兴，可是来都来了。再加上他也知道那个周德伦对我们母子很好，小时候他一直叫他舅舅的，但是这个舅舅娶了个他的同龄人，还是让他别扭。

起初他和榴月各坐各的位置，也不怎么说话，可是，年轻人毕竟是年轻人，慢慢就熟悉了，熟悉之后马上就谈笑风生了，还窃窃私语，这个我也没想到。我儿子也是男人，男人都好色，对吧？虽然榴月论辈分是我儿子的舅妈，但毕竟年轻，又那么漂亮，那么有魅力，这也是没办法的事。榴月跟我儿子在一起也很开心，这应该是人的本能吧，谁都懂得起的。

老周娶榴月的时候，榴月刚二十，他已经五十九了。这么大的差距,肯定是走到哪儿都会引来惊诧的目光(当然也包括羡慕或者鄙夷的目光)。老周虽然有勇气娶小妻,却不愿意承受各种目光,所以平日里很少和榴月一起出门。

今年春节吃年夜饭的时候,榴月忽然当着一家人的面哭起来了。我猜测是咏梅,就是老周的大女儿,刺儿了她,她说"你是不是生怕我和爸的距离还不够大"?那天榴月穿了一件无袖的棉旗袍,外面披了一件狐狸皮的短大衣,还梳了一个很高的发髻,显得特别妖娆。咏梅本身就反对她父亲这桩婚事,加上在相貌上又比较自卑,她长得像她爸,不怎么好看,相比之下榴月太过出众了。榴月当时没说什么,后来不知怎么就掉起眼泪了。

我当时也在场,每年团年,老周都会订一个二十人的大桌子,把全家人,七七八八的,都叫来。吃了饭还每人一个红包。他喜欢那种场面。大家也乐得又吃又拿。

我看老周拍了拍榴月,没说什么。榴月也很快收声了。她本来就是个好脾气的女孩儿。后来他就跑来跟我商量了。他说榴月听说咏梅他们要出国旅游,很羡慕,也想出去玩儿。他还说这些年确实憋屈了榴月,想满足她一回。

他来找我商量,要我帮忙,让我带着儿子一起去,这样在外人看来,我们四个人就是两对夫妻,显得比较正常。他说你来帮我打个掩护吧。只有你能帮我。我实在是厌烦了人家总把榴月当我女儿,把我女儿当孙女。我一面笑他竟想出这样的主意,一面还是答应了。

从人的本性来讲,每个人都是以自我为中心的。一天二十四小时至少二十小时会想到自己。只是有的人在为自己着想的同时,努力替他人着想,否则就于心不安;而有的人不但自己替自己着想,还要所有的人都替他着想,否则就怨气冲天。这可能就是利他和利己的区别吧。

老周这个人属于前者,比较替别人着想。我也可以算前者,所以肯定会帮他忙的。这么多年了，他一直对我很关照，待我不薄。人应该懂得感恩，否则连动物都不如。生活需要一颗感恩的心来创造，也需要一颗感恩的心去滋养……再说这事我若不帮他，他还真找不到合适的人。

我当即说没问题。不就是玩儿吗，免费旅游，还能帮上你，有什么不好？而且我还鼓励他说，你早就应该出去走走了，不要总忙生意，生意哪有个完？要学会享受生活，看看路边的风景，听听自己的心声。我们总在一个既定的轨道里生活，让惯性裹挟着走，久而久之，都忘记了生活本来的样子。

好好，我说实在的。

我和他是二十年的朋友了，开始是他的下属，在公司做办公室主任，后来就成了朋友。我还帮他管过孩子。他经常说，你就像我的姐姐。我儿子研究生毕业，也是他推荐进了一家投资公司的，还送了一个超大的就业红包。他还说结婚的时候要送更大的。老实说，我真没什么可报答他的。他什么都不需要，应有尽有。不只是物质上应有尽有，精神上也很强大，公司里遇到任何麻烦，大家觉得只要告诉他就OK。包括我个人有什么困难，也常常是他帮我搞定的。我看书上说，有哮喘或者呼吸障碍性疾病的患者，心理容易脆弱。但他不一样。我很佩服他。

不过我还是想告诉你们，在外人面前，在社会上，他始终是个强人，像广告里说的，一切尽在掌握。自己的公司越做越大，几年前上市，稳稳地往前走。他在社会上的形象也很好，做慈善，参加公益，还是市里的政协委员。在江湖上也讲义气，很有人缘儿。家里的事，感觉他也都能摆平。摆平什么？唉，就是那种清官难断的家务事嘛。

但只有我知道，他经常疲惫不堪、心力交瘁。虽然他娶了榴月，但榴月在他心里始终是个孩子，不是妻子。他是榴月的人生导师，他在榴月面前从来不诉苦，不发牢骚，不示弱。他只有在我面前是最放松的，最不在意形象的。

我不会开导人，没有学过心理学，大学里是学企业管理的，但是我喜欢看杂书，心态也还算平和。他特别愿意到我这儿来，隔个十天半月来一次吧，到我家把外套一脱，往沙发上一靠，就开始打瞌睡，好像全身都放松了，天塌地陷都不管了。我呢，就在一边儿看书，等他醒了，给他做一碗他最喜欢的西红柿鸡蛋面。他总是说我的西红柿鸡蛋面比任何饭馆的都好吃。吃了面，有时候他什么都不说就走了，有时候他会唠叨一下最近的烦心事，我就是听着，偶尔谈点儿我的看法。说不定他一边唠叨一边就理顺自己思路了。

总之，我那个家是他歇息的港湾，我也挺乐意为他提供这么一个放松的场所。人生在世，没有哪个人的生活是容易的，哪怕是所谓的强者，也需要理解和包容，需要体谅……

你觉得我们不只是姐弟关系？我觉得吧，这个事已经没必要追究了。男人嘛，还是希望娶个年轻的，一来年轻的养眼，二来男人还是自私的，希望老了以后年轻妻子可以照顾自己，其实不然……

好好，我是想尽可能把我知道的事情告诉你们。

八年前榴月到公司来时，老周还让我带了一段时间。他这人就有这本事，做什么事都给人感觉是正确的。因为他的关系，榴月也叫我方姐。我带她熟悉城市生活，买衣服，打理头发，还教她穿着，还带她去学了一段时间瑜伽。虽然他当时给她安排的职位是我的助理，实际上我成了她的助理。他们成家后，我又教她洗衣服，熨衣服，叠衣服，用吸尘器，整理房间，反正就是学习家政吧。就是没学厨艺，老周一直有个固定厨师。

哦，又说跑了，不好意思。我接着前面说。

榴月来和我商量，多订一个房间。晚上我带小丫头睡，儿子自己睡，他们俩一个房间。我觉得这方案很可行，同意了。反正就四个晚上，我管孩子没问题。

但是真的一起出来了，还是觉得有点儿别扭。儿子别扭，榴月别扭，我别扭，他也别扭，我看出来了，他情绪不高。我的别扭可以忽略不计，这么大年龄了，无所谓。本来我就是带着一颗脱俗的心出门的，只想喝一杯尘世的茶。那两个年轻人的别扭，也很快就被荷尔蒙给溶解了，只有老周一直别着，而且越来越僵硬，尤其是下午两个年轻人坐到了一起，聊天聊得很开心，他的脸色更不好看了，我完全能看出来。我想他的心情一定很复杂。

说起来，老周真是一个情种，我说这话没有贬损他的意思，就是陈述一个事实。他的感情生活开始得很早，九岁时就喜欢上了他们班上一个女孩儿，天天在街角等女孩儿一起上学。考试得了一百分，妈妈奖励他两毛钱买糖，他马上分一半给那个女孩儿，只为了牵一下女孩儿的手。可是到五六年级，女孩儿进入尴尬期，成了黄毛丫头一个，不好看了，他马上就冷落人家了。

后来下乡当知青，他爱上了宣传队里的"李铁梅"，死追不放。他在外貌上一点儿优势没有，个子也不高，年轻的时候就不帅。但他很有才，能说会写，情书尤其写得好，在知青里也算个小才子。"李铁梅"就动心了。"李玉和"知道了倒是没说什么，"李奶奶"坚决不干。我这话你们肯定听不懂吧？五十岁以下的人都听不懂。简单地说，就是那个女孩儿的爸爸没意见，女孩儿的奶奶不干，奶奶嫌他就是个知青，前途未定。他们李家，好歹也是个商贾之家。

但是周德伦是个不达目的不罢休的人，回城后接着追，最终和"李铁梅"结婚了。为这个，他很是风光了一阵。因为年轻的时候"李铁梅"确实漂亮。我见过照片，真的是清纯动人。后来呢，他下海挣钱，发达了，自己办企业很成功，成了有钱人，就和"李铁梅"离婚了。

其实离婚的时候他很纠结，毕竟他跟"李铁梅"是患难夫妻，不想抛弃她。但是他当时管不住自己，跟公司的会计好上了，公司会计威胁他说，不娶她的话，就把他公司的事全部抖搂出去。他想来想去，觉得两个女人比起来，还是"李铁梅"好降服一些。他就和"李铁梅"推心置腹地谈了一次，时间长达五个小时。他说咱俩是自己人，好商量，我觉得眼下这个情况，无论对你还是对我，都是离婚比较好。第一，你这个人有洁癖，即使不离婚，你以后也不会再碰我了，那不是守活寡？第二，离婚的话，你可以拿走一半财产，我心里也平衡一些。你现在刚四十，有这个经济基础完全可以再婚。何必跟我一起糟蹋了下半辈子呢？至于女儿，让她跟你，保证她的生活没有太大变化。

"李铁梅"觉得他说得句句在理，就答应了。周德伦就是个特别能说的人，一套一套的，死人都能被他说活。一个人要是能说会道，成功的概率就很高。真的，好像是哪个哲学家说的，任何人只要具有辩才，能把他荒诞不经的假设说得天花乱坠，就一定能取胜。当然，他也爱看书，聪明，什么都懂点儿，下乡前是石室中学的，挺会读书。他说话算话，把"李铁梅"母女俩完全安置好了才离婚的。

可是后来很不好，两败俱伤。"李铁梅"虽然会唱《红灯记》，却是个很内向的人，离婚后一直郁郁寡欢，也没再嫁。几年后女儿考进大学去北京读书，她孤孤单单的，心情更不好，五十多岁就去世了。周德伦说他这辈子最对不起的人就是她，但是他自己那几年也很糟，娶了会计后，一天安生日子没过，成天吵架。会计倒是给他生了个儿子，但她就是个好吃懒做的女人，还花钱如流水。老周一直忍着她，等儿子一考进重点高中，他就把她休了。这一次他完全掌握了主动权，因为会计早就不是会计了，早就是全职太太了。当然，他还是给了她房子和钱，把她安顿好。生命很贵，生活很累。

后来他有点儿惧怕婚姻了。曾经有几年和一个女人同居，不愿意结婚。那个女人很能干，是公司里负责市场销售的。但是太强势了，还总喜欢在外人面前指点他。他受不了，又分手了。分手后也把那女人安排得妥妥的。他就是这么个人。

现在过年的时候，他除了把女儿女婿叫上，还会把会计和小儿子叫上，也把那个市场部经理叫上，把我叫上，好像他有三房四妾似的。榴月对此一点儿不吃醋。这个女孩儿就是这点好，也许人家是大智若愚吧，心里明白她在老周心里的地位，乐得做个贤惠的妻子。

所以我说，老周给人的感觉，就是能把一切搞定。这次出游，他也是很有把握的样子，却没想到出了问题。

我好后悔，我不该答应出来，不该答应帮他打掩护。如果我阻拦他，让他老老实实在家，就不会出这个事。唉，风起于青蘋之末啊。谁能遇见会发生这样的事？

其实下午在车上，我看儿子跟榴月谈笑风生的，看老周老板紧抿着嘴，法令纹一直拉到下巴尖，我就有点儿担心，我还悄悄发了信息给儿子，委婉地提醒了一句：要照顾好你舅妈，你舅舅年纪大了。我想用舅妈和舅舅这两个称谓来提醒他，他和她不是平辈关系。儿子却没心没肺地回了我一个 OK。后来他俩很晚才下山登车，我有意黑着脸训斥了儿子，然后又故作轻松地跟老周说了句，真是孩子。

我是想让老周不要太介意，年轻人贪玩儿嘛。

晚上到达宾馆后，我就带着小丫头在我房间里，给她洗澡，哄她睡觉。我那天也挺累的，毕竟坐了一天的车，洗了躺在床上准备休息。可是电话忽然响了。大概十点多。十点多少？我没看表，应该是十点四十吧。

我接起来，只听到喘气声，我马上明白是老周犯病了，连忙冲过去，就在隔壁房间，门没关，我一推就开了，进去就看见他一个人倒在地下，榴月不在。老实说，如果我当时马上能找到万托林，是可以救他的，他揪着胸口，呼哧呼哧的。但是我找不到药，我在床头柜和他衣服口袋里都没找到,以前他习惯在睡觉前放一支在床头柜上。我俯下身问他药在哪儿,他就说了两个字,榴月。我也不明白什么意思,急得使劲儿喊榴月,过一会儿榴月跑进来了,手上拿着万托林,扑上去对着他的嘴就揿,连续揿了好几下,我一下子想起不能过量,过量很危险,但是已经晚了……到最后也不晓得是药喷得太晚,还是太多,反正,他就是过去了,眼睁睁地在我们面前断了气……

我不知道他们夫妻间到底发生了什么,我不能乱猜测,但肯定是发生了什么。我只能说我看到的。当时榴月确实不在老周身边,她跑进来的时候穿着睡裙,很慌张……

我现在就是希望查清楚,他身边为什么没有那个药,就是那个可以救他命的万托林,医学名字叫硫酸沙丁胺醇喷剂。沙丁胺醇,沙子的沙,甲乙丙丁的丁,胺是月字旁一个安全的安,醇是醇厚的醇,左边酉右边享。他用这个药二十多年了,不要说出来旅游,就是出门散步都要带着,他办公室的抽屉里也随时放着,我家也有,总之他常去的地方都有。

他虽然心理强大,唯独在呼吸这个事儿上很谨慎。有次他去参加一个重要会议,到了地点忽然发现裤兜里没有沙丁胺醇,立即连路都不敢走了,生怕步行导致呼吸急促,诱发呼吸道痉挛。就坐在大厅里,让服务员去街上药店买,等服务员买到一瓶沙丁胺醇,他才坐电梯上楼开会。对这事儿那么谨慎的人,怎么会不带药?除非是有人把他的药藏起来了。

我俯下身去的时候,他最后跟我说的就是"榴月"两个字,我听得很清楚,但我不明白是什么意思,榴月怎么了?

我不愿意相信是榴月害他,榴月为什么要害他?没道理。凡事都有因果,老周走了对她有什么好处?我知道老周早就留了遗嘱,财产五个人平分,四个孩子再加上榴月。老周不走,钱财都是榴月的,所以榴月不可能谋财害命。

但是我还是觉得必须查清楚，且不说他大女儿要追究，我也想追究。不然老周死得太冤，我也跟着冤，毕竟是我陪他出来的。

好吧，我就说这么多吧。我说的都是真实的。虽然我没有抚摸《圣经》发誓，我也保证都是真实的。

妻子榴月

我对不起大叔……对不起……好，我尽量克制……

我一直叫他大叔，一开始这么叫，后来就改不了口了。他说那就这么叫吧。结婚以后，我在公共场合叫他德伦，在家还是叫大叔。大叔是我的恩人，是我们全家的恩人。他一直对我很好，我也想对他好，想报答他。其实我一直对他挺好的，可是我也不知道怎么了，这次出来惹他生气了……

都是我不好，吵着要出来旅游，如果不出来就不会出事了。我后悔死了，真的后悔死了。是我害死了他，我对不起他……

……对不起，我太难受了。

那年我考上了省城的影视学院，我想当主持人。大家都说我声音好听，样子也适合，是大眼睛、小瓜子脸，只要垫一下鼻子就可以了。虽然我成绩不是太好，但那年还是上了二本的分数线。

上高中的时候，爸妈就给我办了一张卡，每年往里打一点钱，让我上大学用。可是等到通知书来了，卡里的钱还是不够学费，只有两千多一点儿。后来我手机上收到一条短信，说国家要资助贫困生，每个贫困生两千。我太高兴了，打电话过去问，对方说是真的，让我到银行的柜员机去操作，我就按他说的操作，没想到被骗了，不但一分没得到，我卡里的两千也没了，再打电话去，电话变成了空号。我当时太绝望了，真不想活了，恨不能立即被车撞死。

还好遇到了姑妈，姑妈在县城打工，把我拉到她家去了。姑妈家里也困难，找不出那么多钱给我。但是她说，她听说可以找人资助上大学，毕业了再挣钱还。姑父说，他也看到报纸上登了这个新闻的，一对一资助寒门学子。他们就帮我打电话去报名，报社说太晚了，前面报的人都已经结对了。姑妈就把我受骗的事告诉了报社，报社那个人很同情，就说他再试试。没想到过了两天报社真的来电话了，说经过他们协调，有个公司老总表示他还可以资助，让我赶快去成都面谈。

我跟着姑妈到了成都，在报社见到了他们公司的办公室主任，就是方姐。方姐说他们公司有专门的资助寒门学子的基金，每年都要资助几个高考成绩不错但是家庭困难的学生，今年公司已经资助了五位。前两天报社来电话询问，说又有个报名的，是否还可以资助，还讲了我的学费被骗的事。他们老板就说，那就增加一个吧，于是派方姐来谈，方姐说我运气好。

方姐代表他们公司跟我签了协议。协议的大概意思就是，公司给我每学年资助学费一万，四年四万。如果成绩优异考研了，还会继续资助。但如果挂科了不能按时毕业，就要偿还所资助的款项，但不需要利息。

我太高兴了，真像做梦一样。一方面觉得解决了学费，一方面也觉得自己有了动力。我暗暗下决心一定要好好学习，一定要有出息，让爸妈放心，让奶奶放心；而且我还想过，一万块的学费我省着用，还可以给爸爸买点儿补品。我真的好激动，太激动了。

后来，方姐就带我去公司见了周老板。他看上去特别亲切，像个大叔一样，我脱口就喊了声大叔，眼泪哗啦啦地流下来了，怎么都止不住。方姐让我叫他周总，他说不用不用，叫大叔挺好的。

在公司吃午饭的时候，他问我，你的理想是什么？我回答说，读完大学，找一份工作，最好是当主持人。多挣钱，给爸爸看病，把奶奶从乡下接出来，资助弟弟上大学。他点头说，你是个好孩子。然后又问，你觉得要多少年能实现这个理想。我默默算了一下，大学四年是清楚的，但是工作多少年才能挣到钱我就不清楚了。于是我说，可能要十年吧，说不定还不止十年。

我忽然感觉很无望，眼泪又涌出来。他安慰了我几句，说不要泄气，只要努力总会有希望的。大概就是这个意思，然后我就回家了，我想在开学前去看看奶奶。

我从小就是奶奶带大的，爸妈一直在外面打工，我和弟弟都是跟着奶奶长大的。上高中后我爸妈才让我到县城住，也是住校，没和他们在一起。我奶奶就一个人在家。本来爸妈收入还可以，但是两年前爸爸病了，是尿毒症，花了好多钱也没看好。所以等我考上大学的时候，家里不但没有钱，还欠了债。大叔如果不资助我，我只有放弃上大学，外出打工了。真的，我奶奶总说，我能遇到大叔，是前世修来的福分。奶奶烧香拜佛的时候，经常也给大叔拜。

本来我去看了奶奶，就准备开学的。可是开学前一个星期，方姐打电话给我，让我去公司，说大叔要见我。我去了，大叔单独请我吃饭，吃西餐，他还教我怎么用刀叉。他说，上次你跟我谈了你的理想，我很感动，一直记在心里。现在我有个建议，可以帮助你提前实现你的理想。

我很惊讶，不知道是什么建议。他说，你就不要去读大学了，你那个专业，老实说，能学到什么？就是毕业了也不一定能找到好工作，更不要说当主持人了。不如直接到我们公司来吧，先做见习生，一个月五千，转正了，就一个月一万，怎么样。

我吓了一跳，这样的话，我一年可以挣十几万了。我爸妈两个人加起来，一年才挣十万。

大叔看我不说话，又说，你先尝试一年，一边工作，一边学习，就在办公室跟方姐做一些接待工作。你想学普通话，我找人教你。你想学形体，我也可以给你报学习班。另外我给你开书单，每个月读五到十本书。我敢肯定，四年下来你会超过你那些同学的。如果一年以后你还是想上大学，那你再去。

我内心非常纠结，放弃上大学可不是小事。我就跟家人商量，爸妈都觉得是天上掉馅饼儿了，奶奶也说我遇到贵人了，他们说我读了大学出来也找不到那么高工资的单位。是的，大叔说好多大学生想进他们公司都进不去。最后促使我下决心的，是大叔无意中的一句话，他说，到时候给你单独一间屋子。

一间屋子！我从小到大没有过自己的房间，小时候跟奶奶、弟弟挤在一间屋里，高中住校和八个同学一间寝室。听说上大学也是好多人一个房间。我好想有自己的房间啊。

就这样，我放弃了上大学，进他们公司了。

进公司以后，大叔也没给我安排什么工作，只是让方姐带着我到处学习，参加这个班那个班，她还教我好多事情，包括家务事。但是每天必须读两个小时的书，上午一小时，下午一小时，都是大叔开的书单。他有空的时候，还亲自给我讲他的读书体会，辅导我，我感觉他什么都懂，特别有学问。那一年我感觉过得特别充实，也特别开心，天天学习，还可以挣钱。

一年后我满二十岁了。生日的时候，大叔又请我吃饭，他说这一年我表现很好，要奖励我。可是我心情不好，因为父亲没有及时透析病情加重了。吃饭的时候大叔问我怎么不开心，我鼻子一酸眼泪就下来了，我也不知道为什么，在他面前很爱哭。

大叔听我说了原委后沉默了很长时间，我心里忐忑不安，心想他会不会批评我不够坚强。因为他给我讲过海伦·凯勒的《假如给我三天光明》，叫我向她学习。

他递了一张纸巾让我擦眼泪，过了一会儿说，我很同情你的遭遇，可我现在也只能像对待公司员工那样，给你一点儿困难补贴。这个解决不了大问题。但是，他顿了一下说，如果你成了我的家人，就不一样了。我马上可以帮你父亲做换肾手术。

成为家人是什么意思？认我做干女儿吗？我无法相信。

大叔直接就说：你愿意嫁给我吗？

我惊呆了。虽然大叔一直对我很好，我也从来没往这方面想过。当然，我有时候也会想，他为什么对我那么好，我为什么那么好运气。

大叔说，你不用马上回答，好好考虑一下。你也可以选择离开，去上大学，我依然会支付学费。你也可以选择留下，开始新生活。

我说，可不可以先去读大学，然后再……再成家？

大叔说，你觉得你父亲还能等那么久吗？

我去跟方姐商量。方姐说，大叔离异五年了，本来打算再也不成家了，很多人给他介绍他都回绝了，其中也有年轻的。看来是你让他动心了。她又说跟了大叔，你肯定一辈子衣食无忧，而且大叔还不是个粗俗的人。当然，他的缺点就是年龄大了些。你自己权衡吧。

我想年龄不是大了些，是大很多很多啊，他比我父亲都大十几岁。可是……可是……我承认，这一年多在公司的日子，对我来说太有诱惑了，我再也不想回到从前了。他给我的那么多诱惑，足以抵消四十岁，应该说抵消了还有富余。何况，父亲他，在医院等着救治。

两天后我给大叔发了条短信，三个字：我愿意。

大叔回了一个字：好。

结婚以后，大叔说到做到，花了几十万为我父亲做了换肾手术。虽然我父亲没能彻底康复，但还是多活了七年，直到去年才去世。他也把我奶奶接来和我们同住了,奶奶后来不习惯,又回乡下去了,我现在每月给她寄钱。父亲去世后,母亲和我们住在一起,帮我带孩子。大叔几年前就给母亲一次性缴纳了三十年的社保,还投了医保。这样母亲五十岁以后就可以领社保费了,她觉得很踏实。我弟弟前年也考上大学了,是大叔出的学费。大叔真的是改变了我们全家的命运。

我自己,也没什么可遗憾的,年龄差异大不算什么,大叔对我特别好,比爸妈对我都好,只要我想要的他都给我。有时候我都没想到,他也会主动给我。虽然我没去做主持人,还是按自己的愿望去把鼻子垫高了,大家都说我更漂亮了。大叔经常说,你可以尽情享受生活,这是上天赐给你的。当然不光是物质上的,他也经常给我讲书,增加我的知识面。第二年我们就有了一个儿子。他对儿子那种好,真是少见,那么忙,只要回到家就会抱着儿子给他读古诗,讲童话。

如果要说不习惯的,就是他的规矩特别多,刚开始我经常忘,就会被他批评,吃饭、睡觉、走路、说话,都有规矩。比如刷牙,必须一天三次,竖着刷;比如吃饭,各坐各的位置,不能乱坐;比如他去上班,我要送到门口,帮他递上手提包;我外出回家,要大声打招呼"我回来了",出门要说"我走了,晚上见"。还有,睡觉前要默想三分钟,今天做了什么,明天要做什么。还有,每周一要列长清单,本周必须完成的事情。去超市之前也要列清单。我的写着1、2、3、4、5的清单抽屉里有一大摞,他有时候会检查。

刚开始别扭,后来就习惯了。他吃饭很挑剔,每次我把饭菜摆好,他坐下来会先把所有饭菜看一遍,然后指出问题,比如搭配不当,或者买了过季的菜。其实菜不是我烧的,但他会批评我没安排好。如果菜品都满意,他也会发现问题,比如汤勺没拿,或者骨碟没摆。总之,他肯定能找出问题,他是个很挑剔的人,但吃完后他会说谢谢。

对了,连我的电脑手机下载哪些软件,都要经他同意。他会时不时地检查。我看的美剧、韩剧，他也会检查，虽然他没时间看，但是他会先去查内容简介，有些他说不适合我看，我就不看。

读书方面管得更紧，一直在监督我，他说不能因为我放弃上大学，就变成一个没文化的人。结婚前是一个月五本，后来一个月两本，有了孩子后一个月一本，到了月底必须讲给他听，如果没读完，或者读了以后什么都说不出来，就要被他批评。我不愿意被他批评，我希望他对我满意。所以我很认真，慢慢地也养成看书的习惯了。

书的内容吗？什么都有，文史哲的比较多，但我更喜欢看文学方面的，传记呀，散文呀，我都喜欢。另外，经济方面和心理学方面的也看，当然是比较浅显的。我感觉这些年我还真的长了不少知识，有一次回县城参加同学会，同学们都说我不一样了。我要是不多读书，跟大叔聊天就像傻子一样。不过我还是赶不上他。

我真的很佩服大叔，他什么都懂。有一次我们儿子在看《上下五千年》，他说这样的书就不要看了。要证明文明的存在必须有三大不可缺少的要素——文字、城市、青铜器。现在对夏朝的考古过程中，这三样丝毫未见，所以世界历史学界不承认中国有夏朝的存在，只承认殷商的存在。如果从殷商算起，中国有明确的纪年史，到今天为止只有两千五百八十六年。而古埃及文明，有明确的纪年史都在四千年以上，古埃及二十二个王朝结束时，中国才进入春秋战国。你们看中国史从殷商开始就可以了。真是好厉害。

好，我接着说这次的事。

原本我和他感情很好的，结婚八年了我们没吵过架。他样样都顺着我，我没理由吵架。再吵架就太不懂事了。但我就是觉得生活很沉闷，原来孩子小还好，顾不上瞎想。现在孩子读书了，上幼儿园了，我经常一个人在家。虽然可以去美容院，去游泳，去练瑜伽，去买东西，或者在网上看美剧看韩剧，但还是觉得闷。

从去年开始,我萌生了出门旅游的念头。古人说读万卷书行万里路,这说明行走的重要性不亚于读书。可能比读书更重要。你看中国历史上那些了不起的大家,都是到处走的。孔子、老子、孟子,还有李白、杜甫、苏东坡,还有徐霞客、李时珍,都是一辈子在路上的。西方有个哲学家说过,你想拥有知识就需要产生观念,你想产生观念就需要获得印象,而印象就来自于你的所见所闻所感,也就是说,必须亲身经历才行。

以前我也起过出去玩儿的念头,他说没时间我就算了,这次不知为什么,起了念头就压不下去。我反复跟他提,还把刚才的那段话也讲给他听了,他总是不吭声。后来他说,你实在想出去走,就跟方姐去旅游一次吧。我不干,我要和他一起去,跟他一起才好玩儿。他什么都懂,什么都可以讲给我听。一家人在一起才有意思。我们结婚的时候就没有蜜月旅行,我要他弥补我。

他说其实那些山水风光,电视片里都有,甚至比游客看到的还精彩,因为人家拍摄者都是跟踪拍摄了好几年的。他给我看那些美国国家地理拍的纪录片。的确很精彩,但是我看了就更想出门了。我都那么大了,马上就三十岁了,连成都都没离开过,连四川都没离开过。我想去北京、上海、深圳、杭州,我想去新疆、西藏、东北,我想去看海爬山,反正我想到更大的天地里去看看。不然我总觉得人生不完整。

今年春节吃团年饭的时候,他的大女儿咏梅说,他们报了一个去日本的旅游团,准备三月份去日本看樱花。咏梅说的时候特别得意,我忽然难过地哭起来了。她平时喜欢刺儿我,我不在乎,可是听到他们要去看樱花,我好嫉妒。为什么我不能像他们那样,想去哪儿就去哪儿,为什么我只能在家里待着。虽然我知道自己不该当着大家的面流眼泪,好像大叔对我不好似的,但我就是忍不住。大叔曾经跟我说,人要知足,人不可能什么都得到,没有谁的人生是圆满的。可是我并没有什么都得到啊,我只是想出去玩儿一次。

那天晚上回家后,大叔终于跟我说,好吧,我带你出去玩儿一次。但是,他说,我有三个要求:第一,选一个短行程,三五天即可;第二,报一个小团,条件好点儿的;第三,让方姐和我们一起去。

我太高兴了。只要他同意,什么条件我都答应。我想只要这次成功了,就可以有第二次第三次,去远一点的地方,去国外。

我马上上网找,找到了这个团。既然他说三五天,我就按最长的五天报了一个团。儿子因为在读书不能去,跟我妈在家。我们就带着小女儿,加上方姐和他儿子。其实我明白他叫方姐的意思,就是想模糊一下大家的视线,不要让大家看出来我们是老夫少妻。我当然赞同,我也不想人家认为我傍大款。所以一上车,方姐就和大叔坐在了一起。

我原来就认识小健,就是方姐的儿子,但是不熟悉,就是吃团年饭的时候打过招呼。所以感觉和他坐一起不自在,就选了一个单座的位置坐下,他就坐在我后面了。我戴着耳机听书,是大叔让我听的《钱文忠讲佛》。小健一直在低头玩儿手机。

吃午饭的时候,我忍不住瞥了一眼小健的手机,屏幕上花花绿绿的,还发出各种声音。我很好奇,就问他是什么,他说是手游。我问什么是手游。他说就是手机上的游戏,他玩儿的是最简单的,《天天爱消除》。他就打给我看,我一下子被吸引住了。我从来没玩儿过游戏,大叔说玩儿游戏是浪费生命。可是游戏居然那么好玩儿,太好玩儿了,那些小宠物真好看,一下消掉了好爽好爽。

小健说好玩儿的游戏很多,这不算什么。于是再上车,我就跟他跑到最后一排去坐了。他给我看了他手机上的各种游戏。有些比较复杂,我就想玩儿那个《天天爱消除》。小健就说帮我下载。我犹豫了一下,就让他下了。我想等旅游回去就删了,大叔不会知道的。小健教我怎么玩儿,还帮我注册了用户名,我说叫红石榴吧,他说太土,我说那叫五月石榴红，我是农历五月生的。小健还是说土，像大妈的网名，他想了一下，给我取了一个"豆豆超爱吃"。豆豆是我女儿的名字。哈，真好玩儿。过了一会儿，他又给我看抖音。那些搞笑视频真把我笑坏了，太好玩儿了。于是他又帮我下载了抖音，也注册了用户名，还是"豆豆超爱吃"。他说到了九寨沟我可以拍有意思的东西上传到抖音上。我没想到手机有这么多好玩儿的东西，我只会用手机听书，或者购物。

后来我们在车上一直在聊这些，没说其他的。真的，就是在聊游戏。他在教我，我在学。那时候我突然觉得自己太老土了，虽然和小健一样都是九〇后，我们俩却好像隔代似的。真的是舅妈和外甥。我一下感觉自己有点儿委屈。不过就一点点。

我们下山晚，就是因为想拍几段有意思的视频发到抖音，一直走，就走到人比较少的五彩池去了，在那儿拍了一段视频发到了抖音上，是我的首发。呵呵。那天玩儿得特别开心，可是下山后我看大叔和方姐都很不高兴，只好忍住。

吃晚饭的时候，我问大叔是不是有点儿累。他嗯了一声，然后说，你不能总让方姐管孩子。我说知道了，我就把女儿抱过来喂饭。后来我看他跟那个老中医说说笑笑的，放心了。我先吃完，就抱着女儿坐上车，又玩儿了一会儿。

晚上到了酒店，我本来已经进房间了，忽然想起我的背囊还在小健那儿，下车的时候是他帮我拿的。不知道为什么，我不敢跟大叔说我要去小健房间拿东西，我感觉大叔不乐意我跟他在一起。我就撒了个谎，我从来没对他撒过谎，这是第一次，没想到就闯祸了。我跟他说我要去买包卫生巾，感觉生理期要提前了。我当时想我快去快回，应该没事的。

到了小健房间，我先问他那个游戏的三十二关怎么老是过不去。

他就帮我通关，一通通了好几关，最高分都上一百万了，还得了好几样道具。我一开心就忘了时间，不知道为什么跟小健在一起时间过得好快。结果大叔打电话问我怎么还不回去，虽然语气和平时一样，但我听得出，他有点儿不高兴了，我连忙跑回房间。

一进房间，我看见大叔穿着浴袍在看电视，他只说了句快去洗澡吧。我洗了澡出来他还是好好的，在看一个讲历史的纪录片，他喜欢看纪录片。我就上床和他一起看，但心里还在想那个游戏，很想再玩儿一会儿，又不敢。他问我刚才去哪儿了。我这才想起我既没买卫生巾，也忘了把背囊拿回来，真是昏头了。

我支支吾吾的，说商店关门了。他肯定知道我撒谎，他一眼就能看穿我。但他没说什么，忽然就开始，就开始……这个也要讲吗？

是，是。之后就出事了。

好吧。他就开始亲吻我。我挺吃惊的，从三年前女儿出生后，我们就很少有夫妻生活了。偶尔有，他也大不如以前了。主要是，他很容易犯喘。我听着难受，也害怕。那天他一抱住我，我就听到他的呼吸声里有哮鸣音，我就说你今天有点儿累，能行吗？他不吭声。我虽然不太情愿，还是顺着他……我一直都顺着他。

可是，他呼哧得厉害了，还咳嗽起来，好像要犯病的样子。我说还是算了吧。他喘得更厉害了，呼噜呼噜的，但依然趴在我身上，很沉很沉，我就用力推他，然后爬到床头柜去够那个药，就是万托林。我说不行不行，你发病了，得赶紧喷一下。他一下子就火了，突然起身朝我大吼：发病发病，你不愿意就算了，不要推到我身上！他从来没对我发过火，我觉得很委屈，就顶了一句，我以前从来没顶过他，我说我还不是为你好，这里是山沟，万一你哮喘……

他上前一把夺过我手里的药，狠狠地说了句，死了拉倒！就把药使劲儿往地下一摔。真的，就是那样。我吓坏了，扑过去捡那个药，药滚到电视柜下面去了,我知道他不能没那个药。他过来拽我,我就往后顶了一下,他一下就倒地了。我不是有意的。我捡起万托林,发现他倒在地上脸色发青,吓得连忙冲着他嘴巴揿,却发现喷嘴被摔坏了,怎么都揿不出来。

我一下子脑袋发蒙,忽然想起背囊里还有一瓶备用的,连忙冲出去到小健的房间拿背囊,我真的是去找药的,我使劲儿敲门,按门铃,小健在冲澡,所以好一会儿才开。他一听不好,拿起背囊和我一起跑回房间。

我们进房间时,大叔还倒在地下,脸色更青了,嘴巴紧闭,方姐在他旁边,可能是大叔给她打电话了。方姐见到我就喊,万托林,万托林在哪儿?我什么也顾不上说,打开药掰开大叔的嘴就往里喷,喷了几下没动静,我又喷,还是没动静,又喷……

这个时候我听到方姐说,不能再喷了不能再喷了!我也突然想起,大叔原来跟我说过,他心律不齐,喷万托林不能超过七下。

后来,后来那个中医来了,说他已经不行了……

都怪我,我好后悔。我一直都顺着他的,从来不顶撞他。我也不知道为什么那天晚上会那样,着魔了,该死的游戏,我不应该碰那个游戏的,我不该跟小健一起玩儿……不,我就不该出来旅游……我该老老实实待在家里……我把一切都毁了……是第一颗纽扣就扣错了……大叔说,第一颗扣子很重要。

现在怎么办,怎么办啊?我们的儿子女儿都还那么小……我一个人真的不知道该怎么养大他们……最重要的是,大叔对我那么好,我原来说过要为他养老送终的,没想到他这么突然就走了……

方姐说他到最后都在喊我的名字,方姐还说她当时要是能找到药就可以救他。可是,那个万托林的喷嘴真的是摔坏的,不是我弄坏的,无论如何,我也不会故意害大叔啊!

我说的都是真的，不信你们问大叔……大叔要是还在就好了，他会证明我说的都是真的，他会相信我的……

死者周德伦

当人们对死者有愧时，总会说，啊，愿他的在天之灵宽恕我们。或者，他的在天之灵会感到欣慰的。其实，所谓死者的在天之灵并不是死者的，都是生者的主观臆想。

不过，我的在天之灵，听到了你们各自对事件的描述。

好吧，我承认你们说的都是真实的，没有人说谎。

不过，人们在讲述某件事情的时候，虽然说的都是真实的，却并不是全部的真实。而没有说出的那部分真实，也许才是影响判断的重要部分。所以，我得说出他们没有说出的那部分真实，这样你们才能做出准确的判断。当然，你们听不见，听不见我也要说。我若不说，这个事件始终不是完整的。

为了有条理，我还是按一辈子的习惯，列个清单吧。来一个一二三四五，上山打老虎。呵呵。

一、关于婚姻。

我这辈子，一直活得顺风顺水，应该算是运气大学的优等生。

作为一个生于二十世纪五十年代初的人，我小时候饿过肚子，长大了下过乡，还在街道工厂干过。应该说该吃的苦都吃了，但都没白吃。这个很重要，有很多人吃苦都白吃了。比如小时候饿肚子，没饿到皮包骨头的地步，最严重的时候就是饿得睡不着；我下乡的时间长度，也刚好是我能够忍耐的长度，四年，再待下去不知道会做什么蠢事。进城后被安排在街道工厂，当了四年小工，就很幸运遇到了改革开放。我在第一波浪潮里就畅游起来，承包了工厂，挖到了第一桶金。然后在而立之年，娶到了我追了很久的美女，有了一个女儿。

这三个四年，让我从十八岁进入了而立之年。步伐很匀称。

接下来，我的生意顺风顺水，很快成为先富起来的那部分。但是，步伐开始乱了，女儿上初中那年，我和老婆离了婚。老婆是我的知青战友，而且是我追了很久才到手的。在我最初承包工厂的时候，没有老婆做坚强后盾，我根本干不下来，她甚至从娘家借钱帮我，创业不顺利那段时间，她每天背着孩子去工厂给我送饭。我们可谓是患难夫妻。如果说老婆做错了什么，那就是完全没了自己，把全部时间、精力、情感都花在了我和孩子身上，四十出头就像个大妈了。但即使如此，离婚也是我的错，是我没良心。

我之所以那么没良心的离婚，是跟公司会计搅上了，这里只能用"搅"这个字眼儿。有一次酒后我没把握好自己，闯了祸，让会计有了孩子，因此不得不娶她。会计比我小十几岁，婚后半年就为我生了个儿子。我原本该暗暗高兴的，因为我正想要儿子，可是发妻的不幸成了我的心病。

我不愿意称她为前妻，我愿意称她为发妻。我这辈子帮过很多人，很多人说我对他们有恩，但唯独对不起发妻。其实我是个心肠软的男人。据说心肠软的男人都好色。偏偏发妻是那种不会撒泼哭闹只会生闷气的女人，眼泪和悲伤积攒在她体内，身体眼看着就垮了。虽然我在经济上尽量补偿她和女儿，差不多给了她一半财产——当然那也是她应得的，我们一起创业起家的，但发妻依然在我离婚后的第六个年头罹患重病。那时女儿已经去北京读大学了，她独自在家。

我很愧疚，一趟趟地跑医院。尽管她不愿见我，女儿也不愿见我，我还是大把花钱，给她用最好的药，请最好的专家。但是半年后，发妻去世了。好在，因为我的诚意，女儿总算原谅了我。

这边发妻刚去世,那边会计就后院起火。也许她不满意我对发妻太好,冷落了她,也许她原本就是水性杨花,她跟别人好上了。其实我早就对她不满了,好吃懒做,花钱如流水,如果她不乱来,我也就忍着养她一辈子了,为了儿子嘛。可是她居然还乱来,我就犯不着再忍了。儿子考上高中后,我断然休了她。当然损失了不少钱财。

所以,我在运气大学里唯一挂科的,是婚姻。

二、关于方姐和老中医

第二次婚姻失败后,我不想再结婚了,反正我已有一儿一女,也算齐全了。我是真的怕了,这婚姻太难弄。可我毕竟是个男人,所以身边一直有女人。

其中的方姐应该是相处最好的,我和她在一起很轻松。其实,我得说实话,我和会计还没离婚时就和方姐在一起了,我们的关系最持久,因为维系我们的不只是性,她应该算我的红颜知己吧。

虽然方姐从没开口跟我提过婚姻的事,但我是认真考虑过的,我默默地考虑,又默默地否决。她差不多和我同龄,有一个十多岁的儿子,我感觉和她结婚,会让家庭情况变得更复杂。当然我还得再说一句实话,方姐不够年轻,也是个重要原因。我总希望找一个年轻的,在我年迈时能在身边照顾我,我不希望老了以后两个老家伙互相可怜,你耳聋我眼花。但是,这些年我才想明白,我的想法是愚蠢的。

好在方姐这个人,是个性格特别好的女人,什么都看得开,也真的像个姐,能包容我。我和她不再是情人关系后,她依然在公司里工作,心平气和的。我压力大、心情不好的时候,就喜欢去她那儿坐坐,她总是能让我恢复平静。有时候我也不喜欢她教导我,但这世上只有她可以教导我。

她这么明事理,我只会对她更好。

这次出门旅游,没有她的支持我是不会出来的,她答应了,我心里才踏实。虽然最终出了问题,但责任不在她,完全不在。

至于那位王老先生,他说得都对。他真的是个老江湖,如果我活着回到成都,也许真的会去他那里开个药方试试。当然,这要看我能不能忍受他的话痨,他的话实在是太多了。我们刚聊了半小时,他差不多就把自己的全部身世都告诉我了,顺带还灌输了一大堆他的人生哲学。有一点我倒是很赞成,就是不要活到没有尊严的程度,差不多了就自己了断。

不过,说时容易做时难。

不知道为什么,我会把我和榴月的婚姻告诉他。是不是人一离开自己熟悉的环境,就会和平日里不一样?变成另一个自己?打开盒子,把另一个自己放出来?不过当我看到他眼睛鼓圆了时,感觉自己能把这么一个老江湖给惊到,还是有点儿小小的得意。

现在想来,我之所以会跟王老先生聊自己和榴月的婚姻,是不是潜意识里已经有了一种隐隐的危机感?上路后,我眼看着榴月从拘谨到活泛再到开心,笑容和在家里都不一样了。照理说,我应该感到高兴才是,当然我也高兴,可是担忧多于高兴。在那种心境下,我跟王老头儿说榴月是我老婆,或许是一种宣示主权的意思吧。

可是,宣示了,依然没有守住。

三、关于榴月。

我是在五十八岁那年遇见榴月的。在此之前,我已经过了几年老男人的独居日子了,榴月结束了这一切。我曾经看到杨振宁博士说过一句话,他说翁帆是上天给他的最后的礼物,我当即心有戚戚焉,特别能体会他说的这句话,因为榴月也是上天给我的礼物。我为此特别感谢老天爷。

榴月第一次打动我,并不是因为漂亮,而是她的眼神,那种怯生生的被伤害了的样子,真让我心疼不已。她告诉我,她仅有的一点钱被骗走了，交不起学费；还告诉我因为父亲生病，家里欠了不少债；又告诉我，她的理想是把奶奶接到城里来过好日子。她说的这些加上她的眼泪，在那一刻彻底降服了我，我真希望马上成为她的保护神，守护她一辈子。

我努力克制自己，才没有当场把她搂进怀里给她擦去眼泪。

当然，榴月还是好看的，尤其眼睛好看，乌黑清亮，很动人。我忽然觉得她和我的发妻很像，发妻年轻的时候也是那样，大眼睛扑闪扑闪的，让人忍不住想陷进去。

我想想自己经历中的几个女人，都有各种不如意，我忽然觉得，不如我自己培养一个妻子，培养一个我心目中完美的妻子，让她陪我走完后半生。于是我把榴月放在身边，让她跟着我在公司学习，我还让方姐带她，点拨她，穿衣打扮，说话谈吐。但是我一直没有去碰她，对她就是长辈和老板的态度，只是默默关心。

一年后她满二十岁了，城里的生活让她出落得更美丽了，淳朴还在，但增加了优雅和书卷气。于是我认真跟她谈了一次，是去上大学，还是和我结婚？若结婚，就继续过这样的生活，并且实现她的理想，给父亲看病，接奶奶进城；若去上大学，那么，就自己去闯吧。

我没想到，她提出读完大学再结婚。真是个单纯的孩子，世上哪有十全十美的好事。她若去上大学，一定会在大学里谈恋爱，而且不止一次地谈，等到毕业的时候，绝不可能还是今天这个让我心动的女孩儿了。我不能冒这个险。人是经不住考验的。但我只是问了一句，你的父亲能等那么久吗？这句话把她给问住了。

我不算乘人之危吧，我是让她自己选择的。我只是给了她一次选择的机会。她没怎么犹豫，就选择了后者。或许从另一个角度说，我应该算雪里送炭。

我也认真地替她的将来考虑过。

我们差四十岁，我肯定不能陪她走完一生，除非有意外。那么，如果我七十走，她才三十，完全可以再嫁，就算我八十走，她也才四十，再嫁也没问题。至于两个孩子，我都会安排好的。而我，因为有了她，余生会多么美妙。我奋斗了几十年，不就是想过一种美妙的生活吗？

为了让榴月按我的意愿成长，我很是费了些心思，这样说吧，我差不多成了榴月的人生编剧，她的每一个动作每一句台词都被我写好了。我无法容忍她随意改变台词或者增加戏份。每当她要争辩时，我都会拿出强有力的话来说服他，让她心服口服。说真的，我特别喜欢看她无比崇拜地看着我的样子。

方姐说，我是个能掌控一切的人。其实这只是我的愿望，我希望能掌控一切。从前面的几十年看，应该是做到了。却不料，大厦在一瞬间崩塌。

我以为我给了榴月整个世界，榴月却说她的人生是不完整的。

我很失败。

四、关于这次旅行

榴月第一次跟我说想出门旅行时，我根本没当回事，没过脑子就否了她。后来她又说了两次，我还是很轻松就否了她。我脑子里有一大堆说辞，可以随时打消她的各种念头。

后来她居然搬出西方哲学家来说服我，我知道那话是休谟说的，关于你要产生知识就必须去亲历的那段话，那些书都是我让她读的，武装了她。但是我还是可以反驳她，我说平常的生活也是一种亲历，只要你善于体会，你从买菜、做饭、购物、打扫卫生中，也可以获得知识。我知道我是强词夺理，还是把她说哑了。

就这样从春天到夏天，又到秋天，又到冬天。今年过年的时候，她居然在吃年夜饭的时候哭起来了，说自己结婚八年了没出过门，蜜月旅行没有，一家出行也没有，就像笼中小鸟。

我最见不得她哭，她一定知道这一点。每当她眼泪汪汪时，我的角色就瞬间从丈夫转换到了父亲，我答应这个春天一定带她出门玩儿一次，她怕我反悔，马上就上网查旅游团。我跟她说有三个条件，她说无论几个条件都可以，只要我带她出门。她就像为了得到一件玩具的孩子，愿意写很多作业。

我不愿意和她一起出门，原因很简单。我们毕竟差四十岁，巨大的差距让我窘迫。虽然我说杨振宁娶小妻时说的话让我心有戚戚焉，但我毕竟不是杨振宁，我是个凡人，没那样的气魄。刚结婚时我还精气神儿十足，随便人家怎么看我我都无所谓，有时还故意在人多的地方让儿子叫我爸爸。现在年龄越来越大，不知怎么回事，反而没有那么理直气壮了。

那个老中医说得对，让一个人无法再骄傲的只有他的身体。我们的精神是靠肉体支撑着的，肉体松懈时，精神很难再饱满。

我下决心出来旅游，是想说话算话，结婚时我说过要给榴月全世界，怎么可能连一个旅游都不给她？可是一旦出门，一旦走出我自己营造的王国，我便忐忑不安，有了一种把控不住的恐慌。我意识到自己正在制造一个糟糕的结局。

尤其是下午，我看到榴月和小健坐到了一起，头挨头地窃窃私语时，真的心如刀绞。我从来没有过这样的体会，我一直以为心如刀绞都是女人家的感受，男人不该如此。但我的确心如刀绞。

他们坐在后面，我不便回头去看。但是，那个词叫什么，如芒在背。虽然我知道他们两个不会做什么出格的事，且不说小健是我的晚辈，就是榴月，我对她还是有基本信任的。无论是在我跟前，还是不在我跟前，我相信他们不会出格，聊的无非是年轻人热衷的话题。榴月从来没和同龄人在一起玩儿过，突然和同龄人在一起的那种感觉，肯定让她特别开心。我在忐忑不安的同时也感到内疚，我占有了榴月的青春岁月，也包括占有了她与同龄人一起成长的机会。

于是我一再对自己说，你要为自己的选择承担后果。这个选择包括当初娶她为妻和这次答应她出来。我努力淡定，做出若无其事的样子。毕竟这一生我也经历不少要死要活的事，都挺住了。

可我怎么也没想到我非但没有控制住，反而还往最坏的结果上推了一把。你们肯定知道那个阿拉伯寓言吧，压垮骆驼的，是最后一根稻草。那么，压垮我的最后一根稻草是什么？

五、关于最后一根稻草

似乎是王老中医那句话。

下午到了川主寺，我就不想再动了，找了个茶铺坐下。刚点上烟吸了一口，就看到我们车上另一个老男人走过来了，感觉比我还年长，一问果然比我年长七岁，是个老中医。

我们俩就坐下来聊天，在烟雾缭绕中交换了彼此的经历。原来他的老婆也比他小二十岁，但到了今天，他们的差异已不那么明显了。然后我们谈到了生死，他跟我说，他已经做好了自行了断的准备，好像是准备了某种毒药。

我很受震动。虽然我也考虑过身后事，但我考虑最多的是财产分配问题，害怕引发家庭矛盾，我从来没替自己想过，怎么结束才不受罪。这么一想，我忽然有种担忧，怕自己不得好死。他还开玩笑说，英雄气短，何况是老英雄。他说的时候可能没想到，我就得了这么个气短的病啊。心情顿时郁闷。

不，不是他的话，生死人人都要面对。应该是方姐的那句话。

当下午榴月和小健最后才从景区出来时，我真的是努力克制着怒火。我觉得榴月出格了，虽然我知道他们不会做什么，但在我看来这就是出格：竟然和丈夫以外的男人单独在一起那么长时间，而且那么开心，我看到她的眼睛发亮，那种克制不住的快乐是我以前没见到过的。

我用了很大的毅力，才做到一言不发。

偏偏这个时候方姐说了一句话，本来她说那句话是为了劝解我不要生气的，她看出我在生气。她笑着说了句，真是孩子。

这句话对我来说好比伤口撒盐，孩子，他们是孩子，榴月是孩子。我的危机意识空前浓厚，好比在紧闭门窗的屋里烧了火炉，一氧化碳让我中毒了。我甚至不知道该怎么平复情绪。以前我郁闷的时候，总是到方姐那儿去排遣，去吐槽，现在，最后一个出气口也堵上了，因为方姐认为我没必要生气，他们在一起说说笑笑是很正常的，他们是孩子。

不，不，也不是方姐那句话。外人说什么我都可以忽略，只要榴月依然在我身边，依恋我，我就不在乎。

可是……

当我们回到房间，我心里盘算着怎么和榴月度过一个良宵，以弥合白天发生的缝隙时，榴月却显得心神不宁，借口要买卫生巾跑了出去，而且一出去半天不回来。我知道她去找小健了，我忍无可忍叫她回来，她还是心神不宁，并且对我的要求很抗拒。她嘴上没说什么，身体的抗拒非常明显。这让我终于有了失控的感觉。

人一旦失去掌控，那种无助、愤怒、焦虑、抑郁的情绪，就会迅速反过来掌控人。我被我的情绪掌控了。我开始感到气短。

其实在榴月离开的时候，我已经预先喷过药了，揿了两下万托林。但不知是药没憋住还是怎么的，我再次感到憋气，我很想拿过药来再揿两下。但我克制着没那么做，我知道我若在她面前喷药，便会给她更多拒绝我的理由。我还是继续亲吻她，坦率地说，我并不是想要寻求快感，我只是想找回"她是我的"那种感觉，只有那样，我的呼吸才会顺畅。可是，她竟然推开了我，从来没有发生过的事，她竟然推开了我。

我终于控制不住愤怒了。王小波早说过，人的一切痛苦，本质上都是对自己无能的愤怒。的确如此，我无能，我愤怒，我朝她大吼。她忽然回嘴说，我还不是为你好，这里是山沟，万一你……

对，就是这句，这句话突破了我最后的防线。不，还不是这句话本身，而是她说这句话的眼神。那眼神犹如千军万马，突破了我的最后防线。我清楚地在那眼神里看到了怜悯、轻蔑和不耐烦，而在此之前，她看我的眼神永远是敬畏、感恩和服从。

也许从今以后，她看我的眼神就是如此了，怜悯、轻蔑、不耐烦，而且随着我的衰老日益加剧。难道我耗费心血财力这么多年，就只能得到这么一个结局吗？我无法忍受。

我失控了。终于。

一瞬间，窒息感进入频发状态，我大口大口地又是毫无用处地喘息着，空气并没能送入我的肺部，我在濒临窒息中抢过她手中的万托林猛然摔到地下，我用力将自己推向了最坏的结局。我倒地后，看到榴月拼命去捡，捡起来后朝我喷，但喷不出来，她迅即跑出房间。

我不知道她是去叫人还是去买药，我只感到呼吸道痉挛已全面爆发，我努力挣扎着坐起来，拨通了方姐的电话。当方姐进来，满屋子找药时，我知道自己没救了。那时，我真希望榴月在身边，好歹，也算是为我送终了。

讲述到此，不知你们是否已经明白：

压垮我的最后一根稻草，应该是我自己。

调整呼吸

1

她一上来就说，我好心好意的。

她说的时候，嘴巴向前努起，有些委屈的样子。

我好心好意地让她加入我们，好心好意地想跟她沟通一下。我哪晓得会发生这样的事。霉哟！

我感觉我必须和她沟通了，沟通是很重要的，你晓得嘛？有一篇文章专门谈沟通，说得太好了，我还在朋友圈转发了的，人与人之间……

别扯那些没用的！身边一老头儿吼了她一句：直接说事！

她不满地瞥他一眼：是警察让我从头说的嘛，你又不是警察……不行不行，我要调整下呼吸，心里面太乱了，太乱了。

说罢她闭上眼，就好像身边没人，深吸一口气，然后慢慢吐出，再吸一口，再吐出。如此五六次，终于睁开了眼睛。

好了，现在你问嘛，警察美女。

语气里好像忽然有了底气。

时间？大概就是下午两点的样子。我本来以为个把小时就可以了，但是很不顺，谈了半天都谈不拢，我把啥子道理都给她讲了，她都听不进去，哪有那么犟的嘛！老辈子经常说，听人劝得一半。她一点儿都不听，四季豆油盐不进。

我们？就是我们三个嘛，我和孙姐，还有李美。孙姐叫孙玉芳，比我大一岁。李美叫李艳萍，比我小几岁。在我们菩提馆，比我大的我都叫姐，比我小的我都叫美女，跟过去在单位上喊小张小李是一回事。

好长时间？可能有两三个小时吧。反正一直在谈，就是谈不拢，跟她沟通实在是困难，后面就吵起来了。其实我不想跟她吵，我们晚上还有重要的事情。我只是想说服她。哪晓得我说什么她顶什么，还不耐烦地站起来要走，我只好把她按住。

我承认，大家情绪都有点儿激动。主要是她嘲笑我们，说我们脑子进水了，盲目崇拜。简直是太过分了，明明是她不对！孙姐和李美很生气，我也很生气。她一个人肯定吵不过我们三个嘛，到最后气得话都讲不出来了，脸发白，还冒冷汗。太小气了。我喊她调整呼吸，她也不理我，气成那个样子。

说到这儿，女人竟然笑起来了，好像赢了什么似的。这让坐在她对面的郭晓萱觉得不可思议。毕竟，发生了这样不幸的事。

女人叫牟芙蓉，六十岁，真看不出她有六十了。说话的时候，腰背笔直，头发一丝不乱地盘在脑后。衣着整齐干净，虽然质地一般，却很时尚，立着的领子还镶了一道亮边儿。立领下挂着一串珍珠项链，看那么大颗粒，应该是人工的。唯一能显出她年龄的，就是右脸颊靠耳朵的地方，有一块斑，俗称老年斑。拇指指甲盖那么大一块儿。

当然，她擦了粉。这个一眼就能看出，还抹了口红，擦了胭脂。额下的眉毛漆黑坚挺，一看跟眼睛鼻子就不是原配。

整个谈话过程中，她就那么一直笔直地坐着，神情淡定。两只手掌上下叠握着，放在腿上，郭晓萱总觉得她那不是随便握的，是经过训练后的样子，好像是坐在舞台上表演。

相比，她身边的老头儿就老相多了，佝偻着背，一脸倦容。

她翻来覆去说得最多的一句话就是，我完全是好心，我好心好意地想帮她，好心好意地喊她来沟通。哪晓得……

老头又一次训斥道，你啥子好心好意？纯属多管闲事。你又不是她妈，管那么宽！自己家里的事不管！

郭晓萱制止了老头的牢骚，让女人继续说。她想听。不仅仅是为了要弄清情况，还有几分好奇。这个女人，尊重一点儿说，这个阿姨，真是稀罕，是她从没见过的稀罕人物。她和自己的母亲年龄接近，却像是待在两个不同的世界里。

本来郭晓萱有些懊恼，她晚上八点才回家，奔波了一整天，真的是累惨了。她打算早点儿烫个脚上床，看个韩剧放松一下。可是刚擦了脚，就接到所长电话，说他们所辖的万福小区有人报警，某住户在家里发现一具尸体。所长说他已经派简向东和田野过去了，叫她也过去协助一下。她无奈，只好重新穿上袜子裹上羽绒衣赶过来。

到了后得知，这家就老两口，下午老两口都不在家。男主人打麻将去了，女主人参加文娱活动去了。晚上九点多，男主人先回家，进门就豁然看见客厅的沙发上躺着个女人，不认识，喊也喊不答应。好像不对劲儿。男人就一边打120，一边给老伴儿打电话。老伴儿电话一时没打通，120倒是很快来了，一看，说女人已经去世了，并且有可能去世两三个小时了。你们还是直接联系殡仪馆吧。120丢下这句话就走了。这下男人紧张了，就给派出所打了电话。

等简向东他们到达时，女主人已经回来了，就是这个牟芙蓉。她一回来就说，死者是自己的朋友，而且是自己今天下午叫到家里来的。

霉哟,我走的时候她还好好的,就是说头晕,想躺一会儿。咋个就死了呢?我以为她躺一会儿就会回家,我还叫她走的时候把门碰上呢。咋个就死了呢?

她说头晕,你们怎么不陪她,或者送她回家?简向东问。

哎呀,我们有急事的嘛,时间搞不赢了。任何事情都有轻重缓急的嘛。我哪晓得她会死呢,还死在我家里头。

牟芙蓉一副责怪死者的神情。

简向东感到事情蹊跷,虽然医生初步诊断,死者死于突发性心肌梗死。可是,这个牟芙蓉,怎么会让一个身体不舒服的朋友躺在自己家里,自己外出呢?

简向东就让郭晓萱带女人回派出所去了解情况,录个口供。自己和田野留下来等法医鉴定,并联系死者家属。

简向东嘱咐郭晓萱,问详细点儿,看看是怎么回事。

郭晓萱点头,略有些兴奋。分到派出所两年,她还是第一次遇到这样的案子。考虑到牟芙蓉上了年纪,郭晓萱让她老伴儿陪着她一起去所里。老头儿满脸怒容,一直恨着老婆,一看那恨意就是储存了很久的,还带着好几年的利息。

郭晓萱对牟芙蓉说,你接着说,为什么把她叫到你家来?

哎呀,我都说了好几遍了,就是为了沟通。沟通在人与人之间就像血永那么重要。

血永?郭晓萱略略顿了一下,反应过来,她大概说的是血脉。

说实话,我忍了她好几天了,实在忍不下了。她刚参加我们两次活动就起幺蛾子,说这门儿那门儿的闲话。今天中午吃了饭,我和孙姐,还有李美,就决定要和她沟通一下,不能再让她这样下去了。

我晓得我一个人说不过她,她文化高,我就叫了她们两个一起谈。

哪晓得……

2

唐佳开门进屋，屋里漆黑。她拉亮客厅的灯，叫了一声妈，没人答应。屋里安静得过分，是那种安静了很久，尘埃都一一落定的感觉。她又叫了一声妈，这次音量提高了一些，还是没人应。

她依次走到卧室、厨房、厕所看了个遍，的确没人。卧室里整整齐齐，床上的被子像宾馆那样平铺着；睡衣叠好放在枕头上，没有丝毫入寝的意思。厨房干干净净的，洗碗池里一个脏碗也没有，筷子筒里的筷子，照例朝一个方向斜着。看感觉，晚饭就没在家吃。厕所地面清爽，马桶盖盖着，没有任何不好闻的气味儿。

至少房间显示出的气息是，没有外来闯入者。

唐佳稍稍放了点儿心。来之前她曾担心母亲一个人倒在屋子里。去年体检，发现母亲有冠心病。她也怕母亲洗澡的时候，发生煤气中毒什么的。总之，独居老人可能发生的事她都想到了。当然，母亲不能算老人，刚退休一年，五十六岁而已。

看来母亲是出门去了，屋里没一点儿人气。拖鞋也端端正正地摆在门口，鞋尖冲墙。

可她上哪儿去了，这么晚还不回来？平时她去朋友家做客，再晚都要回来的。她说在别人家睡不着。前些年工作的时候，不得已出差，她会带上枕头，哪怕枕头占了她小半个箱子。她说那样好歹能找到一点儿家的感觉，不然无法入睡。

母亲是个过分有条理、过分爱干净的人。

唐佳掏出手机，再次拨打母亲的电话，她真希望铃声从某个房间响起。但是没有，电话依然是通的，屋子却听不到一点点声音。这个号码，她今天已经打了七八遍了。每次都通，每次都一直响到断。您所拨打的用户暂时无法接听您的电话，请稍后再拨。

以前从来没发生过这种情况，偶尔没有接，很快就会打回来的。一种不好的预感在她心里冒出。她发了条信息过去：妈，求你赶紧给我回个话，急死我了。

本来唐佳大白天是不会联系母亲的，她们母女通常都是晚上睡觉前联络一下，互相问问情况。但是今天下午，单位上一个同事说晚上要请大家吃火锅，过生日。这个同事跟她关系不错，她想去。于是她给母亲发了条短信：妈，下午帮我接下叮当可以吗？我们单位有饭局。母亲没回。她就打过去，电话通了，却没人接。

唐佳估计母亲是在参加什么活动。母亲有个习惯，每次开会或者参加活动，总是把手机设置成静音。她认为当众手机响铃很没教养。也许母亲今天有活动。

她想了一下，又发了一条，算了，我还是让叮当他爸去接吧。你安心参加活动。于是她转而给丈夫打了个电话，把任务交给了不太情愿的丈夫。

饭局结束，她连忙赶回家收拾残局，把儿子弄睡觉。等消停下来，才忽然想起母亲一直没回她话，这不像母亲的做派。母亲看到未接电话，怎么也会给她打一个的。于是她再次打过去，母亲还是没接。怎么回事？再有活动，也不可能持续到晚上啊。再说这么长时间，母亲就不看看手机吗？

母亲家里早已取消了座机，手机是母亲唯一的通信工具。手机联系不上，她就不知道该怎么联系了。

挨到晚上九点多，还是打不通电话，唐佳有点儿不放心了，就索性打了个车赶到母亲家。她甚至想好了，见到母亲就要说，不要老把手机搞成静音，让人着急。

可没想到，家里没人。

唐佳纠结了一会儿，给父亲打了个电话，支吾半天说，我妈她，有没有和你联系？父亲很不满地说，你哪根神经搭错了？你妈恨不能把我吃了，怎么会和我联系？唐佳说，我不知道她上哪儿去了，从下午开始就联系不上她。父亲说，这才不到半天，那么紧张干吗。唐佳说，可是很奇怪，她手机通了一直不接，我都打了七八次了。我跑到家里来，也没人，感觉不对劲儿。

父亲略微停顿了一下说，你去看看她柜子里的枕头在不在？就是大立柜靠里面那扇门，你妈有时候发神经，会突然去别处住的。

唐佳一边拿着电话，一边打开柜子，一眼看到了那个小枕头，包在一个透明塑料袋里。她说，枕头在。旅行箱呢？父亲又说，床下的旅行箱在不在？唐佳弯下腰看了一眼说，箱子也在。父亲说，那我就不晓得了。嗨，不会有事儿的。她又不是青春美少女。

爸！唐佳生气地叫了一声。

父亲连忙说，反正她没联系过我，从去年她把我撵出来就再没联系过了，我打电话她都不接。她退休的事儿我都是听你说的。你妈就是犟，好歹让我解释一下嘛，连个解释的机会都不给我。

唐佳心里恨恨地想，谁让你五十多了还在外面瞎搞?!

她不满地挂了父亲的电话，又打给丈夫，丈夫手机占线，打了两次他才接。干吗呢？大晚上还跟谁煲电话？唐佳有些不满。丈夫敷衍说，单位上的事。怎么样，你妈在家吗？唐佳顾不上追究，急急地说，家里也没人，电话还是不接。会不会也是单位有饭局？太吵了听不见电话？丈夫分析：你妈都退休了，参加什么单位饭局啊。再说，有饭局也不可能那么晚吧？

会不会突发奇想，参加什么旅行团了？丈夫又提供一思路，完全不对症。也是,他和唐佳母亲,更是隔着几层。

唐佳说,不可能。就是参加,也该告诉我一声啊。没必要不接电话嘛。

丈夫说,那倒是。噢,肯定是手机掉了!

唐佳说,哎,这倒有可能……可是,也不对啊,她知道我每天晚上会跟她联系的,如果手机丢了,她该找个朋友的电话告诉我一声嘛。我妈不是那种大咧咧的人。

丈夫说,手机一丢,六神无主,忘了呗。

唐佳还是觉得不可能。她了解母亲,母亲是个非常有条理的人,到退休,都没有发生过丢三落四的事。父亲有外遇被她撞上那天,她都还是做好饭,吃完饭洗了碗,把桌子抹得明晃晃的,才坐下来和父亲谈话。

3

问询已进行了半个小时,还没什么实质性进展。

虽然牟芙蓉很健谈,不需要引导就滔滔不绝。可是经常跑题,郭晓萱不得不打断她,一次次把她叫回来。

你说走的时候,她还是好好的?

是啊,我还给她倒了杯水,是蜂糖水哦。我不晓得她有心脏病,刚才那个医生说是心肌梗死,这种病我听说过,死得飞快。

死因还没最后确定。郭晓萱严肃地说,你们争吵很激烈?只是吵,有没有……

你的意思是说打她吗?没有打。绝对没打。我就是推了一下她的肩,孙姐戳了一下她脑门儿。那个李美嘛,比了一下扇耳光的动作,也没扇。这根本不算什么嘛。我们上课的时候,青师经常这样对我们的,推两下拍两下都是经常的事,有时候青师还踢我们呢。是真踢哦,她火起来,一脚就踢过来了。

说到这儿,牟芙蓉竟然笑起来,是一种甜蜜的笑,仿佛诉说某种幸福,青师真的要打我们,你信不信?

青师是哪个?青师就是我们老师嘛。大名赖青青,年轻的时候是杂技团演员,得过好多奖呢。我们都喊她青师,多亲切的。

噢,先说明哈,这件事和青师无关,青师完全不晓得。

牟芙蓉再次漾开笑容,仿佛刚才那一笑,波纹太强,一时散不开,必须再推送一次。

青师真的要打我们,我挨过几回。太好笑了,刚开始的时候,她喊我做塌腰,我整死塌不下去,只晓得把屁股撅起来,她冲过来就踢了一脚,踢到我屁股上,还好我站得稳哦。

牟芙蓉呵呵地笑出了声。

我们那儿老一点儿的学员,没有哪个没挨过打。为什么打?肯定是着急嘛,嫌我们动作不到位嘛。

生气?才不生气呢,她是为我们好,真心为我们好。不管以前是做什么的,不管是公务员还是老板,在青师面前都是学生,打了都不会生气,都认。

这件事她上课的时候跟我们沟通过的,她说如果她不严格,就是害我们。我们完全理解,现在哪里有那么负责的老师哦。我好感动哦。我读书的时候,老师张都不张我一眼……

那么,病故的那位应女士,跟你说的青师是什么关系?郭晓萱又一次把她拽回来。

你说应美哇?肯定也是师生关系嘛。

应美?她不是叫应学梅吗?

我刚才跟你说了呀,比我小的学员我都叫美女。应学梅还是比我小几岁的,我就叫她应美。应美也是学生,我们都是学生,青师是我们的老师。我们都是菩提馆的学员。只不过应美是刚加入的,我介绍她加入的。

我和她是咋个认识的?早就认识了,我们是初中同学。国庆节同学聚会,她主动过来和我打招呼,说她也退了。难怪,她原来多骄傲的,根本不参加我们班聚会。

为啥子骄傲?成绩好嘛,加上她妈妈就是我们学校的老师。我们那个时候因为"文革"耽误了课,学校就把好几个年级的学生伙到一起上课。我们班有大有小。她是最小的一个。但是她太会读书了,成绩好得很。后来就考起了大学,毕业又当了干部。清高得很。

现在退了休,大家都一样了。晚年生活还不见得有我好呢。真是像我们青师说的,活下去就是胜利,你只要一直往前走,就有可能超过那些原来比你走得快的人。真是这样呢。当年那么骄傲的学霸,那天多谦虚地听我摆龙门阵。你简直想不到。

一旁的老头儿似乎已忍无可忍了,掏出一包烟向郭晓萱示意了一下,走出去。

牟芙蓉毫不受影响,再次挺了挺脊背,她夸我气色好,显年轻。我就告诉她我是练瑜伽练的,原先也是黄皮寡瘦的,从开始练瑜伽就改变了,现在我的水平都达到专业水平了。她开始还不信,我就马上站起来给她比了两个动作。

牟芙蓉站了起来,似乎想当场表演,被郭晓萱止住了。她坐下,掏出手机来,翻开照片给郭晓萱看。

我那天就是给她看了我练瑜伽的照片,我说刚开始的时候,我弯腰都摸不到脚背,现在我随便弯腰都可以摸到脚背了。瑜伽的二十个基本体式我都可以做了,我还可以做两个高难度体式,上轮式和下轮式。这个在我们菩提馆只有五个人可以做。

郭晓萱看到照片上,这个女人真的可以把腿扳起来靠在脸颊上,还可以把身体朝后弯成一张弓,还可以把两只手在背后合十。她吃惊地瞪大了眼睛。莫说六十岁,她二十多岁也做不到的。

牟芙蓉非常骄傲地说,她当时看到照片就目瞪口呆了,就像你这样,眼睛鼓起多大。

郭晓萱连忙收回目光。

她问我练了好久,我说练了九年。她简直不相信。她说九年前你也五十了呀。我说是哦,我们菩提馆一多半学员都是五十多的,还有六十多的。我们青师说,任何时候开始都不晚,就怕你不开始。我们菩提瑜伽馆不但练瑜伽,还排练舞蹈——但是我们跟那些跳广场舞的大妈完全不同哦,我们很专业的。每天忙得要命,简直不得空。

她听了我讲这些,不是一般的崇拜,看她的眼睛我就晓得。

唉,我就是不该问她想不想参加,主要是当时太兴奋了,没忍住。其实我们馆早就满员了,除非有人退出才能进新人。但是我看她那么崇拜地看着我,就主动说,来嘛来嘛,和我们一起练。

她还是有点儿银(矜)持的,她说等我哪天有空去看看吧。

郭晓萱听见银持想笑,又忍住了。

有什么好银(矜)持的,不就是一个科长吗?她越银(矜)持,我就越想把她拉进来。唉,就是从这儿开始扯拐的。我不该带她去看。简直不该。那天她一看到青师就大惊小怪的……太过分了。

4

唐佳在自己的手机通讯录里翻了半天，也没找出一个母亲的朋友。丈夫刚才建议她联系一下母亲的闺蜜，她才发现她根本找不到母亲的"闺蜜"，一个也找不到。她知道母亲有几个要好的姐妹，有两次在家里遇见，还叫过阿姨，但她没有她们的联系方式。谁会想到去要父母朋友的联系方式呢？

唐佳很后悔，那个时候为什么不记两个阿姨的电话呢？

说来，她都不知道母亲的生活是什么样的。虽然每天晚上通电话，但从来都只有几句。吃饭没有？早点儿休息。偶尔懒得打电话，发个微信，今天还好嘛。母亲就说，还好。或者母亲说，降温了哦，不要感冒。她就回一个知道了，你也要注意保暖。

刚才她一边跟丈夫通电话一边在屋里来回走，这才发现客厅有变化，长饭桌被移到了靠窗的地方，上面铺着宣纸摆着笔墨，看来母亲在练习写毛笔字。然后又看到凉台的晾衣架上，挂着青花布的衣裤。她从没见母亲穿过花衣服，而且连裤子都是花的。让她很是好奇。看来母亲有新的爱好了。

自打自己结婚后，她就没和母亲好好交流过。各忙各的。父亲发生外遇后，唐佳觉得，母亲怎么也会跟她哭诉一次，就做好了准备，到母亲家来住了一晚上。哪知母亲依旧很淡定，说其实她早有感觉了，只是不想去探究真相。顺其自然吧。唐佳说，这种事怎么能顺其自然？你应该敲打一下他。母亲说，敲打一下，他只会藏得更深。唐佳说，那你怎么察觉的？母亲说，嗨，老夫妻了，说话一个尾音不对都能露馅，何况……我发现他在偷偷吃壮阳药。母亲说到这儿，居然扑哧一下笑了起来。那个晚上,母亲还是跟她聊了好一会儿,谈了自己对婚姻的感受。母亲说,夫妻之间,装糊涂很重要。我本来想一直装的,但是运气不好,撞上了,再装就是耻辱了。

母亲退休后,唯一的支撑没了,眼看着精气神儿散掉。唐佳就动员母亲去参加社区活动,或者上个老年大学,或者约上以前的女友去旅游。母亲都以各种理由拒绝了。唐佳真是不明白,她看到人家那些母亲,要么在家晒孙子晒饭菜展示天伦之乐,要么穿得花红柳绿的在风景区自拍,自己母亲却是两样都不参与。

母亲说,唱歌跳舞我都不会,看书写字我自己可以在家做,至于旅游,一定得找到称心的同伴才行。

母亲过于清高,大学毕业,事业上并不顺利,始终是个小科员。但还是这个瞧不起那个看不上,即使退休了,也放不下身段。就连网上的朋友圈,母亲都不参与,只是偶尔为女儿发的照片点个赞,自己从来不发。唯一的社交,就是偶尔跟大学里的两个女生一起喝茶。有两次唐佳有事找母亲,她说她在外面跟同学喝茶。

可是,唐佳也不知道那两个同学的电话。

实在无奈,唐佳只好打给母亲原来单位上的一位女同事,那个女同事的电话唐佳是有的。

对不起呀黄老师,这么晚打扰你。那个,我妈妈她,今天有跟你联系吗?

黄老师叫黄槐,曾和唐佳母亲一个办公室。黄槐说,应老师吗?没有呀。我最近一次遇见她,还是中秋节的时候,她来领月饼,在单位门口碰到的。我们搞活动请她来她也不来。

黄槐说话依旧是慢条斯理的,和母亲有几分相像。

唐佳迟疑了一下说,黄老师,你知不知道我妈好朋友的电话?黄槐说,不知道呢。唐佳又问,那你知道她最近参加什么社团了吗?问完觉得不好意思，自己都不知道，怎么指望单位的同事知道？黄槐果然说，没听说。可能不会吧，她不喜欢那些。原来一说起老年大学什么的她就撇嘴。唐佳想，没错，母亲是那样的。

黄槐问，怎么了，你跟应老师联系不上了吗？

黄槐一直叫母亲应老师，即使母亲当科长的时候。如今还是这么叫，这让唐佳有几分亲切。她和母亲差十二岁，和自己差十三岁，所以都以老师相称。

唐佳说，就是。她今天下午一直不接电话，我觉得奇怪，就到她家里来了，家里也没人。这么晚了，平时这个点儿，她早就回来了。她不喜欢晚上出门的。

黄槐说，哦，那是有点儿奇怪。

是啊，我打了好多次了，响断了都没人接。她不会生我的气吧？

黄槐说，不会不会，应老师不是那样的人。我上次给她电话她当时没接，后就回过来了，还跟我道歉呢。应老师特别有教养。

黄槐一边说，一边拿起手机拨通了唐佳母亲的电话，的确是，响断了都没人接。

您拨打的电话无人接听，请稍后再拨。

唐佳也听见了这个声音，越发焦急起来，这样的情况从来没发生过。我老公说可能是手机丢了，手机丢了也应该回家呀。都这么晚了，她能跑哪儿去了嘛。我看了家里，箱子什么都在，不像出远门。我感觉有点儿不对劲儿。

黄槐也急了，那是不是应该报警？

唐佳忽然就带了一丝哭腔，我都不知道该上哪儿去报警。

黄槐说，要报警的话，应该到应老师户籍所在地的派出所。不过，我听说起码要四十八小时。除非是小孩儿走失。

唐佳说，那怎么办啊，我就这么干等着到四十八小时吗？为什么非要等四十八小时？

黄槐说，我也不知道，大概失踪的人很多吧。我觉得应老师不会有事的，她那么平和的一个人。这样，我现在过来陪你一起想办法。

唐佳软弱地说，好的，谢谢黄老师。

5

牟芙蓉终于有些累了，提出要上厕所。

郭晓萱注意到，她底下穿的居然是毛裤，跟上面的旗袍完全是两个世界，用她的话说，完全不能沟通。大概再想时尚，也架不住老关节出毛病拖后腿。

从厕所回来后，她的精气神儿好像泄掉了一些，没那么振作了。她坐下，又开始闭上眼睛，吸气，吐气，如此三次。然后睁开眼对郭晓萱说，我们青师说，调整呼吸很重要，不然心就乱了，心乱了魂就没了。我现在遇到啥子事，都要先调整呼吸。

郭晓萱拿纸杯给她倒了杯水，她喝了几口，然后很仔细地擦了嘴角，拉了拉衣服的下摆，坐正，仍然把两手叠好，放在腿上。

她注意到了郭晓萱的目光，又说，我们青师说，任何时候，人都要坐有坐相，站有站相。尤其是女人，一辈子就是活个样子，活个形象，你要让别人看到你最好的样子，你才会好上加好……

比如你，警察美女，肩胛骨就没打开，本来那么漂亮，一含胸就掉分了，晓得不？

话锋突然转向自己，郭晓萱有些尴尬，她下意识地挺了挺背，甚至暗地里想，自己要不要也抽空去练练瑜伽。

看来青师是你们的偶像喽？她讪讪道。

肯定嘛。我们青师任何时候出现在我们面前，都是女神范儿。你根本看不出她六十岁了，真的，比我还显年轻，从后面看像二十多岁。我这件衣服，就是比着我们青师的款式做的，太有范儿了。青师那天穿起走进菩提馆，我们简直惊呆了，就跟林青霞、张曼玉一样。青师手很巧，她身上的衣服都是她自己做的。我们的瑜伽服也是她设计的，跟其他瑜伽馆的不一样，其他瑜伽馆就是土白布，我们是青花……

应美那天一报到，青师也给了她一套青花瑜伽服。她也是，不但不感恩，还恩将仇报。本来我们菩提馆都满员了，青师看在我的面子上破例收了她。她倒好，才去两次就生是非……

我好心好意跟她说，穿上这身青花，走路的步子一定不能太大，也不要哈哈大笑。她居然说，不就是装淑女吗？这咋个是装呢？是修养嘛，唉，简直是没法跟她沟通。

沟通个屁！你就是多管闲事！老头儿抽完烟进门，又是一声吼，啥子家务都不做，一天就在外面惊风火扯地乱整。

我咋个是管闲事呢？毕竟是我把她介绍进来的，看到她不对就应该管。她反驳老头，神情很坚定。

她那样做很不好！对青师不好，对我们整个团体都不好。我们这个团体像个大家庭一样，那么和谐友爱，不珍惜怎么行？我们每个人都有责任爱护她保护她，我们又不是跳广场舞的大妈。

再说了，她那样做，连带把我的名誉也搞坏了，本来我在群里头还是多有威信的。青师经常叫我做示范。真的，她太不应该了。我必须告诉她，她那样是不对的。我如果不说，她自己简直意识不到。她能加入我们，是她的福分……

老头又吼了起来，到现在还在说这些没用的，你个老太婆！一天到晚神颠颠的，做些莫名其妙的事！我早跟你说过要出事！这下好，人死在你家里！看你咋个交代！

牟芙蓉神色突然黯淡，那两条本来正上扬的眉毛，突然就耷拉下来。文过的眉毛如黑剑一样，毫无缓冲地刺向两颊。

但很快，她又振作起来，我又没做什么违法的事，我就是好心好意介绍她加入我们。我看她退休了，很无聊，天天在家窝着，脸都是卡白卡白的。她比我小几岁，看起比我还显老，我走出去，没有哪个看得出我要六十岁了，是不是嘛警察同志？

郭晓萱差点儿点头。

昨天我婉转地说了她几句，要她尊重青师，她多尖刻地给我顶回来，说我盲目崇拜，没有原则……啥子原则不原则的，她就是喜欢居高临下。都退休了，还端起干啥子？我们学员里还有个局长呢，都不像她那么端起。

我只好约了孙姐和李美一起来帮助她。她也是，那么小气，吵不赢我们，脸就气得发白。还是大学生哦……

郭晓萱不想再听她唠叨了，开始总结性的帮她梳理：

是不是这样，下午你把她叫到你家，和她谈话，谈话过程中你们发生了争吵，大家情绪都比较激动，然后她感觉身体不舒服，你就让她在你们家躺着，你们就走了，是这样吗？

是的，就是这样。她点点头，忽然叹了口气。脸上的粉有些撑不住了，没有弹性的黄皮肤显露出来。真相毕露。

我好心好意地喊她来谈，哪晓得根本谈不拢。我不知道她有心脏病，要是知道我都不会叫她练瑜伽。瑜伽不适合心脏不好的人。我真是太倒霉了，本来是好心好意的。我们正在批评教育她，不是，我们正在沟通，她突然说头晕得很，不想说话。我估计她是不想听我们说了，装病。

我想既然说不通，就不能让她参加晚上的活动，免得她在会场乱说。我就喊她在我们家休息，我真的是好心好意的。

你们没给医生或者她家里人打个电话？

搞不赢了，我们五点半要赶到酒店做准备。慌慌张张的。

你的意思是，你们把她一个人丢在你家里了？

她顿了一下说，我哪想到会那么严重？头晕嘛，我也经常头晕，喝点蜂蜜水就好了。我想她休息一会儿就可以回家了嘛，我跟她说，你走的时候把门关好……

于是你们走之后，她就心脏病发作，去世了。郭晓萱的声音和表情，都变得严肃起来。

牟芙蓉听到这话，把本来已经坐得很端正的身子，再次调整了一下，挺了挺脊背，虽然面容上已经显出疲倦和衰老。但看得出她在努力撑着：

我还不是后悔得要命。要怪就怪我当时太心急了，生怕影响到晚上。孙姐和李美两个也觉得是不应该影响晚上，我们就先去酒店了。路上好堵，还好我们没迟到，晚上的活动很成功，老头儿打电话的时候我们刚刚结束。我那个独舞还被青师表扬了的。

牟芙蓉说到这里，两只手下意识地比出了兰花指。

6

值夜班的年轻警察，像是刚毕业的大学生，一张脸尚无刻下岁月的痕迹。他一边在电脑前坐下一边问，失踪的是老年人吗？

唐佳连忙说，不是老年人。

警察说，多大年龄？

唐佳说，五十多。

警察瞪了她一眼：五十多还不是老年人？喊！

唐佳愣了，她从来不觉得自己妈妈是老年人，顶多是中年人。她苦笑着看了眼黄槐，心想，自己这个三十多的人，在这个年轻警察的眼里一定是中年人了。

什么时间失踪的？

唐佳说，嗯，今天下午就联系不上了。打电话一直不接，刚才，就是刚才我们来的路上又打，还是不接。太奇怪了。

警察说，打电话没接很正常嘛，我也经常顾不上接电话。

唐佳说，但是对我妈妈来说是不正常的，她从来不会这样。

警察的眼神完全是不以为然，似乎是说，凭什么你妈妈不接电话就是不正常？但他说的是，下午到现在，也还不到十个小时嘛。

唐佳连忙说，我知道要四十八小时，我就是觉得太反常了。我怕她出意外，她一个人单身生活……万一——

警察摆摆手，没事没事，你既然来报警了，我们肯定会接的，肯定要登记的。

警察依次问了姓名、年龄、地址、身份证号，以及失联的时间、地点，还有她妈妈的电话号码。然后依次录入电脑中的一张表格上。

唐佳看到那张表叫"失踪人员登记表"，还有编号，心里稍稍安心一点儿。

智力健全吧？我的意思是，有没有老年痴呆症状之类，走出去记不到路了？很多来我们这儿报失踪的都是这种情况。

唐佳连连摇头，没有没有。她脑子很清楚。关键是她以前没出现过这种情况。

黄槐也在一旁证明，她刚退休一年多。退休前是我们的科长。就是因为她平时做事很有条理，一点儿不糊涂，我们才会着急。

年轻警察登记完了，按了个保存。好了，先这样，我们这里有情况的话，会马上联系你们。

唐佳说，你们不马上采取措施吗？

警察说，采取什么措施？现在就组织警力满大街去找吗？

唐佳忽然按捺不住地喊了起来，如果是你妈妈找不到了，你会这样吗？

眼泪一下就出来了。黄槐连忙搂住她的肩膀。

警察愣了一下，然后态度很好地说，我理解你的心情，大姐。但是，你知不知道，每天都有很多人来报告失踪，其中大部分两三天后就找到了。尤其是老年人，一时找不到家了，这种情况很多。我们不可能每个都立案。除非你有证据证明对方可能存在人身安全危险，或者说对方可能会受到侵害……刑事立案是非常复杂的事情，立了就不能撤，而且需要拿出大量的警力。如果你不能提供足够的涉案理由，公安机关缺乏立案的依据，是不会立案的，报案后只会给予公民必要的协助。

唐佳感觉他在背书。但还是起到了作用，她平息下来。

黄槐替唐佳回答说，好的，我们知道了。

警察索性转向黄槐，放心，我会把刚才登记的信息发布到我们的平台上，让其他派出所一起关注的，一旦有消息，我一定及时联系你。我建议你们自己也通过网络平台发布一下消息，发动亲友找，可能效果更好一些。有线索的话也及时告知我们。

黄槐连连点头。

两人从派出所出来，互相道别。黄槐安慰唐佳，也许明天就会有消息的。唐佳忍着眼泪谢谢黄槐，陪自己那么久。然后各自上车，打算离开。

唐佳刚刚发动汽车，电话就响了，她忙不迭地掏出电话，真希望是母亲的。真希望母亲说，不好意思啊，我电话关了静音，一直没听到。

可是是丈夫。

丈夫说，那个，刚才警察来电话，说他们在一个人家里，发现了妈妈……

在哪儿？谁家？

嗯，他们说，妈妈她……心脏病发作，已经不行了……

7

郭晓萱接到田野打来的电话，说法医已经确定应学梅是死于心肌梗死，没有其他外力因素。

我们已经联系到了死者家属。你们走了后，在她家沙发下面发现了死者的手机，手机是静音，一闪一闪的，已有十几个未接电话了。估计她是想打电话求救，掉到了地下。

还有，那个牟芙蓉离开的时候，的确是给应学梅倒了一杯蜂糖水。这点可以证明当时她们没有恶意，是没料到会发生不测。虽然她的举动有点儿不可思议。

你问完了，就让他们回家吧。

郭晓萱说，好。

牟芙蓉似乎猜到了电话的内容，她盯着郭晓萱的脸问，搞清楚了哇？我可以回家了哇？

郭晓萱点点头。

她马上站了起来，胜利似的跟老头儿说，我就说不怪我嘛，是她自己身体出问题了嘛。其实也没什么，一下就走了痛快，不受罪。我还希望我以后像她这样呢。

老头儿依旧是怒气冲冲的样子，完全不搭理她，转身出了门。

郭晓萱说，那个，我想再问你两个问题可以吗？

牟芙蓉说，问嘛。

郭晓萱说，你一直说死者说了不该说的话，她到底说了什么？

牟芙蓉的怒气又上来了：嗨！她一来就说她认识青师，认识就认识嘛，又说青师年轻的时候……做过那些事，被单位除名了。

什么事？

算了，我不能讲，不能传播。我才不信青师会做那样的事，我们都不信，她肯定是听到谣传了。青师怎么可能像她说的那样嘛。

再说了，不管你从哪儿听到的，都不应该乱说。谣言止于智者。警察美女，你说是不是？

郭晓萱说，还有个问题，晚上你们到底有什么事，那么着急？

牟芙蓉顿时云开雾散，两根漆黑的眉毛挑了上去。哎呀，今天是青师生日啊，六十大寿！我们早就计划好了，半年前就计划好了，今天晚上要为青师庆生。

我们都不说她六十，我们在蛋糕给她插十六根蜡烛，祝她永远像少女一样美丽。

我们排练了好几个节目，我有两个舞蹈，其中一个还是独舞，把瑜伽动作都用上了，还有莲花手倒立哦。

我们为这次生日晚会准备了很长时间，我还专门订了一套纱裙，效果之好，不摆了。我们肯定不能因为她影响了呀。

还好晚会非常成功。青师说，她感到非常幸福。今天是她最幸福的一天。我们也感到非常幸福，今天是个开心的日子。

郭晓萱觉得后背发凉，这个女人，揣着的那颗心，如同她那条能竖起来贴脸颊的腿一样不可思议。

她站起身，示意她可以走了。

牟芙蓉挺着背，深吸一口气，吐出，然后走出门。

推开门的一瞬,她又回过头来说,警察美女,记到哈,把肩胛骨打开,像我这样,不要含胸。

曹德万出门去找爱情

1

魏昊宇被派去采访曹德万的时候,有点儿不情愿,一个老头儿做好人好事能有什么写头?他正在埋头做自己的公众号,短文加漫画,从昨天折腾到现在还没搞定。他的公众号开了一个月了,已经吸粉两千多,这让他很是兴奋。这一篇他打算图文并茂地聊聊最近的热点"佛系"。一听到好人好事,立马感觉退回到古代去了。但他没有理由拒绝主任,报社工作是他的饭碗。主任见他不起劲儿,强调说:那老头儿八十了,都住养老院了,还下河救人,绝对有亮点。嗯嗯。魏昊宇应付道。主任又说,最近咱社会版挨了批,必须来一个满满正能量的文章挽回一下。你是快手,赶紧去采访,最好明天能交稿。

魏昊宇只好动身。起身时忽然想到爷爷,爷爷也提出过去养老院的事,奶奶去世后他感觉很孤单,又不愿意和他们一起住。这次就算帮爷爷考察一下吧。当然,细想一下,一个养老院的八十岁的老头儿下河救人,也还是有看点的。虽然现在上八十的不稀罕了,但能下河救人非同一般。要是爷爷的话,能打110就不错了。

魏昊宇背上他那个脏乎乎的背囊出门,又抓了顶帽子戴上。头发几天没洗了，乱蓬蓬的。每天过着不分昼夜的日子，哪有时间打理自己。他从手机上查了一下养老院地址，在市郊一个镇上，有十几公里路。魏昊宇开动了自己的马自达，上车后摁下蓝牙，开始往老头所在的养老院打电话。

养老院的院长叫赵志云，居然是个女的，听声音五十来岁。听说魏昊宇要采访曹德万，不是很热情。怎么回事？一般单位领导都求着记者去采访呢。魏昊宇连忙说，我们晚报早就想写写咱们养老院了，听说咱们一直是先进单位，现在出了这样一位老英雄，更说明咱养老院具有良好的精神状态。

魏昊宇从后视镜里看到自己脸都笑烂了。当了三年记者，他已经练出来了。既然要写，就得迅速进入状态。

赵院长的语气马上热情起来，那是，我们康怡养老院一直都很有活力，大部分老人都每天锻炼身体，参加各种文体活动，加上我们的伙食开得好，荤素搭配得当，每天还配有水果和酸奶，保障了营养均衡，所以老人们……

魏昊宇故作惊讶地打断了她，真的吗？每天都有水果酸奶？比我吃的还好嘛。那曹德万肯定胃口很好吧，不然八十了还能下河救人？

赵院长纠正说，是八十四岁，今年三月满的。他这人天天走路，身体好，河边长大的，会水。

魏昊宇暗暗惊叹，八十四岁？比爷爷还大七岁。魏昊宇继续问，他救了人回来没声张吧？是怎么被你们知道的？

赵院长哼了一声，他还能不声张？满院子嚷嚷，生怕人家不知道。

魏昊宇笑了，那你猛烈表扬他了？

我们哪能他说什么都信呀？赵院长撇嘴的样子浮现在魏昊宇眼前。他还说温家宝接见过他呢。他说温总理老远就伸手过来说，老曹啊，好久不见，真想你啊。

魏昊宇笑出了声，他喜欢吹牛？

赵院长说，吹牛吹马吹骡子，没个正经。人家要他拿跟温家宝的合影照片出来看，他说那是梦里的事情，没照片。所以我怕他又说是在梦里救人。

后来呢？魏昊宇有些着急，千万别是假新闻。

赵院长说，后来是被救的小孩儿家长来了，我们才信的。那小孩儿的爷爷奶奶专门来感谢他，送了两大包奶粉和两大包麦片。曹德万说他不要东西，他啥营养也不缺，让他们自己拿回去吃，给他做面锦旗就可以了。孩子的爷爷奶奶就真去做了一面锦旗，上面写着"老英雄见义勇为"。他还是不满意，说干吗要加个老？英雄见义勇为就可以了嘛。

魏昊宇哈哈哈地大笑起来，说这个老头儿太有意思了。

赵院长说，你应该叫曹爷爷。

对对。曹爷爷真有意思。不过他一个人跑河边去干吗？

他每天都要出门，到处跑。从公交车站到养老院要从河边过。

每天出门到处跑？为了锻炼身体？

赵院长忽然不耐烦地说，我还有事，你来了自己慢慢了解吧。

魏昊宇说，好的好的，谢谢您。我现在马上过来，请您转告曹爷爷，我要采访他，好好为他写一篇报道，登在咱们晚报上。

魏昊宇挂了电话。主任肯定想不到，他让自己采访的英雄，是个神叨叨的老头儿。每天出门到处跑，还吹嘘自己跟温家宝合影，难不成有点儿老年痴呆了？阿尔茨海默症？不会的，如果是，赵院长肯定不会让他待在养老院。阿尔茨海默症可不是单纯犯糊涂，那是大病，需要住院治疗的。再说，真的是老年痴呆跑出去就找不回来了。他们报社经常接到求救电话，说家里老人走丢了。

他肯定不是有病，无非就是个喜欢搞笑的老头儿。魏昊宇猜测，应该是个性格活跃、身体健康、喜欢说笑的"阳光老人",见义勇为救了个孩子。魏浩宇想,等会儿见了面,再补充点儿当时救人的细节,再吹捧两句养老院,就 ok 了。保证老板满意。

2

如果没有导航软件,魏昊宇无论如何也不可能在一片庄稼地里找到养老院。这也太偏僻了。既没有公共汽车,也没有地铁,更不可能打到出租车。养老院的老人靠什么交通工具出门呢?难道有班车?或者,他们根本不出门?

幸好墙头上立着很大的招牌,康怡养老院,每个字两米见方,让他确定到达目的地了。不可否认,空气很好,还能听见叽叽喳喳的鸟叫。田野里是秋天的景象,立着疲惫不堪的玉米秆。路两边的树叶也黄了,像老人白了头发。也许,养老就是要在这种偏僻安静的地方。

养老院的大门关着,左侧开了一扇小门。魏昊宇敲门,一个穿迷彩服的老头儿探头出来问,找哪个?魏昊宇说,曹德万。他马上关门说,他不在。魏昊宇顶住门不让他关,解释说,我跟赵院长联系过,她同意我来的。迷彩服迟疑了一下,不情愿地打开门让魏昊宇进去。

魏昊宇原以为,他来采访会受到养老院的热情欢迎,不料是这般情景。院长不热情,守门的也不热情。他问迷彩服,曹德万不知道我要来采访吗?迷彩服哼了一声,一大早就出去了,夹起那个锦旗,不得了了。魏昊宇暗自思忖,难不成这个曹德万人缘儿不好?

魏昊宇从没到过养老院,脑海里养老院的场景,就是电影《桃姐》

里的样子，拥挤、逼仄、压抑、乱麻麻、毫无生机。但这家养老院竟然是一个很大的四合院，东南西北各一排房子，南边是三层楼，其他三边是两层楼，整齐划一。房顶上架着太阳能热水器，院子中间种着菜：辣椒、茄子，还有支着竹竿的豆角。也种了些月季和菊花。有几分田园风光。

进门的墙上，画着两张大表格，一张写着本周伙食计划表，另一张写着康怡园财务收支情况。菜地里有两个正在摘辣椒的婆婆，停下动作向魏昊宇行注目礼，眼神很专注，一点儿笑容也没有。过道上有两个老头儿在晒太阳，一个嘴角淌着口水，头止不住地点，或许应该叫颤动；另一个用拐杖敲着地，嘴里嘟嘟囔囔的，像是唱歌，又像是自说自话。魏昊宇忽然觉得进入另一个世界了。院子里虽然也有阳光照耀，感觉却是冷冷的。赶紧完成了任务走人吧，他想。

他问带路的迷彩服，人都不在吗？

迷彩服说，在呀，都在自己房间里。

他转头扫视路过的房间，果然，每个房间都有人，悄无声息的，仿佛在闭门思过。要说佛系，这里才是佛系。转弯时，一个瘦小的婆婆从房间里走了出来，背上拱起很高一坨，令她整个身躯都歪斜了。她用助步器慢慢挪动着步子，可能感觉到身后有人，便站下来让魏昊宇他们绕过去。

迷彩服很和蔼地跟她打招呼说，孙婆婆，没看电视呀？

婆婆没吭声，继续慢慢挪动。

魏昊宇心里莫名凄凉。还是不能让爷爷进养老院，爷爷肯定不适应，爷爷喜欢热闹，儿孙绕膝，满屋笑声。

走到楼跟前，终于看到一块"文体活动室"的牌子，有几个人在打麻将，有几个人在下象棋，都是些老头儿。另外一间大些的屋子，有不少老人在看电视，这里婆婆居多。但是看神情，很难说她们是在看电视,也许只是在电视机前发呆而已。有两个像是工作人员的女人,推着一小车饮料,在给他们分发。

他们来到二楼院长办公室,门开着,但院长不在。

她肯定没走远,你坐这儿等吧。迷彩服丢下魏昊宇要走。

魏昊宇连忙问,你是工作人员吧?

迷彩服不快地说,肯定嘛,我才满六十,不可能来养老嘛。

你都六十啦?真看不出来,我以为你五十多。

迷彩服的表情晴朗了一些。看来男人女人都吃这一套。魏昊宇想,反正闲着,不如借机了解点儿情况。他问,那个曹德万都八十多了,还天天跑出去,你们不担心他安全吗?

担心有啥子用?你又不能把他锁到房间里。迷彩服的不满越发明显了,他要发神经,你有啥子法?!

不过这次他救了人,也算是为你们养老院争了光吧?

迷彩服又哼哼两声,好像鼻子里被许多不满给塞住了。晓得是不是真的哦,我们又没看到,都是他自己在吹。他每天不吹个牛就过不得。吹牛大王。

魏昊宇试探着问,他在你们这儿人缘儿不好?

迷彩服突然一声吼,啥子人缘儿不好?根本就是神经病!

魏昊宇吓一跳。迷彩服自己也被吓倒了,怔了一下,然后转身往门口走,脚没出门又转回身来,不是我一个人说他,都在说他。不信你去问问,问问群众的意见。

魏昊宇讨好说,守大门就是辛苦哈。这个,你们院每天几点开几点关,有规定吗?他想起了自己读大学时宿舍管得可是严,想早出去想晚回来,都不可以。

迷彩服平和了一些说,当然有规定,早上七点开门,晚上九点关门。但是他老人家牛逼,可以不遵守规定,非要六点出去,有时候五点五十就来敲门了,你说他是不是神经病嘛!

为什么呢?他为什么要那么早出门呢?魏昊宇真的很好奇。

迷彩服说,原先我们院里的车早上七点进城买菜,他就搭那个车进城。后来蔬菜和副食都有人送了,院里的车就一周进一次城。但是他还是要每天出门。出门就出门嘛,非得天不亮就走。又不上是班,还非要赶第一趟公交!他凶,凶得很哦。院长都管不到他。

"凶"在当地的土语里就是霸道、不讲理的意思。一个来养老的老头儿能凶到哪里去?魏昊宇不解。更不解的是,曹德万每天一大早出门去干吗?还非要赶第一趟公交?院长为什么管不到他?

太讨厌了。迷彩服继续吐槽,特别是这半年,每天天不亮就让我给他开门,搞得我六点不到就得起床,我要是不开门他就喊,就会吵到其他老人,我只好起来。他让我给他配把钥匙他自己开。那咋个可能呢!钥匙怎么能随便配呢?他又不是院长!

迷彩服的不满情绪止不住地往外涌,天天跑出去找女人,还说是找爱情!肉麻到家了!他个爆烟子老头儿,还找爱情?找个铲铲!

铲铲也是当地土话,意思等同于屁。至于爆烟子老头儿,就只能意会了。魏昊宇忍不住哈哈大笑,真没想到这个老头儿居然说是去找爱情,太喜剧了!刚进院子时的压抑情绪瞬间散开。

这时,门口围上来几个人,显然是打麻将下棋的听到动静上来看热闹了。从精神状态看,他们大概属于养老院的年轻阶层。其中一个还穿了件皮夹克,一开口,显出几分干部气质。记者同志,你莫怪他生气,那个曹德万确实让人头痛。八十多岁的人了,一天到晚还想入非非的,不切实际,群众都有看法。

有个矮个子老头儿说,人家想找对象,也没错嘛。

皮夹克说,要找也得有个章法嘛,哪有这样到处跑的?搞得十里八乡都把他当疯子。老实说,最开始我们大家还是支持他的,我还帮他介绍了一个。但是中间出了点儿误会,他反倒怪起我来了。好心不得好报。

你那个误会大哟。矮个子老头话里有话,老头儿们都跟着笑了。皮夹克也笑了,有种阴谋得逞的坏笑。是嘛,他都结了两道婚了,还不知足,还要来第三道。我们这些人一辈子就一个婆娘,还不是认了。

皮夹克语气里满是羡慕嫉妒恨。

矮个子老头儿对魏昊宇说,其实他人不坏,就是个宝器。原来在单位上就有点儿爱搞笑。另一个说,他脑壳进水了。还有个说,我倒是羡慕他哟,想做啥子就做啥子。皮夹克总结性地说,我看他主要是没收心。他比我还大六岁,我早就收刀捡挂了,他还在雄起。

哈哈,老头儿们大笑。不过魏昊宇感觉他们并没有恶意,只是笑话他,寻寻开心而已。

接下来,几个老人像举行小品大赛似的,每个人都争着讲曹德万的段子。魏昊宇在群口相声中搞清了大致情况。

3

曹德万退休前是县城某街道干部(享受正科级待遇),老头儿们都强调了括号里的内容。再往前,他参过军,剿过匪,六十年代初从部队转业下来,就一直在街道上工作。文化不高,人老实,到六十岁退休时,也就是个街道综治办(社会治安综合治理办公室)副主任,"因为资格老,混了个正科"。退休后的前十几年日子还算安定,老伴儿在家做饭带孙子,他每天跑公园,看人家下棋,听人家唱戏,总之参加群众文体活动,自得其乐。

关于"已经结了两道婚"是这样的:参军前他奉父母之命娶了一

个女人,但很快参军走了。部队剿匪时误传他牺牲了,妻子便改了嫁。其实牺牲的是他战友,与他就名字一字之差,叫曹德福。曹德万转业后受部队委托,去看望曹德福的遗孀。临走时领导跟他说,曹德福烈士有个遗腹子,娘儿俩现在生活困难,你最好能帮助她们。领导的意思曹德万听明白了,但没有答应。去了之后,他看到那女人独自拖着一个孩子,的确很可怜,他心一软,就把娘儿俩带回了家。之后他们又有了一儿一女。但这女人脾气很暴,"长闻河东狮子吼",导致曹德万在家大气不敢出。有时候很晚了还在单位加班,不愿意回家。

但不管怎么说,他们还是一起过了四五十年。五年前,冲他吼了一辈子的老伴儿去世了。曹德万忽然不知道日子怎么过了,他没有生活能力——不是说要人穿衣喂饭,而是烧饭、洗衣服、打扫卫生,一概不会。他那位吼狮老伴儿一直把他照顾得很好。儿女们便先后接他去住,他在大儿子家住了一周受不了了,又在小女儿家住了半个月也受不了了。还有个大女儿不是亲生的,他没去尝试。

如此,儿女们就动员他上养老院。起初他坚决不答应。他原来工作时去养老院慰问过,感觉凄凉。何况,他也舍不得自己那个家,他怕自己一走,孩子们来占他的房。

有一天他实在无奈了,自己跑到康怡养老院视察了一番,没想到现在的养老院和从前不一样了,可以一个人住一个房间,房间里有卫生间,有空调,院子里有菜地,还有文化活动室,吃饭都是现成的,三菜一汤。关键是,他还遇到好几个街道上的老哥们儿,叫他去一起打牌。他终于同意了。

住进来之前,曹德万先把儿子媳妇、女儿女婿叫到一起开了个会,宣布说,我去住养老院,是不想给你们添麻烦。现在你们都成家了,有伴儿了,过得安稳,我放心。但我也想有个伴儿,所以我去养老院不是去等死,是想重新找个伴儿,重新成个家。所以,房子我还得留着，你们都不要打我房子的主意。

儿女们愕然。

他接着说，这个事，我原先是跟你们老妈说过的，她是同意了的。她晓得我需要人照顾，她完全晓得。

小女儿拿眼瞪他，那双大眼睛让他想起老伴儿，他心里有些发憷。难道河东狮吼还有接班的？小女儿果然吼起来，你多大了？你都八十了！跑养老院去找对象，羞死先人了！你不怕丢人，我们还怕呢！

曹德万鼓足勇气说，八十怎么了？八十就不是人了吗？八十就要混吃等死了吗？哪条法律规定的八十不能找对象？哪个老祖宗说八十找对象丢人？再说我还没满，我七十九！

小女儿没想到懦弱的老爸会怼她，一时说不出话来。儿子则用鼻子哼了两哼，房子？哪个想要你的房子！有本事你就守着房子别走，人在阵地在嘛。其实儿子的儿子已经二十了，的确在打老爹房子的主意，所以心里更是气。还是大女儿温和些，大女儿从中劝解道，好的好的，爸你想怎么样都行。你去找就是了，找到再说嘛。我们不反对。

曹德万语气温和但态度坚决地说，你们可以反对，你们有反对的权利。但是等我找到了，你们就得接受。我的人生我做主。

开完家庭会议，他又到康怡养老院找院长谈，明确表达了他的愿望，或者说条件：我身体很好，能吃能睡，腿脚利落，现在还不到八十（七十九）。一个月有三千三百多块退休费，这样的条件肯定可以再找个女人成家的，一旦找到了，我就离开养老院。所以，希望你们支持我，为我提供方便。

言下之意，不能限制他的自由。

赵院长的回答跟他女儿一样，好的老曹，你想怎样都行，以后的事，等你找到了再说嘛。

但转眼四年多了，快五年了，曹德万还处在寻找的过程中。他每天天不亮就出门，穿戴整齐，背一个黑色挎包，步履坚定地走出大院，天擦黑时，再一身疲惫地回来。

有一回险些成功，女方都同意了。女方其实就是养老院的一个工作人员，五十七八岁的样子，是院里聘来做饭的。但当曹德万和女方拿着户口本去办证时，被女儿在民政局拦下（据说有人悄悄通知了他女儿）。女儿说了一条他无法反对的理由：登记前必须让女方去做个体检，万一有潜在重症，到时候谁照顾谁啊？曹德万只好让女方去体检。没想到女人还真查出了肝病（也有说是假的），不但没结成婚，院里还把她辞退了。

还有一回更悲摧，有人给他介绍了一个守寡的女人，六十多岁，挺好看的。但是等他找到人家家里去的时候，差点儿被寡妇的相好揍一顿。

但无论遇到怎样的挫折，都阻挡不了曹德万找对象的步伐。他依然每天一早出门，每天晚上回来汇报战况。天长日久，已经成为养老院的一道风景或曰"每日一歌"。

现在，他的儿女们也不再管他了，除了逢年过节来看看他，其他时候都随便他折腾。反正户口本已经锁在赵院长的办公室了，他不可能自己偷偷结婚。

4

一个胖胖的女人突然走进屋里，嚷嚷说，搞啥子名堂，都在我办公室打堆堆？搞得我一屋子烟味儿？

老头儿们毕恭毕敬地闪开。皮夹克连连摆手道，没吸烟，我们没有哪个吸了烟的。

胖女人推开窗户说，你们一个个早就成烟囱了，自带烟臭。

魏昊宇赶紧打招呼说，您是赵院长吧？

女人点头，你就是那个打电话的魏记者？

魏昊宇点头，掏出名片递给她，和她握手。

赵院长的模样着实出乎魏昊宇的预料。他想象中的养老院的院长，应该跟居委会大妈那样，朴朴实实，慈祥和蔼。她却很时尚，很有范儿。头发是美发店做过的，头顶隆起，用发胶固定着，脑后挽了个髻，插着一根亮闪闪的簪子。胖胖的腰身笼着一条裙子，裙子外套了件长过臀部的开衫。细看还擦了口红。比自己母亲还讲究。

老头儿们讪讪散开后，迷彩服拿纸杯给魏昊宇倒了杯水也走开了。赵院长让他坐，笑说，你肯定已经听了一大堆曹德万的事了吧？

魏昊宇也笑，然后很职业化地表述说，我还是希望听赵院长全面介绍一下情况。

赵院长拿起桌上的玻璃杯喝了几大口，杯子呈暗红色，好像有枸杞大枣，还有些不可名状的东西。赵院长到底多大呢？听声音四五十岁，见到人似乎不止。魏昊宇暗自思忖，肯定比老妈大。如果她六十了，不退休吗？

赵院长清了清嗓子说，我们这个养老院本来是私营的，最早就是我和我老公两个人办的，照顾周边的七八个孤寡老人。后来因为办得好，来找我们的人越来越多，政府就找到我们，希望我们扩大范围。由他们投资，盖了这院房子，另外每年还给补贴。所以现在是半公半私了。几年前我老公去世了，他们又给我派了个助手。目前我们有一百七十一位休养员、二十五个工作人员。已经连续三年被省里评为先进养老院了。明年可能还要扩大服务范围。

魏昊宇注意到她说的是服务范围，而不是经营范围，便问，老人入院的费用高吗？

赵院长说，很便宜。能自理的老人每月缴八百元，伙食费这些都是政府补贴的。不能自理的两千元。其实养老院一点儿不赚钱，但是办了十多年了，我舍不得放手。这些老家伙虽然麻烦，我和他们还是很有感情的。人都是要老的嘛，我也算是为自己积德。

魏昊宇不停地点头，还拿出本子做出专注记录的样子，其实脑子里还转着刚才几个老头儿说的事。他很想直奔主题问曹德万，但还是忍住了，先听赵院长介绍了"全面工作"再说。

曹德万这个老同志呢，是很有特点的。

赵院长终于讲到了曹德万，还用了同志两个字，显出领导口吻。虽然其他工作人员和休养员对他有点儿不满，说他每天早出晚归的，让人操心。但我还是支持他的。一个呢，我当初是答应了他的；二个呢，我不想我们这个养老院死气沉沉的。有那么一个神经兮兮的人，还可以增加活力，你说是不是嘛。人活着还是要有希望的嘛。

魏昊宇连忙点赞，是的，您说得非常好，希望很重要。

赵院长又说，再说了，曹德万说得也没错，凭什么八十岁就不能有追求了？想找对象也是合情合理的嘛。现在年轻人动不动就看不起老年人，歧视老年人，很不好。

赵院长忽然不满起来，我那天去城里办事，在街边店看中一件大衣，想买。小姑娘在旁边说，这可是意大利名牌。我还认识几个名牌的，我就说，我以前没见过这个牌子嘛。她马上说这个牌子有官网的，你可以上网去搜。哦，你不会上网，就让你儿女帮你嘛。给我气的，转身就走。

魏昊宇说，靠！赵院长哪可能不会上网。

赵院长说，是嘛，虽然我六十了，文化也不高，但我十几年前就会上网了，我的QQ号还是九位数呢。我在淘宝都是钻石买家了。未必在她眼里，老年人生来就是老年人？

魏昊宇心里动了一下，还真是呢。中国有网络也二十来年了。第一批学上网的人都在老去。母亲上网就很溜，手机上软件一大堆。于是他附和说，就是，你会上网的时候她还不知在哪儿呢。

赵院长笑了，被他哄高兴了。她问，你还没结婚吧？魏昊宇说是。她又问，有对象了吗？魏昊宇摇头。一谈到这个话题，魏昊宇就不想张口。他想，千万别说她认识一个很好的女孩儿。赵院长继续问，你爹妈肯定很急吧？魏昊宇笑道，别提了。我明明二十七，我妈一口一个"你都快三十了"，生怕我压力还不够大似的。

赵院长也笑，可以理解，我也是当妈的。你看，你这个年龄的人单身，不光你爹妈急，旁边的人也急。但是老年人单身就没人急了，谁都觉得正常。其实老年人更怕孤单。

魏昊宇想到了爷爷，点头道，您说得特别对。那个，我很想知道，为什么这么几年了，曹爷爷都没找到合适的对象呢？我爷爷七十七，我奶奶走后还有人主动来给他提亲呢，对方还不到六十。曹爷爷也就大几岁嘛。

赵院长抱着保温杯沉吟着，似乎没想好答案。

魏昊宇提示说，刚才那几个爷爷说，有一个差点儿就成了，是有人打电话告诉了他女儿，他女儿跑来阻止才没成功的。

赵院长把保温杯一顿，义正辞严地说，就是我给他女儿打的电话。

魏昊宇有些意外，尴尬地笑了一下。

赵院长说，这么大的事，我必须让他儿女知道，不然以后有什么麻烦我负不起责。她顿了一下又说，你不晓得，老年人的婚姻是很容易出麻烦的。我们这儿有个老头，自己找了个女人，把婚结了，哪晓得那女人根本不是想跟他过日子，就是看中了他的钱。每个星期来一回，来一回就拿一回钱，把老头剥削得够呛，离又离不脱。

原来如此。老江湖依然险恶。

所以，我支持他找，但不支持他结婚。赵院长毫不掩饰自己的态度，反正他也找不到，他要求太高。这都好几年了，就让他当个游戏耍吧。不过，这些事你不要写到文章里哦。

当然不写，当然不写。魏昊宇点头，心想，也没法写呀，我们可是党报。除非——发到我个人公号里，想到这儿，心里一动。

赵院长说了"不要写到文章里"之后，就放开说了，曹德万天天说要找女人，院里这些老头儿闲得无聊，就捉弄他，给他乱介绍，还找他要介绍费。都是些七老八十的人了，我也不好批评他们，就让他们有点儿乐子吧。有一回那个穿皮夹克的张老头儿给他介绍了一个寡妇，他兴冲冲地跑去见，没想到人家寡妇早有相好的了，她男人差点儿把他给揍一顿。曹德万生气了，现在拒绝任何人介绍，就是自己去找。原来是隔天出去一次，生气以后每天出去，天不亮就出去。自己走到公交车站，再坐车进城，再从城里去其他镇上。他孩子也不管了，女儿还好一点儿，春节把他接去团个年，给他买新衣服。儿子就知道揩油水，有事儿根本找不到人。

不知怎么，魏昊宇对这个没见过面的老爷爷，生出了几分同情。但他毕竟是来写英雄事迹的，还是得奔着领导嘱托去。他换了话题说，赵院长，您还是给我讲讲曹爷爷救人的事吧。我们领导很重视这个事。要我尽快写，尽快见报。

赵院长说，具体情况我也不太清楚，我都是听他回来说的。你还是直接问他比较好。犹豫了一下她又说，说老实话，这件事，我是不想给外面人说的，我怕他牛吹大了，不好收场，没想到他自己打了你们报社的热线电话。

他还会打热线？魏昊宇惊讶。

赵院长说，打，经常打！有一回在路上捡了个手机，找到失主了，也打热线，希望有记者来采访他。还有一次在车上给孕妇让座，也打热线。原先一直没人理他,这一回估计是事情整大了,刚才又有家报社说要来采访。唉,这个老头儿太让我操心了。

赵院长的表情有点儿爱恨交加的样子。魏昊宇庆幸自己来得早,他催促赵院长再给曹德万打个电话,让他赶紧回来。赵院长说已经给他发过短信了。因为耳朵背,曹德万在外面听不见电话,但隔一阵儿会看看短信。

估计午饭前他能回来。赵院长看了看表,起身结束采访。走到门口她忽然说,你刚才问他为什么老找不到,那是因为他要求太高。

要求太高?他想找年轻漂亮的?魏昊宇笑。

赵院长说,那倒不是。他要求必须有爱情,你说高不高?

高。当然高。魏昊宇笑得更厉害了。

5

曹德万说,你想要过上幸福生活,你就得不停地找找找找找找找找找下去。

他说了多少个"找",魏昊宇没数,反正感觉他是说到接不上气才停的。见魏昊宇表情诧异,他说,我不是结巴,真的就是需要不停地找找找找找找找下去。魏昊宇连忙表示赞同,怕他喘不上气来。他感觉曹德万原本没打算说那么多个找的,是刹不住车了才如此。

临近午饭的点儿,曹德万终于回来了,赵院长掐得很准。让魏昊宇惊讶的是他那一身打扮:橘红色的像消防车一样的抓绒夹克、大红色的棒球帽,底下是牛仔裤加白色运动鞋。与周遭环境格格不入,当然,也和他那张脸格格不入。

其实他样子很普通,个子中等,面色黧黑。白花花的头发从帽檐下铺出来。帽子上印着"风帆旅游"四个字,估计是某次参加旅行团带回来的。帽顶已经泛白了,而且灰扑扑的,一看就是每日跟着他风里来雨里去的。如果不是他那个消防车颜色的抓绒衣,那么,混在院子里那堆老头儿中,完全分辨不出了。在他斜背的黑挎包里,果然插着一卷红色锦旗,用那些老头儿的话说,拿出去显摆了。

曹德万见到魏昊宇很兴奋,笑容满面地握着魏昊宇的手说,记者你终于来了!太好了!我一直在等你。你不晓得,昨天晚上我梦见一个记者来采访我了,都有白头发了,没想到你这么年轻。

果然是相声风格。魏昊宇笑,不过一点儿也不反感。

这时,几个老头儿围上来跟他打招呼,老曹,今天战况如何?

曹德万回答说,还可以还可以,晚上再摆。

摆,就是摆龙门阵的意思。魏昊宇听赵院长说过,每天晚上听曹德万摆龙门阵,是老头儿们最喜欢的娱乐活动。当个游戏耍。这是赵院长的态度。

那个皮夹克也凑过来,眯着眼笑道,哎呀老曹,这回你成英雄了,女人可以随便找了,自古美女爱英雄嘛。

曹德万不看他,大声跟另外几个老头儿说,今天我见到一位很合适的女同志,我们聊得很好,晚上给你们细摆。如果我跟她不合适,还可以给你们哟。

也许是因为记者在,老头儿们都很客气,好哟,祝贺你哟老曹。

走出食堂后,他跟魏昊宇说,刚才那个人很阴险。他指的是皮夹克。魏昊宇担心被皮夹克听见,不料他又补了一句,是笑面虎。

曹德万好像不会小声说话,每句话都很大声。显然是听力有问题。也是,都活到八十四了,哪可能所有零件是好的呢?但他走路很稳当,甚至可以用轻快这个词。魏昊宇和他并排走,丝毫感觉不到身边是个八十多岁的老人。是每天出门练出来的,还是原本就腿脚利落所以才每天出门？这中间的因果很难猜出。也许互为因果吧。

魏昊宇说，听院长介绍，您每天都出门？

曹德万就说了那一串"找找找"，你想要过上幸福生活，你就得不停地找找找找找找找找找下去。

魏昊宇问，为什么要一直找找找？

曹德万说，不找怎么行？毛主席说，扫帚不到，灰尘不会自己跑掉。你不找，爱情不会上门。院子里那些老家伙一天到黑看我的笑话，他们愿意混吃等死，啥子都不做，我不愿意。我就是要找自己的幸福。

魏昊宇笑说，他们是羡慕你要结三道婚。

曹德万严肃地说，我前头虽然结了两道婚，但那两个女人都不是我自己找的，没有爱情。现在我就想自己找一个，按我心头的想法找一个，不然这辈子白活了。

此时他们已经坐在曹德万的寝室里了。只有一把椅子，魏昊宇就坐在了一根小凳子上，仰视着他。

曹德万脱下帽子，人顿时老了几岁，脑袋前半部一根头发也没有，退居到中轴线两边的也是白发。两鬓还布满星星点点的老年斑。鼻子很大，左侧有个瘊子。如果要画他的漫画，重点应该是鼻子。魏昊宇觉得同是七八十岁的老头儿，他跟爷爷完全不一样。爷爷仿佛看透一切似的云淡风轻，他却还处在燥热中。不过，也很难说爷爷心里怎么想的，魏昊宇想，说不定爷爷也藏着自己的秘密。他从来没跟爷爷坐下来聊过，就是坐下来也总是爷爷在问他，工作怎么样，女朋友怎么样。下次试试看，反过来问问爷爷，你想不想再找个伴儿。

魏昊宇习惯性地琢磨着眼前这张脸庞，忽然发现曹德万正专注地盯着他，他感觉到了他眼神的重量，决定转移话题，不再谈找对象的事。毕竟他是来采访英雄的。

曹爷爷，您很了不起，八十多岁了还能见义勇为下河救人。我们报社领导很重视，要我好好写写你。

他当然不敢说"他们怀疑你不是真的救了人"，强调说，你跟我详细讲讲当时的经过好不好？比如，你看到那孩子的时候，他已经沉到水里了吗？你下去的时候脱衣服了吗？你花了多长时间救他上来的？你呛水没有？孩子呛水没有？

这一连串问题似乎把曹德万给蒙住了。他死死地盯着魏昊宇，好像答案在他脸上。这反倒让魏昊宇不自在了。是自己冒犯了他？还是他心里真有猫腻儿？魏昊宇移开视线，盯着曹德万鼻子上那颗痦子耐心地等着，心里有点儿小小的不安。

但很快，曹德万就开口了，他大声武气地说，你问的那些问题都不存在！事情的经过是这样的，我前天，不对，是上前天，回来的时候路过河边，听到一个娃娃在哭。我就跑过去看，一个七八岁的娃娃，两只脚陷到河边的泥巴里出不来了。我就跑过去拉他，还是很危险的哦，我的两只脚全部踩到水里才拉到他的手，费了好大的劲儿才把他拉上来。要不是我力气大，我们两个都下去了，那个河还是有几米深嘞。我把他拉上来以后，才有人跑来帮忙，送娃娃回家。你说我算不算见义勇为？

魏昊宇用力点头，算，当然算！

曹德万心满意足地说，就是嘛，张老头儿他们说我的衣服没湿，没有下水。搞笑得很，他们又没看见，只晓得挑我漏眼（找茬）。人家爷爷奶奶都感激得不得了，不是我，他们孙娃子就没了。说老实话，我再晚去几分钟，娃娃就滑下去了。

魏昊宇完全明白了，但他还是继续追问，那个娃娃跑到河边去干吗？不会是游泳吧？曹德万说，起先我问他，他啥子都不说，就晓得哭。后来他爷爷奶奶跑来感谢我，我才晓得他是下去逮蝌蚪了，说是课文上学了蝌蚪。好危险嘛。这条河每年都淹死人的。

魏昊宇由衷赞叹说，曹爷爷，您真的很了不起。那么大年纪了，这种时候还不顾一切跑去救人。您当时心里是咋个想的？

曹德万说，啥子都没想，就想赶快把娃娃拉上来，不要滑到河里去。他摸摸鼻子，忽然笑起来，当然，娃娃拉上来之后，我心头还是有点儿高兴的，我想这下终于可以给报社打热线电话了。

魏昊宇笑说，曹爷爷您真的很想上报纸吗？

他摆摆手，不是不是。我这个事情写不写都没关系，举手之劳，登不登报没关系的。我盼你们记者来，是有另外一件事想请你们帮忙。

魏昊宇疑惑，什么事？

很重要的一件事。我的儿女都不肯帮我，我自己又做不好。我就想有记者来采访我的话，我就请记者帮忙。

魏昊宇连忙表态，你说吧曹爷爷，我一定帮你。

曹德万这才取下身上的挎包，那是一个黑色的公文包形状的皮包，四边角已经磨损了，但表皮很亮，人油蹭出来的光亮。他把锦旗放在一边，从里面拿出一个笔记本，又拿出一张地图。

他把地图摊开让魏昊宇看，你看嘛，画了红旗的，就是我去过的地方。现在还有几个镇没去过。我原来计划的是，今年之内把没去到过的几个镇都去一下。他又翻开笔记本，上面密密麻麻地写着日期、名字、地址、电话。他指点着说，见过的我都记在上面了。我还编了号的，到今天为止，已经见了两百一十五个了。

魏昊宇说，曹爷爷，您这样找不行，还是要有个具体目标才行。

曹德万笑了，很有些得意的样子。当然有具体目标，没有目标咋个打仗？我告诉你，我做梦梦到过那个女人的。她的样子我记得很清楚，短头发、大眼睛、个子不高，穿了件红色灯草绒，说话细声细气的，一身干干净净的。她说跟我在一起很开心，愿意跟我……

魏昊宇问，你找到她了？

找到了！我悄悄给你说嘛，就是原来给我们做饭的陈姐。她的样子就和我梦到过的那个女人一样一样的。我们摆谈得相当好。后来那些人看到我要和她结婚了，就来搞破坏，把她给辞退了。我不甘心，就去找她。到处找，跑了好多地方。今年春天的时候，终于把她给找到了，她在白家镇一家餐馆打工，还是单身。

魏昊宇说，所以你就每天去她饭馆吃饭？

曹德万说，对头。我希望她每天早上第一个见到的人是我，我要陪她说话，让她高兴。我每天赶第一班车进城，再转车去白家镇，她一开门就能看到我。我在她那儿吃早餐，陪她洗菜洗碗，再吃个午饭，然后才慢慢回来。现在我们相处很好。只不过我一提结婚她就摇头，可能是伤了心了……这件事你千万不要告诉别人哈，赵院长也不要说，要替我保密。

魏昊宇说，好的，我不说。

曹德万说，她为啥子不答应我呢？我每天都在想这个问题，脑袋都想痛了，最后我终于想到了原因。

什么原因？魏昊宇急切地朝前探身，完全入戏了。

是因为我从来没给她写过情书。

曹德万脸虽然没红，语气已经红到发软了。魏昊宇无论如何没想到他会说出这个原因。他忍住笑，附和说，有可能。

曹德万从他那个密密麻麻的笔记本里找出一页纸，递给魏昊宇，你看嘛，我写了一封，但是没敢给她。因为我不晓得这个算不算情书？我这辈子没写过情书。那天看电视，电视上有个人说，情书最能打动女人。我想你们年轻人肯定懂得起，你帮我看看嘛。

魏昊宇把那张纸接过来，上面歪歪扭扭却认认真真地写着：

陈姐同志你好。我今年虽然八十四了，但身体健康，不抽烟，

不喝酒，讲卫生，脾气好，尊重女人。有房子和工资。我想和你一起生活，我会天天让你开心的。此致，敬礼。曹德万

曹德万眼巴巴地盯着魏昊宇，行不行？算不算情书？要是不算，你能不能帮我写一封？我认字不多。

不知怎么，魏昊宇有点儿鼻子发酸。他说，算，当然算。我觉得你写得特别好。要是改的，就改一下开头，不要写陈姐同志……

正在这时，有人砰砰砰地敲门。魏昊宇还来不及去开门，门就被推开了，一个四十来岁的女人站在门口。

爸！女人叫了一声。

曹德万起身说，你咋个跑来了？

他们说你下河去救人？你疯了？你真的以为你二三十岁啊！你不要命啦？女人满脸惊慌，看得出她是真的吓到了。魏昊宇感觉她是曹德万的小女儿。

曹德万重新坐回到椅子上，慢悠悠地说，不要惊慌，有好大个事嘛。我现在不是好好的嘛。

女人说，我求你了爸，安生一点儿，不要每天再跑出去了。你都八十四了。人家说七十三八十四……

曹德万大喝一声，打住！我最烦听这个！八十四咋个了？八十四咋个了？八十四就不活了吗？我才不信这个邪！

女人傻了，片刻，她把手里的一兜东西往地下一顿，气哼哼地说，你凶，你不得了了，天王老子都惹不起你！我再也不管你了！

曹德万说，你不管就对了，好好过自己的日子去。我嘛，就是要出门找找！然后他指了指魏昊宇，这位是党报派来的记者，他都支持我。对不对，魏记者？

魏昊宇连忙从小凳子上站起来说，是的，曹爷爷，我支持你。

魏昊宇觉得自己是由衷的。

在那一瞬间他想好了，这一期公号不写佛系了，就写曹德万出门去找爱情。

卤水点豆腐

1

上午快要下班的时候，李悦苏被处长叫去办公室，她顿时忐忑不安起来，这种忐忑她已经很熟悉了。一进去，吴处就让她关上门，然后单刀直入地问，上面发的那个精神文明奖金你领回来了吧？

悦苏说，领回来了，十万整。

她声音很低，好像声音大了贼就会听见。

吴处的声音倒很大，这样，你去拿五万出来，你两万我三万。

悦苏目瞪口呆，心想这是开玩笑吧？是考验我的吧？五万？升级也升得太快了！悦苏忙说，不可以的，那是专款。

吴处皱眉道，这个鬼精神文明工程把咱们累得够呛，最该奖励的是咱们，去，拿过来。

悦苏看出他是认真的，不是在逗她或考验她。他鼻翼两侧的法令纹都扯到下巴了，让他的脸成了猴脸。

看到李悦苏发呆，吴处把眼睛瞪圆了，难道我说得不对吗？那些获奖单位都是我报上去的，我不报，他们一毛钱也没有！我不找他们要钱就算够对得起他们了。

悦苏还是发呆，呆若木鸡。吴处不耐烦地挥手催促道，去去，拿五万过来，剩下的五万给他们分分就可以了。

悦苏垂死挣扎道，可是通知上已经写明了，这次奖金是一个单位两万，少了一半怎么发呀。

吴处有点儿生气了，从办公桌后面走过来，气恼地说，怎么叫你做点儿事那么难？你是处长还是我是处长？不会动动脑子吗？

悦苏几乎闻到了他的口臭，不知昨晚又上哪儿去吃喝了，搞得消化不良。她转身，气冲冲地回到自己办公室，取了钱，又气冲冲地返回吴处办公室，把装了五万元的信封用力甩在他桌子上，喏，五万都在这儿，我不要。

说罢，她转身就走。心想，我不拿，就不信他敢拿。

说来，吴处已经不是第一次做这种事了。虽然处里的小金库由悦苏管着，但她的所谓管，就是丫鬟拿钥匙的那种性质，毫无监管权力。她接手小金库这半年，吴处每次出差都要从她这里拿个三五千，从来不还。机票和住宿费可都已经报销过了。有一次他甚至很无耻地跟悦苏说，我老娘马上要过生日了，我想买个像样点儿的礼物，你那儿还有多少现金？全给我吧。悦苏抵抗了几天没抵抗住，还是拿了五千给他。隔三差五给他往饭卡里打钱，就更是小菜一碟了。

在那一刻她顿悟，前任林大姐为什么坚决不管小金库了。

去年悦苏被评为优秀公务员，部里发了一千元奖金。她拿到手还没焐热，就被吴处狠狠训了一通，说什么你的票根本不高，你的优秀公务员是我给你争取的。你怎么能就这么领了？应该放到处里的小金库！悦苏知道，一旦放进小金库，就成他的了。悦苏百思不得其解的是，他一个月薪水也有两万多，为什么连一千也不放过。

最过分的是，上个月，上级给他们处发了一笔奖金，由于新的财务制度严格，不能提现发给大家，只能买礼品。悦苏去请示他买什么，他说打到他公务卡上就行了。悦苏还以为他去买呢，结果再也没有下文了，全成他的了，一万五！

悦苏每次遇到这样的事，就觉得生无可恋，暗无天日。她像一只掉进蛛网的小虫，无望地挣扎。可是不但没挣扎出来，还把自己搞得胳膊腿都快要断了。她天天盼着他调走，甚至暗暗咒他得绝症。

上周处里开会，她终于鼓起勇气提出，可否另找人管小金库，她的理由是自己要生孩子了。吴处一口否决，说每个单位都是女同志管财务，女同志仔细。其实还不是因为她年轻，好使唤。

怎么办啊？这是五万啊。悦苏愁眉苦脸地走出吴处办公室。

在卫生间，她碰到了林大姐，忍不住叫唤说，林大姐，我真不该接你的班啊。林大姐心领神会地笑，说真不好意思，让你受罪了。她继续娇嗔地说，好烦啊。林大姐没再说什么，甩甩手上的水离开了卫生间。悦苏快快地洗了手，也随后走出。她想，如果这会儿遇见柳色新，他一定会说，纯真的心灵又被残害了吗？

林大姐和柳色新，算是悦苏在单位上能说上话的人了。尤其是柳色新，应该算她的男闺蜜了。

悦苏刚分到局里，就发现同事里竟有柳色新这样的人，惊喜不已。柳色新不过比悦苏早分来几年，却像个老先生。兴趣爱好特别广泛，诗歌绘画禅茶，样样通。聊起天来又有趣又有知识，特别好听。他最热衷的是茶文化。不仅对各种茶了如指掌，还对茶道与佛学，茶艺与诗歌都很有研究。他读过的那些书悦苏都没有听说过，什么《宣和北苑贡茶录》《东溪试茶录》《续茶经》《煎茶水记》等等，真不知他从哪儿翻出来的老古董。聊起茶，他可以从种茶、采茶开始，说到制茶、选茶、煮茶、品茶，再说到茶器、茶道，无穷无尽。至于中国的茶圣陆羽，和日本那位第一次将茶文化介绍到西方的作家冈仓天心，在他嘴里就跟老友似的熟稔。这两年，他已经发表了好几篇关于茶文化的文章了。悦苏很奇怪这样一个人，怎么会在政府机关工作，他应该在大学或者研究所里待着才是。但悦苏很庆幸他出现在他们局里，让她有了个透气的地方，不然她得憋闷死。

更重要的是，柳色新虽然是个小科员，却在吴处面前不卑不亢，既不怕他，也不怼他，就当他不存在。其实吴处也曾欺负过柳色新。有一回柳色新写了一篇《智能化办公更应该提高人文素养》的文章，获得了市政府举办的征文奖，奖金三千元。吴处竟然让李悦苏只给他一千，扣下两千。他说柳色新写这篇论文时他提供过很多信息，那两千应该给他。见过脸皮厚的，没见过这么厚的！悦苏气得够呛，让柳色新去找他理论。柳色新笑笑说，没事儿，我多两千少两千无所谓，不要让你为难就好。

每每悦苏对吴处咬牙切齿时，他就会开导她说，任何一个单位都会有这样的人，没有吴处就会有张处，有这样的人才生态平衡，全是你我这样的人不行。水至清则无鱼嘛。有时候悦苏觉得他过分"佛系"了，她才不信一个单位必须要有吴处这样的人来平衡。难道一锅汤非得有颗老鼠屎才算汤吗？柳色新听到她这话举起两手说，我投降，我说不过你。

悦苏的脚不由自主地就走到了柳色新办公室。门开着，里面传来柳色新打电话的声音，好像是在联系植树节活动。她顿了一下，转身回自己办公室了。

2

午饭时，悦苏如愿见到了他，暗自愉悦。

柳色新还是一如既往地穿着他的中式衣服，踏着他的布鞋，留着他的胡子，不像三十岁的青年，像年过花甲的人。他拿着饭盘，慢悠悠地走向食堂最角落的桌子。悦苏心里一动，那是他们的桌子。

曾经有段时间，每天午饭是悦苏最开心的时光。他们会很默契地走到角落那个位置坐下，边吃边聊。有时候她还会跟他去办公室喝茶。柳色新在办公室备了一套茶具。最让悦苏觉得新奇的是，喝茶前他会先在办公桌上铺上一块茶巾，才拿出壶和杯子泡茶。他说仪式感是茶文化的重要部分。他泡一壶正山小种，或者一款凤凰单枞，或者福鼎白茶，一边喝一边给悦苏讲解。茶文化是最能体现东方文明的，或者体现亚洲文化的。他很骄傲地跟悦苏介绍，就好像茶是他发明的。其他很多方面，亚洲文化总被西方文化歧视，独有茶文化，在几百年前就体现出了东方文明的优雅品格，让西方人惊讶。

慢慢地，悦苏也逐渐爱上了茶。在此之前，她只喝咖啡。

她不否认那个时期，自己对柳色新已经很有好感了，甚至有点儿动心了，她总想见到他，见到他总开心。以至于和男友约会时，都有点儿心不在焉了，甚至有点儿小不耐烦了。而柳色新也明显地喜欢上了她，他看到她时，眼里的笑意总让人想起春天的柳树，叶片透明，树干饱满，快乐地摇曳着。

可是悦苏当时已经有男友了，这男友还是父亲通过 AI 软件筛选出来的，对得可谓严丝合缝。父亲虽然是个作家，却是个人工智能爱好者，凡事都尽可能依靠人工智能。他将女儿的各种信息：生辰八字、身高体重、血型属相星座、籍贯出生地、对颜色的喜好、对食物的喜好、对数字的喜好，甚至对手游的喜好，还有吃饭的速度、入睡的姿势，当然还有学历学位，以及父母兄妹的状况，林林总总，一百多条信息，全部输入，才找到了这位叫袁谋人的男友。悦苏起初有些抗拒，好像命运被计算机给安排了。但被迫去见了一面后，还真是对上眼了，袁谋人的条件无可挑剔，还不满意就不是正常人了。于是两人一拍即合，很快确定了关系。

袁谋人比她大四岁，博士毕业，在一家人工智能公司搞软件开发。聪明能干，长得又高又帅。父亲是软件工程师，母亲是画家，还有个姐姐，继承了母亲，也是画家，但她不是传统意义上的画家，是数字画家。家庭组合完美，而且都是高收入高智商高颜值。可以说，条件好到爆。

要说不如意，就是一点，袁谋人埋头专业，对专业以外的东西兴趣不大，所以和悦苏的共同话题比较少，只有聊到人工智能，他会滔滔不绝。他的口头禅是"根据数据显示"或者"根据算法来看"。而数据和算法之外，他总是嗤之以鼻，谓之非科学。悦苏经常开玩笑地叫他计算机。

不过，悦苏在被柳色新狠狠吸引了一段时间后，还是回到了袁谋人身边了，其间的情感的转移和复原，完全是在无声无息中发生的。并不是传统的专一观念束缚着她，而是，一段时间后，不知怎么，她竟对柳色新渐渐失去了最初的热情，听他聊天没那么起劲儿了，看到他的中式装扮也有点儿别扭了。感觉之下，还是袁谋人更顺眼，更吸引她。于是她从喝茶，又回到了喝咖啡，觉得还是咖啡来得快，更提神。

悦苏跟闺蜜（真正的女闺蜜）说起此间的感受时，闺蜜说，古人早就说了，乐莫乐兮新相知。新相知最能让人的多巴胺上升，一旦变成旧的了就不再能产生多巴胺了。悦苏却觉得不完全如此，要说旧人，袁谋人才是旧人，可她怎么又重新对他有了热情呢？或者说，她再看到袁谋人时，忽然感觉还是他（比柳色新）更吸引自己呢。他的西装比柳色新的中式衣服更显得精神呢。

也许根据数据显示，她只能是他的妻子。或者根据算法，他是她最完美的丈夫。

还是相信科学吧，她暗自思忖，默默地向计算机投降了。之后不久，她就嫁了，再之后，怀上了孩子。一切都成定局。柳色新很失落，一度午饭时间不再去饭堂。

但也只是一度，他很快恢复了常态，毕竟，他是一个凡事都看得通透的人。如此，柳色新依然是悦苏在单位上唯一能说心里话的人。他见到她，依然是一棵春天里的柳树。而悦苏每遇处长作恶，仍会找他吐槽。尤其是怀孕后，悦苏跟他交往少了很多顾忌，那隆起的腹部好像盔甲，可以抵御住来自他人的猜疑和来自自己的心虚。

悦苏打好饭，走过去，很默契地在柳色新对面坐下。柳色新一看到她，眼里春风拂过，笑道，袋鼠妈妈你好！

悦苏也笑，她不反对他给自己取的这个绰号，从镜子里看，自己真的像个袋鼠。

柳色新说，怎么，纯真的心灵又被残害了？

果然，他完全知道她找他要说什么，他熟悉她每一个表情。

悦苏克制着愤怒，把刚才的事情告诉了柳色新，反正我坚决不要，我不想再妥协了，以前他拿个三千五千我都忍了，这次数额太大，五万元，这可不是小数目，我妥协了等于是帮他，助纣为虐。

悦苏有些激动，用筷子戳着饭。

柳色新暗示她声音小一点儿，压低声音说，这家伙的确过分，现在残害的不是你一个，是两个，还有个更幼小的心灵呢。悦苏说，就是，我们母子同受污染。柳色新说，我估计他不会就此罢休的。悦苏说，我就不信他一个人敢把五万元都吞了。我不拿，他肯定不敢拿。柳色新说，我看难说，他这个人，在钱财面前已经毫无廉耻了，不定会怎样呢。悦苏说，他不怕我揭发？柳色新说，我看他是吃准了你。

两个人低声絮叨着。悦苏一时间愁上眉梢。

柳色新忽然笑起来说，你也不用那么愁，好像世界末日似的。没什么大不了的，到时候兵来将挡，水来土掩。

悦苏苦笑说，还有吗？

柳色新说，当然还有，船逢桥头自然直，车到山前必有路。

悦苏继续说，还有呢？

柳色新说，卤水点豆腐，一物降一物。

悦苏吃吃地笑起来，还有吗？

柳色新拿筷子一敲饭盘，说，天王盖地虎，宝塔镇河妖！

悦苏终于哈哈大笑起来，愁容一扫而光。

悦苏最喜欢听柳色新说这些俗语俚语老话了，也不知他脑子里怎么装了那么多。现在也只有在他这里可以听到这些老话了。其他时候，她听到的都是千篇一律的印刷体。领导报告里充斥着几个要几个不要，或者几个坚决几个必须；丈夫这个计算机则动辄说，"根据数据显示""这显然不符合程序""计算机算法比你更了解自己"。

只有在柳色新这里，她能闻到从前的人间烟火味儿，听到人话。或者，她还能感觉到自己是个小女人。

悦苏暂时忘掉了烦恼。

3

下午上班，悦苏刚进办公室，吴处就来了，一看办公室只有她一个人，就把厚厚的信封往她抽屉里一放，压低声音说，这个你必须拿着，这叫风险共担。还有，不许跟任何人说，包括你老公。一个下属要懂得保守领导的秘密。

一个贪钱的人，还能把话说得如此冠冕堂皇，也是够奇葩。悦苏都已经无法愤怒了，她发了会儿呆，就拿着手机跑到楼梯拐角处，去给柳色新打电话。

她声音发颤地说，你还猜对了，他真的没罢休，刚才真的拿了两万元给我，放我抽屉里就走了，我怎么办呀？

柳色新说，虽然我平时总劝你忍，这事儿我还是支持你坚决不妥协。你还是去还他。保险起见，用手机录个音，把话说得明确一点，这样的话，万一以后出事了，好歹有个证据，证明自己的清白。

悦苏想，对的，要留个证据。录音不如录像，她有个高清数码微型摄像机，是袁谋人给她买的，还没用过。

她回到办公室，从随身包里拿出来，那东西只有胡豆那么大，因为是女式的，做得像一朵胸花。她把它别在胸前，去吴处办公室。走进办公室，悦苏喊了一声"吴处"，抬手很自然地摸了下衣领，录像开始了，于是把信封往桌子上一放，字正腔圆地说，吴处，这个钱，我不能拿。

吴处脸色铁青，眼神凶巴巴地说，你怎么这样！屁大点儿事都不敢担当，白让我信任你了！

悦苏不语。

他缓和了语气说，其实我这也是为你好，你不是马上要生产了吗，孩子生下来花费很大的，就你那点儿工资哪里够。

悦苏说，无论如何，我都不能拿这个钱。这个是上级拨发的专款，是给下面那些单位搞精神文明建设的。

吴处说，你还真是天真，你以为他们拿去会干好事吗？还不是私下分了。他们得了荣誉就可以了，我们得点辛苦钱正该。

悦苏真是反感到家了，他一口一个"辛苦"，其实他什么事儿也没做，最辛苦的是林大姐和柳色新，他俩一趟趟往基层跑，有时周末都在下面待着。悦苏不想再跟他理论了，拍了拍信封说，这是你刚才给我的两万，我放这儿了。然后转身出门。

走出门后她如释重负。心想，我不拿，他肯定不敢拿。过两天就会退回来的。这次无论如何不能让他得逞。她给柳色新发了个短信，已退还。后面还带了两个举着胳膊的表情符号。

不料只过了一个小时，吴处就叫悦苏去他办公室了，悦苏不确定他到底会怎么做，还是戴着"胸花"去了。进去后她有意说，吴处，你找我？吴处很轻松地把信封扔给她，看厚度里面没有两万，他说，既然你坚持不要，我也不勉强你。那我就留四万吧，我最近开销大。你把剩下的六万发下去，就发给前三名好了。

悦苏怎么也没想到他会这样处理，不但不退，还多要一万！这种无耻让她脑子一时转不过弯来，她呆了一会儿，傻乎乎地说，那另外两家怎么办？财务上要有他们的签字才行。

他瞪了一眼道，你替他们签个字不就行了？这么点儿小事还得我教你？真是笨！

悦苏急得要哭了，她说，我不能这么做，这是违反财经纪律的。

吴处说，怕什么？有我在，责任我来担。

悦苏说，你还是别让我管账了，让其他人管吧。

吴处拉下脸说，难道处里的工作要你来替我安排吗？去，按我说的做。有什么事我担责任。

你担个屁！悦苏退出吴处办公室，心里毛焦火辣的，恨不能立即拿着视频去纪委举报。

可是，如果去举报，纪委下来查，估计吴处不是免职就是开除公职。他倒霉都罢了，活该，问题是自己会被牵连的。肯定得调查半天，说不定还会被他反咬一口，毕竟他每次拿钱都是从她这儿拿的，都是她替他签字掩饰。自己马上就要做母亲了，无论如何，不能摊上这样的事啊。

怎么办怎么办？只能回家找丈夫想办法了。

4

晚上回到家，一早设置好的米饭已经焖好了，汤也煲好了。她打开地宝清扫房间,再从冰箱里拿出两个半成品菜来加工。忽然想起今天是周三,又赶紧按下了浇花按钮。炒好菜摆上桌,就急切地盼着袁谋人赶紧回来。

袁谋人偏偏晚回,七点才进门。悦苏来不及埋怨他,就迫不及待地把今天发生的事情全部告诉了袁谋人,还给他看了自己的录像。录像很清晰,只是有部分削掉了吴处的脑门。

袁谋人一边洗手,一边连连摇头,说这人太无耻了,贪婪的增长速度已经超过咱们的GDP了。这都已经进入智能时代了,他那个贪的本性还停留在工业时期,不,是农耕时期。

悦苏说,我感觉他比原来还贪,胆子越来越大,脸皮越来越厚,真是无耻,真是有病!

袁谋人说,说到底,这男人是太无能。有那些时间,完全可以去挣大钱嘛。根据数据显示,越是在蝇头小利上下功夫的人越发不了财。我看,他的整个大脑都需要更新,不只是观念,整个中央处理系统都需要更新,再不更新他就要被淘汰了。我们最近研究发现……

悦苏打断丈夫,你就别说那些没用的了,赶紧想想办法吧。我真的不知道怎么办了,妥协也不对,揭发也不敢。我可不想在生孩子之前发生什么倒霉的事。

袁谋人的发挥被打断,不快地说,我又不是纪委的,我能怎么办?

悦苏说,你们研究的那些数字药品,就没有治贪的?

袁谋人说,我们研究的那些产品都是为人类谋福的,比如治疗抑郁症,治疗强迫症,治疗帕金森,治疗心脏病,以及其他神经系统的疾病。哪有为这种目的研究产品的?除非纪委要求我们立项。呵呵。

两个人在饭桌前坐下。丈夫说,今天小家伙怎么样?

悦苏说,没什么感觉,也不踢我了。

袁谋人说,正常的,小家伙开始全面生长,脸上长出眉眼了,手指都长出指甲盖了。

悦苏笑了下说,就好像你亲眼看到了似的。

袁谋人说,哪里需要肉眼看,数据会说话。等下周我给你戴个芯片项链,这样我可以用手机 APP 随时监控你子宫里的情况。放心吧。我们的宝宝肯定是高智商高颜值的,而且非常健康。

这个悦苏也不怀疑。他们的一切,都是根据科学数据设定的。怀孕前,袁谋人特意采集了他们两人的各种数据进行了一番推算,不但推算了日期,还推算了地点。最后在海边和森林两者中,选择了负氧离子充沛的森林。于是专门飞到西双版纳度假一周,在那里孕育了宝宝。有身孕后,吃什么喝什么,乃至睡觉的方式、走路的步数、晒太阳的时间,都被袁谋人一一规定。最重要的是,袁谋人还通过改变卵细胞的方式,缩短了她的孕期,将九个月缩短到七个月,大大减少了她的负担。如此,他们的宝宝将在五月出生。

虽然很先进很科学,悦苏却感觉自己像个被设定了各种程序的孕育机器,被袁谋人这部计算机操控着。不是那么愉悦。

悦苏还是发愁。她说,我看书上说,二十四周胎儿的听力已经形成了,要是吴处的问题不解决,我成天和他吵架,成天不愉快,让小家伙听到了怎么办?

袁谋人说,听到他也不会明白,他的大脑思维还没开始运转,听到的只是声波。

悦苏说,但是不愉快的情绪会影响他成长的。哎,计算机,上次我们局那个张主任,就是服用了你们的数字胶囊彻底改变的。我们局的人都说他像换了一个人。你就不能在吴处身上再发挥一次数字药品的作用?

袁谋人说,张主任那是身体有病,影响到了情绪,情绪又反过来影响了身体。找出病因就可以调理。你们吴处似乎不是这个情况。

悦苏说，心理问题你不是也解决过吗？你侄儿手机上瘾，不是你帮他戒掉的吗？

袁谋人骄傲地说，那，我解决的问题多了。我还帮我同学修复了和他妻子的关系呢，还协助戒毒所治好了几个瘾君子呢。

悦苏说，你好好考虑下嘛，说不定那些药对吴处也会有效。我感觉他不光是心理有问题，身体也有病，真的，一种贪婪病，一看到钱就跟苍蝇见到屎一样，控制不住想往上扑。你们那儿应该研发出一种医治贪婪的药，太需要这种药了。我敢肯定，一旦研制出来，各级政府订单不断。

袁谋人言之凿凿地说，只要我们想搞，肯定能搞出来。现在嘛，只能靠制度了。

悦苏说，照理说我们机关的财务制度算严格了，报销个机票还要登机牌，发票都要写明所购物品清单。可是我们处里的那点儿钱还是他说了算呢，虽然贪不到大钱，但一年到头加起来也有十来万了。最主要的是，我每天和这么个贼兮兮的人在一起，好烦好烦。我总觉得除了制度限制，也应该增强人对物欲的克制力。

袁谋人说，就目前我们公司比较成功的数字胶囊来看，是通过放射信息，或者植入芯片，来调整和改变大脑内原先的神经系统，以改变原有喜好。是不是可以改变对某种物品的喜好，还有待研究。

悦苏说，最好能让他讨厌钱，看到钱就厌烦。

袁谋人哼的一声笑了，又是那种听到孩子说蠢话的表情。然后他抱起电脑，坐到了沙发上。

悦苏说，我话还没说完，你怎么就不理人了？

袁谋人头也不抬地说，我这不是查资料吗？现在智能产品日新月异，甚至分分钟有变化，我看看今天国外的进展情况，说不定能找到帮你治疗吴贪官的路子。

悦苏只好去厨房给老公冲泡苦杏仁茶。

袁谋人有个癖好,只要动脑子,就得喝苦杏仁茶(而不是抽烟、喝咖啡或者绿茶)。当然,如果做爱,他会来一杯红酒。两者绝对不能搞混。有一天晚上,悦苏在床上等他,他去洗澡却久不出现,悦苏忍不住去找,发现老兄竟然坐在书桌前搞起研究来了。原来他洗完澡,顺手喝了下午没喝完的苦杏仁茶,完全忘了在床上等他的娇妻,打开电脑就工作。袁谋人对此的解释是,我大脑皮层里的眶额皮质和海马比较特殊,跟嗅觉投射只有两个突触的距离,一般人是三个突触。

悦苏哭笑不得,你能不能说人话?

袁谋人说,就是说我的嗅觉过于敏感,直接影响到大脑神经的指挥系统。

悦苏嘲讽说,看来你已经具有神人特质了?

袁谋人说,你不信吗?我可以明确指出,你今天中午又喝茶了。

悦苏愣了,什么也没说,转身去开洗碗机。

5

袁谋人是国内最大的 AI 数字药品公司的软件工程师。他的导师非常牛,是中国数字药物领域的大咖,目前他们研发出的几种数字药物,已经临床试验成功了。比如帮助睡眠的,比如控制血压的,比如改善精神状态的。目前他们还在研制改变人情感的,比如增强对异性的吸引力,或者,减弱厌恶情绪。

所谓数字药物,不是传统意义上的药物,也就是说,不再是化学成分组成的了,而是在药片里包裹各种感受器(传感器),当患者吞下含有芯片的药物后,里面的感受器会随药片进入体内并激活,一方面向患者大脑发送信息，另一方面向外界感应设备发送信息。比如对失眠患者来说，吞下安眠胶囊，其中的感应器可以将中枢神经中兴奋神经阻断，导入安眠信息，患者很快便可以入睡，医生也可以观察到他的睡眠状况，适时调整。

悦苏他们局里的张主任，是个成功案例。张主任本是个很正直的人，就是脾气暴躁得吓人。有一次他通知悦苏去领办公用品，悦苏因为有事耽误，晚到了半小时，他就冲悦苏大吼大叫，青筋暴涨，吓得她腿直哆嗦，眼泪忍不住就下来了。事后张主任跟她道歉，说不是有意的，血压有点儿高，控制不住自己。

悦苏把此事告诉了丈夫，袁谋人就建议他去他们公司看看。他们的 AI 数字公司不仅仅是研究单位，也是一家医院，智能医疗院。

张主任去后，丈夫给他做了全面检查，发现他由于长期失眠，导致血压高，血压高又导致情绪易激动，情绪激动增加了血液流速，更容易失眠，于是进入了恶性循环。丈夫便推荐他服用他们公司最新推出的安宁一号。张主任半信半疑，毕竟数字药物还属于新生事物。但他已经被失眠症折磨得痛不欲生，愿意试试。没想到服用半月后，效果非常明显。原先每晚要服用四到五颗安定才能入睡，后来减到两颗，再后来减到半颗，再后来就取消了。随之，血压也降下来了。整个人的状态都不一样了，单位上的人说他像换了一个人，笑容比外婆还慈祥。现在他很信服数字药物，一再向局领导建议，把袁谋人他们的数字药品公司，增加为他们局的医疗对口单位。

张主任的案例，让悦苏对丈夫很是膜拜，计算机，你还真是有点儿神呢。袁谋人却用稀松平常的口吻说，这不算什么。我们最近有好几项重大突破，用 3D 打印机打印的肾脏已经进入临床试验了。最新研制的心脏起搏器，已经可以通过 Wi-Fi 控制了。

悦苏说，这个听上去有点儿吓人，会不会产生谋杀啊？袁谋人说，你侦探小说看多了吧。那仪器不是人在控制，是算法在控制。也就是说是机器人在控制。机器人通过网络随时监测患者的心脏，发现异常即可进行及时调整，大大减少猝死的发生。悦苏说，那谁来控制计算机？还不是人。袁谋人说，你放心，我们有严格的程序，是互相制约的。悦苏说，卤水点豆腐，一物降一物吗？袁谋人又从鼻腔里出气了，我跟你谈科学，你扯什么卤水豆腐。

悦苏走进卧室，见丈夫正在看投影电影，不是故事片，是纪录片。丈夫只喜欢看纪录片。他们的卧室根据袁谋人设计，像酒店的标间一样——两张床。当然两张床都很大，可以随时同床。怀孕期间，丈夫很克制，一次也没有上过她的床。悦苏上了丈夫的床，靠在他身边和他一起看纪录片，是一部美国国家地理的《旅行到宇宙边缘》。

悦苏看了一会儿就走神了，她说，我真希望你们研究出一个仪器，可以通过 Wi-Fi 来控制吴处的贪念，只要他一拿钱，身体马上出现不适反应。比如说，马上就呕吐，或者头痛欲裂，像戴了紧箍咒。

袁谋人抚摸着悦苏的头发说，你可真能瞎想。我看，只要往他体内注射一点儿你的洁癖就可以了。

悦苏说，我有洁癖吗？

袁谋人说，重度。

悦苏说，不会吧？人家说洁癖是强迫症。我可没有。

袁谋人说，你是精神洁癖。不是成天洗手那么简单，要是那种我早给你治了。当初为了跟上你的节奏，谈好这个恋爱，我也是像对待科研项目一样啊，还采取了有效的方法呢。

悦苏笑说，什么方法？是不是仔细研读了什么"把妹"宝典？

袁谋人说，我才不会读那种小儿科的东西。我要采用的肯定是科学方法。问世间情为何物，不过是三种激素：苯基乙胺、多巴胺，还有内啡肽。懂点儿科学，你就知道爱情是可以掌握的，既不神秘，也不玄妙，不过就是大脑中一系列的化学反应。

悦苏很是扫兴，什么美好的事情到他嘴里都成数据了。真的是名副其实的计算机。但她还是追问他，你到底采取了什么方法？我怎么一点儿不知道。

袁谋人突然打住话头，说十点了，你该睡了。

悦苏回到自己床上，关灯躺下，心里却很是疑惑。黑暗中她努力回想那段时间，就是从认识到结婚的那段时间，袁谋人有没有给她吃过什么药。好像没有，只是怀孕前补过维生素和钙片。但是他曾经说过，你这个人还是喜欢凭感觉来判断对错，当今已是智能时代了，太落伍，应该凭数据和算法来判断才不会出错。计算机比人的判断更准确。

面对这样一台计算机，悦苏只能听从。所以他们的婚期、孕期，都是按他的算法确定的。认识半年后结婚，袁谋人说那是最佳时期，超过一年就不好了。婚后第二个月就怀孕，也是他定的。所以推算下来，婴儿会在五月出生。

"咱们家需要一个金牛座。"袁谋人很笃定地说。

只有一点悦苏做了反抗，就是他提出悦苏生产后就不要再上班了，悦苏果断地说了 NO。

6

这天袁谋人下班回家，进门就跟妻子说，告诉你个好消息，关于你们吴贪官的事，我跟导师汇报了，导师同意把他作为我们的研究课题。这样的话，就可以让他尝试我们现有的产品了。

真的吗？太好了！悦苏很是兴奋。

袁谋人说，其实我们现有的几个产品，可能都适合他，都可以让他试试。问题是怎么才能让他接受治疗，我还没想好。他不像你们张主任，个人有求医愿望。

悦苏一时也想不出。

袁谋人说，要不这样，让我见见他，先近距离感受一下他，同时也让他了解一下我的工作，了解一下我们公司。如果他愿意，就先做个全面检查，比如基因检测、脑电波检测。

悦苏说，好啊，明天你假装去单位找我，我带你去见他。

袁谋人说，那不合适，太突兀。这样，你来安排个地方，我们一起请他吃饭。

悦苏眼睛瞪大了，请他吃饭？你搞错没有？

袁谋人说，你这个人就是死板。有些事需要变通才行。你不是想甩掉小金库吗？请他吃饭，气氛好了就可以提出来。我呢，也好近距离感受一下他。一举两得。

悦苏觉得有理，答应了。

悦苏找到吴处，编了个理由，说丈夫想谢谢他在她怀孕期间对她的照顾，请他吃个便饭。吴处一口答应，心安理得地赴宴了。

吃饭过程中，袁谋人一直主动和吴处聊天，悦苏在一旁默默作陪。一顿饭还没吃完，悦苏发现老公的眼睛已经亮了，是捕捉到猎物的那种光，他罕见地拍起吴处的马屁来。

袁谋人说，吴处，我发现您真是一位难得的人才，尤其从我们智能研究的角度看，是非常珍贵的，今天见到您，真是我的荣幸。

吴处眉开眼笑，顺杆子就上，人才也没用喽，咱没有靠山，在处长位置上已经六年了，成骨灰级处长了。再是人才也老掉了。

袁谋人说，您不老，肯定还有机会改变。真的。

这回轮到吴处眼睛发亮了，连连给袁谋人敬酒。

袁谋人又说，我能感觉到您一点儿没有失去对生活的热情，您的追求欲望依然像一个年轻人。

吴处被表扬得有点儿不知所措了,摆摆手说,哪里哪里。

悦苏瞟了丈夫一眼,她听出来了,他显然是话里有话。问题是,你跟这样的人话里有话,没用啊,他理解不了。

袁谋人还在拍,我感觉,按您现在大脑和心脏活力指数看,您一定会长寿的。你们家一定有长寿基因吧。

吴处说,这个,我还不清楚,我爷爷奶奶都去世了,那时候在农村条件差,七十多岁吧。但我父母都健在,快要八十了。两个人身体都很好。三年前我就把他们接到城里来了,和我住一个小区,这样比较放心。

袁谋人说,我可以帮你查一下基因。我们公司基因检测项目是最热门的,虽然做一次得三万多,但每天还是有近百人来挂号。因为做一次需要半个月,现在的号都排到下半年了。不过我可以把你作为研究对象,这样就可以提前做,并且免费。

吴处一听到"免费"二字,眼里顿时盈满笑意,仿佛三万已经进了口袋,连忙举杯敬酒,谢谢谢谢。

袁谋人只是抿了一点,介绍说,了解自己的基因,知道自己身体的薄弱环节是什么,就可以进行针对性的改善。目前已经有很多人参加了这个项目,而且都是些成功人士,他们做了改善之后,人一下充满活力,年轻很多。

吴处说,真的吗?高科技这么厉害啊。佩服佩服。

袁谋人说,这不算什么,是很普通的项目。我们还可以做脑部扫描,检测脑电波,还可以用传感器检测你的神经系统,说不定还可以发现你未被开发的才华呢。或者说,你希望开发某种才华,也可以通过植入电极把它激活。

吴处越听越兴奋,科学家,认识你太荣幸了。来,我再敬你一杯!

悦苏感觉时候已到，连忙接过话头说，吴处，你看我这身孕，马上就六个月了，最近也在他们公司做了个检查，血糖和血压都偏低，医生建议我多休息。你看，我能不能……？

吴处手一挥，说我知道，我有数。但是你如果现在就休息，产后就不能休半年了。你再坚持个把月，产后就愉快了嘛。

悦苏说，我不是那个意思，我可以一直上班到临产。我的意思是，能否给我减少一点工作量，把管账的事交给处里其他人？

吴处顿时语塞，过了一会儿说，我考虑一下吧。他转头对袁谋人说，其实我让她管账是信任她，不是为了给她增加工作量。

袁谋人忙附和，那是肯定的，哪个单位都是领导信得过的人管账。只不过她这个人数学差，虽然你们的钱不多，但她每次回家算来算去的，搞得心理压力很大，对胎儿健康不利。

吴处说，哦，是这样啊。好吧，下周我就考虑换人的事。

悦苏高兴坏了，也主动给他敬了一杯酒。双方频频举杯，宴会圆满成功。

7

回家路上，袁谋人设置好汽车的路线，让车子进入自动程序，自己立即打开了电脑，说是有新想法需要马上整理。

悦苏忍不住说，喂，你今天一个劲儿拍，是不是有点儿过？

袁谋人说，你难道没听出来我话里有话吗？

悦苏说，我当然听出来了，但他可是当真话听的。你说他能活一百岁，这种人活一百岁不是害死人吗？那么大个老鼠，把我们单位都要吃空了。

袁谋人说，我说那些话是有目的的，我是在埋伏笔。你看我不是已经成功的让他答应检测基因了吗？既然要把他作为研究对象，就先得给他做各项检查。做了检查，我才有理由让他接受治疗。

悦苏恍然大悟。

袁谋人又说，我感觉你们这个吴处，大脑神经环路已经发生变化了，跟瘾君子一样被腐蚀了，一提到钱就进入兴奋状态，那个兴奋还不是一般的兴奋，是亢奋。而且他对钱的喜爱很单纯，不是为了拿钱去享福。你看他穿的衣服，全是大路货，没一个品牌。戴的眼镜也很普通。今天请他吃饭的餐厅也就是中等，他却赞不绝口，显然很少到高档餐厅吃饭。而且吃饭的速度像原始人一样，完全没有韵律。如此，估计他家里也没什么像样的家具。钱都被他存起来了。

悦苏撇嘴道，我就说他有病嘛。

袁谋人说，是有点儿病态，或者说变态。如果用海尔病态人格量表给他做一个测试，至少有部分已经变态了。但心理变态问题仍出在大脑里，所以除了基因检测外，我很想给他做个脑部扫描，看看他的大脑图谱如何，脑电波是不是有异常，很可能已是边缘型变态了。

悦苏说，是不是跟吸毒的一样？

袁谋人说，有相似之处。我们的人脑含了上亿个神经细胞，信息就靠这些神经细胞传递。其中多巴胺是负责传递快乐信息的神经递质，比如看到美女、美食，或者美景，感官接收后，多巴胺就会传递给大脑，我们就会感到快乐。而瘾君子的神经细胞已经被改变，他们的多巴胺几乎被毒品替代。如果大脑里有个计数器，多巴胺每传递一次就加一，计数器超过一定数值后，电脑就有快感。这个数值也叫阈值。而吸毒的人一吸毒，瞬间可以产生成千上万个快乐信息，大脑计数器噌噌噌地往上涨，阈值就被拉高，多巴胺就派不上用场了，或者说废了。所以瘾君子只能通过吸毒获取快乐。他吸得越多，阈值就越高，瘾越大，越是无法控制……

悦苏说，你还是直接说吴处吧。

袁谋人说，你们吴处，是只要拿到钱，大脑里就瞬间产生成千上万个快乐信息，计数器噌噌噌往上涨，特别快乐。随着拿的次数增多，他的阈值也被拉得很高。所以，一旦知道有钱而不能把钱搞到手，他不但无法快乐，还痛不欲生。我估计当处长这六年，他的多巴胺基本被搁置不用，废了，除了钱，其他任何事情都无法让他高兴。你不是说他对工作完全没兴趣，甚至对女人也没兴趣吗？

悦苏频频点头。是的，他的工作全靠我们撑着，他就是一天到晚琢磨怎么把公家的钱装进自己包包里。

袁谋人说，我原先只是猜测，今天近距离观察感受之后，确定了我的猜测。他还真的是一个特殊人才，作为研究对象真是难得的标本。迄今为止，他还没有被 AI 做过任何开发，真是原生态。

悦苏说，这种人才，好可怕。

袁谋人说，但他还是有优点的，你没发现吗？

悦苏说，没发现。什么优点？

袁谋人说，他很孝顺，对父母好。只要还有这条优点就有救，说明他还不是反社会人格。我在想，目前有三种方式可以尝试。一个是数字药品，但这个，目前还没有针对性特别强的。另外两个，一个是注射外源基因，一个是在脑部植入电极，这两种方式也许更可行，用新的基因编码改变他的变异基因，也就是改变他脑神经对外部事物的感应，从而控制他神经细胞的活动，改变他的习性。

悦苏迫不及待地扑到丈夫身上，那你赶紧搞呀，计算机。

袁谋人说，你太天真了，高科技的东西，从想法到成果，还有十万八千里呢。先测测他的基因再说下一步吧，或者再给他做个脑部扫描，看看脑电波情况。

悦苏说，那你就抓紧时间。这样，以后我去医院做产前检查我都自己去，不让你陪了，节省你的时间。

袁谋人说，你以为是你们机关写材料啊？加个班就行了。这个不行，我还得跟导师好好沟通琢磨，把我们俩脑洞一起打开，共同冥想。能不能找到解决方法，还不好说。

一谈到自己专业，袁谋人就无比骄傲。悦苏没办法，只好让他骄傲。谁让自己迫切需要他的帮助呢。

当然我已经有一个初步的想法了。袁谋人说，我打算先让他注射一下我们那个新产品，就是往大脑里注入一种生化物质，改变他的兴趣点。如果效果不好，再采用其他方式。

悦苏说，往脑袋里打针呀？

袁谋人说，嗯。说起来，这个原理还来自对蝗虫的研究。蝗虫曾经很猖獗，被视为蝗灾。科学家经反复研究发现，蝗虫群聚成灾，是源于它们体内的多巴胺发生了改变。改变之前，它们是散居的没什么祸害的绿色蚱蜢；因多巴胺改变而喜好群聚，一旦群聚即变为土褐色，个头儿也增大，并且样子狰狞，一起向某一方向跳跃迁飞，飞过之处将良田祸害殆尽，可以吃光几千亩庄稼。科学家就琢磨着，如果能将低量转基因多巴胺植入到有群聚倾向的蝗虫体内，它们就不会群聚，不会个头儿增大、样子狰狞了，不会集体跃迁，也就不会发生蝗灾了。

科学家真了不起。悦苏发出了由衷的感叹。

袁谋人接着说，由此我们想到，人的基因也是可以被改变的。于是就开发了一种可以影响苯基乙胺和多巴胺的针剂，目前临床效果不错，但还没有拿到批文。我感觉你们吴处的情况很适合，可以让他作为志愿者先试试。

是试验？悦苏有些意外，我以为已经是成品了。

袁谋人说，这也就是走个程序，肯定可以通过的。

会有副作用吗？悦苏又问。

袁谋人说，这个，还没有数据表明。但是我分析，可能会减弱患者对生活的热情，就是说，可能会情绪低落。

8

周一上班时，悦苏按吴处应诺的，把处里的全部钱都取出来，再把账本拿上，一起去办公室交给他。

吴处很认真地点了钱，最后又从中间数了两千元递给她，笑眯眯地说，拿去吧，这个是我的一点儿心意。

这分明是公家的钱，他居然好意思说是他的一点儿心意。恶心死了。悦苏心里猛烈吐槽，连连摆手说，不用了，不用了。

吴处眼睛一瞪，你不要做起那副清廉的样子好不好？我这不是给你的，是给科学家后代的。这样，就算是处里给你表示的心意吧。我想大家都会同意的。

悦苏只好接过来，但心里很是腻歪，一回办公室，就用个信封装了起来，不想再碰。不过，能把管钱这个事甩掉，她心里轻松多了。至于生了孩子之后的事，到时候再说。

中午从饭堂出来，悦苏遇到柳色新正往楼下走，怀里抱着他那个竹藤编的筐，里面有茶壶和杯子，是他的喝茶家什。

悦苏说，又去院子里喝茶吗？

柳色新点头道，今天太阳这么好，不晒对不起天。走嘛，一起去。

以往，悦苏会马上答应的，此刻却有些犹疑。她想起袁谋人昨天话里有话地说，你最近的激素水平好像偏高，瞳孔也有变化，不太像孕妇啊。虽然她生气地给他怼了回去，但还是有些心虚。

柳色新说，袋鼠妈妈现在需要多晒太阳哦。

悦苏说，嗯，医生也这么说，说我每天至少应该有一小时日照。但天天坐办公室，哪可能？只好每天晚上用紫外线灯补照一小时。

其实这话是袁谋人说的，她下意识地把他说成了医生。

柳色新说，什么灯也比不上大自然的太阳。

悦苏点头称是，便跟着柳色新一起下楼了。楼后的小花园有张石桌，他们常在那儿喝茶。柳色新在桌子上铺好茶巾，摆好杯子和壶，又跑去拿了个保温瓶，顺带还拿了叠报纸给悦苏垫在石凳上，这才开始泡茶仪式。

我有好茶，是明前龙井。柳色新美滋滋地说，昨天我一个好朋友分给我一两，搞得我今天一上午心里都痒痒的。这么好的茶，必须有同道分享，不然太可惜。

阳光甚好，悦苏马上感到脸颊温热，内心明亮。碧绿的茶叶在玻璃壶里一片一片地舒展开来，香气刹那间飘入鼻孔。真是愉悦至极！她感觉自己答应下来坐坐还是对的，这样的感觉太难得了。难怪柳色新常说，人的体验是最珍贵的，而不是数据。

她一边慢慢地喝，一边把他们夫妻请吴处吃饭，动员他做检测基因，哄他开心，请求不让她再管小金库的事，一一告诉了柳色新。

昨天吴处已经去计算机他们公司采集了基因样本，过两周就能出结果了。悦苏跟柳色新提起丈夫时，总是用计算机指代。我好期待啊，我还从来没那么强烈地关注过计算机的工作呢。

柳色新听得饶有兴趣，尤其是关于基因检测、脑部扫描之类。他虽然兴趣广泛，倒是第一次接触到人工智能、生物科学以及脑神经这类话题。或者说，终于有一个话题，是他插不上话的了。

悦苏说，现在就等着他基因结果出来了，这样的话，计算机就可以根据他的情况给他治疗，完全有可能把他那种贪欲，那种跟吸毒一样的贪瘾彻底地去掉。

柳色新说，有那么简单吗？

悦苏说，嗯，计算机说他们公司现有的几个产品都可以让他试试，一个是服用数字药品，一个是植入电极，还有一个是注射外源基因。目的都是改变他的脑神经对外部事物的感应，控制他神经细胞的活动，从而改变他的习性或喜好。当然也可能会有副作用，计算机说可能会让患者的生活热情减退。但是吴处那种人的生活热情不就是贪婪吗？减退了正好。

柳色新说，真不愧是计算机的夫人，说起来也一套一套的，把我都听傻了。难怪人家说，智能时代除了像你老公那样的神人，就是像我这样的无用人。

悦苏说，别笑话我了，你要是无用，我直接就是废物了。我完全是因为太烦吴处才关心这个事儿的。现在的关键是，通过基因检测和脑电波图，找到他的变异基因。接下来就好办了。

柳色新说，是吗？我怎么觉得，关键不是找到他的变异基因，关键是他本人是否愿意改变。

悦苏愣了一会儿说，这个，他应该愿意吧？为他好啊。

柳色新说，难说。你们把他作为研究课题，他本人知道吗？

悦苏说，应该是提过，没有正式说。我想是好事嘛，不仅为他好，也是为单位好，为国家好。

柳色新说，即使是为他好，即使是好事，也应该让他知情。你不觉得吗？不管这事儿多么科学，多么正义，也得遵循起码的伦理道德，尊重本人的意愿，要不，就是倒退了。

悦苏一时发呆，起码呆了十几秒。那一刻她感到羞愧，柳色新说得极是，不管多么好的事，也必须遵循起码的伦理道德，自己怎么变成这样了？以居高临下的姿态对待他人，或者说，为达到目的就不择手段。早年受的人文教育上哪儿去了,唉,羞愧。

忽而她脸一下红了,很不好意思地说,你干吗那样看我,我是不是很傻?

柳色新说,不是不是。你发呆的样子,尤其是那个眼神,就像个小学生被老师难住了,有点儿紧张,有点儿害怕,还有点儿羞怯,同时又显得很无辜,像个小动物似的,很可爱。

悦苏的脸更红了,搪塞说,哪里,我一下觉得好羞愧。

已经很久很久没人说她可爱了,也是很久很久没人欣赏她了。每每她被什么事难住时,袁谋人会毫不客气地笑话她,智商在线好吗?若偶尔说对了一个观点,袁谋人则会像老师一样严肃地说,正确。父母也同样,她若问了个犯傻的问题,父亲会直截了当地说,你动动脑子好吗?

这久违了的夸赞和欣赏,让悦苏有了久违的心动,也有些心慌。加上刚才那番话也让她自责。

为了掩饰自己的心思,她抬头看天空,又扭头看四周,感叹了一句,我特别喜欢春天,虽然我生在冬天。柳色新说,我是必须喜欢春天,因为春天一过我就黄了。

悦苏乐了,话题的转移让她如释重负。

9

以往聊天时,悦苏曾经问过柳色新,为什么那么喜欢茶文化,包括中式衣服、布鞋这些老旧的东西。

柳色新回答说,可能是为了抵御这个汹涌而来的智能时代吧,总觉得现如今人的价值越来越被削弱了,自己快成无用的人了,于是在潜意识里，想靠这些传统的老旧东西，来证明自己还是个有用的人。

悦苏深以为然。她也是在拼命抵抗，比如不让丈夫买机器狗机器猫，不让丈夫把阳台封死，只用空气清新设备通风换气，也不让丈夫把窗帘设置成电子开关，她要每天早上自己拉开窗帘，她还要在阳台上种花，闻闻泥土的腥气。

可是，她还是在不知不觉中受了丈夫很多影响。

虽然话题转移了，悦苏心里却留下了深深的划痕。看来，自己有必要提醒丈夫，吴处这件事，还是要慎重，要签一份协议，让本人了解并同意。

春光大好，四周的冬青树已进入旺盛的发育期，叶片如同那些注射了玻尿酸的姑娘的脸庞，饱满到发亮。玉兰花大朵大朵地绚烂着，树上开的，地下落的，都让人眼花缭乱。贴梗海棠虽然小个头儿，也不甘被淹没，努力以她的艳丽夺人眼目。

悦苏环视一圈儿后说，我一看到这样的景象就词穷，不知咋形容好，脑子里只有白居易那句"乱花渐欲迷人眼，浅草才能没马蹄"。

柳色新说，这不算词穷了，词穷的说法是，啊，好美。

悦苏大笑，说那还不至于，我至少还知道一句"渭城朝雨浥轻尘，客舍青青柳色新"呢。

这回轮到柳色新大笑了。

悦苏说，我一直羡慕你父亲给你取这么好的名字，不像我和我弟弟，赤裸裸地体现了我爹妈的互相巴结，李悦苏、苏悦李，他俩一个姓李，一个姓苏。

柳色新说，哈，原来如此，很机智嘛。他们大概是受"仁者乐山、智者乐水"的启发吧？

悦苏说，对的。只是那个"乐"字到底读 le，还是读 yue，还是读 yao，始终有争议，他们就用了"悦"。不过我一般都跟人家说，我名字的意思是喜欢苏东坡,我弟弟名字的意思就是喜欢李白。附庸风雅呗。我跟我爹娘说,幸亏你俩跟诗人一个姓,如果跟动物姓怎么办?牛悦马,马悦熊?熊悦羊?

柳色新被她逗得乐不可支,说也很好啊,世界和谐。

悦苏的脸红扑扑的,不知是被太阳晒的,还是因为开心。眼前的人和景都让她有一种久违的亲切。石缝里钻出来的草,地砖上飘落的枯叶,迅速爬过叶子的蚂蚁,还有阳光透过树丫落在地面所形成的捉摸不定的光影,都有一种迷人的魅力。她忽然想,再高级的人工智能,也造不出这样光怪陆离的树影。

悦苏已经很久没有这样坐在太阳底下,坐在植物中间了,她的话匣子因此打开。或许,是春意让她的情绪发酵,用袁谋人的话说,她的大脑皮层的语言中枢开始快速运转。

我觉得吧,我们国家应该立个法,孩子的名字必须出自唐诗宋词。出自句子也可以,出自典故也可以。这样不但提高了孩子名字的颜值,也迫使做父母的必须学习唐诗宋词。顺带着,上户口的时候,户籍民警也借机学习一下唐诗宋词。比如孩子秋天生,可以叫西园,"八月蝴蝶黄,双飞西园草"。春天生,可以叫青梅。"倚门回首,却把青梅嗅"。等孩子上学,在班上介绍自己名字时,很自然就把李白的《长干行》背出来了,把李清照的《点绛唇》背出来了。

柳色新不语,只是微笑。

悦苏说,你不赞同吗?不过我这话要让我们家计算机听见了,肯定又说我胡思乱想了。

柳色新说,胡思乱想才有乐趣。什么都有条不紊、一丝不苟,就是冷冰冰的机器人了。

悦苏受到鼓励,又接着说,我真这么想,包括每个城市的街道名字,也应该来自唐诗宋词,比如一条街,左边是黄鹂街,右边就是翠柳街。左边是春花街，右边就是秋月街，嗯，左边是碧玉街，右边就是绿丝街，大家走到那儿会想起"两只黄鹂鸣翠柳""春花秋月何时了""碧玉妆成一树高，万条垂下柳丝绦"……然后在街边立一个牌子，写上此街名取自哪首诗，作者是谁。那该多好。你看看现在，到处都是同名的街道，更无聊的是数字街道，横一街、横二街、101胡同，355弄堂……恨不能搞成坐标图。

柳色新忽然起身，附身过去吻了一下她额头，说，我必须吻一下这个充满奇思妙想的脑袋。

悦苏愣了一下，然后起身说，糟糕，我有份文件忘了复印。

遂回办公室去了。

10

傍晚时分，悦苏坐在自家的沙发上发呆。夕阳从阳台照进来，客厅充盈着温馨的色调。饭菜已摆上桌，就等丈夫下班了。环绕音响正播放着让·西贝柳斯的小提琴曲。

不可否认，这个家有了计算机老公的安排，悦苏几乎不需要做什么了。她下班回家，仅仅是打开这个仪器，按下那个按钮，甚至不用动手，冲着某个仪器喊一声，它们就各自运转起来。袁谋人说，你尽管舒舒服服地靠在沙发上看书吧。悦苏最初很享受这样的生活，但时间长了，感觉自己也像其中一台仪器，每天做着规定动作。

这会儿她呆坐着，连看手机的兴趣也没有。眼前时不时地晃动着柳色新的笑容，还有那突如其来的一吻。虽然是吻在额头上，却让她心跳加速，不得不马上离开。已经很久没有心跳加速了，受袁谋人影响，她也是每天测心率，测血压。她原先的心率是每分钟七十五左右，怀孕后也就是八十左右，完全符合袁谋人的参数标准。可是今天，她感觉自己在九十以上，有些慌张。

不好，这样不好。她在心里朝自己摇头。

回想起来，悦苏最初认识柳色新时，也常有心跳加快的感觉，很多时候，走在路上会莫名其妙地发笑。跟袁谋人在一起就从来没有这样的感觉。跟袁谋人在一起是什么感觉呢？似乎是一种踏实、满足和无忧无虑。不用动脑子，听他安排就是了。

她曾经跟闺蜜说起过二者的差别：一个总是快速运转，把她带向她完全把握不住的未来；一个总是慢悠悠地品味，让她回到曾经喜爱的过去。但一个让她踏实，无忧无虑，一个却让她心神不宁，愉悦而又不安。闺蜜说，也许踏实和满足才能持久吧？那种怦然心动只是瞬间感受。美则美矣，转瞬即逝。她也这么认为，美妙总是瞬间即逝的。

可是为什么今天她会再次怦然心动？今天的自己，不仅仅做了妻子，还是个孕妇，马上就要做妈妈了。按袁谋人的话说，她大脑里的苯基乙胺和多巴胺都降得很低了，占据主导的应该是内啡肽。内啡肽应该让人感到温暖、舒适、平静，而不是激情。也就是说，她现在应该是情绪最稳定的时候。

可她却怦然心动。袋鼠妈妈的盔甲不起作用了。

难道真的是因为春天吗？以前曾听丈夫说过，一到春天，日照变长，气候变暖，色彩变得丰富，频繁地给人以新奇的体验，这就会改变人脑的神经内分泌活动。其中最为主要的是，会不断地刺激人脑神经系统分泌多巴胺，给人以愉悦，让人渴望恋爱。

可是，这个爱恋的对象为什么不是丈夫呢？如果自己对丈夫的爱恋因为春天而增加，她心里就会妥妥的。偏偏……Tea or coffee？（茶还是咖啡），仿佛有人在问。

正胡思乱想之时，门铃响了，是丈夫的专属铃声。悦苏起身迎接。

袁谋人似乎情绪很高,进门就说,我亲爱的夫人,今天怎么样?

悦苏答了一句挺好的,就没话了。袁谋人又问,那个小金库的事了吗?悦苏连忙说,噢,了了,都交给他了。不过,他还是恶心了我一下,从里面数了两千元塞给我,说是我生孩子的慰问费。袁谋人鄙夷地说,这人还真是低端,我们请他吃顿饭都还八千呢。

悦苏又没话说了,连吐槽吴处的话都不想讲了。

袁谋人察觉到了,一边洗手一边问,怎么,今天是不是有点儿累?

悦苏矢口否认,没有没有。

袁谋人说,告诉你个好消息,我申请的关于吴处的研究课题公司批了,这样他做基因检测的费用和接下来服用药品的费用都有了。而且,我还打算给他贴一张电子创可贴,贴在胸口上,就可以全天候追踪记录他的睡眠质量、精神压力、夜间呼吸及心率,可以通过这些数据,找出他的问题所在。

若放在两天前,悦苏听到这些话一定高兴极了,此刻却显得有些犹疑。她只是说了句,是吗,这么快?

袁谋人说,你怎么忽然不积极了?

悦苏说,也不是不积极,就是,那个……反正现在我也不管账了。

顿了一下,她还是下决心说,我是觉得,如果我们想让吴处做一些改变,比如改变他的基因编码什么的,改变他的脑电波什么的,肯定要先征得他同意才行吧?是不是需要签个协议……

袁谋人擦着手打断她说,急什么?现在连检测结果都还没出来,凡事一个步骤一个步骤来好不好?再说,检测基因是他本人同意做的,又没人强迫他。

袁谋人的语气里充满了悦苏所熟悉的调子,居高临下,不屑。

悦苏不满道,干吗那么大声?我就是那么一说嘛。

袁谋人缓和了语气说,我还不是看你烦他,不然我哪有那闲工夫管他的事？我一年可以申请的课题很有限，还忍痛拿一个名额给他。你知不知道我们那些项目都是很昂贵的？那个创可贴传感器，一张的成本就好几万。要是给他注射外源性基因，更贵。若不是作为课题，他哪有那个福气？

两人面对面坐下。悦苏默默地吃饭，一言不发。袁谋人意识到自己刚才反应过度，便态度很好地问，今天胎儿的情况如何？

悦苏没好气地说，胎儿情况你还不清楚？你不是随时在监测吗？

袁谋人说，我是问你的情况，孕妇情况我可监测不了。心情还好吧？

悦苏说，还好，中午在院子里晒了会儿太阳。

袁谋人说，很好。紫外线对孕妇很重要。

停了一下，袁谋人说，我这两天在想，等你生了孩子以后，还是辞去工作吧。吴处那种人，眼不见心不烦。

悦苏果断地说，不，这个事情不讨论，我要工作。跟着她又补充说，现在没什么家务可做，孩子以后也有人带。我在家干吗？总不能成天看电视购物上美容院吧？那样的话，要不了多久就变成傻大姐了，而且一旦穷极无聊就会生事，找你的茬。

袁谋人想不出反驳的意见，说好吧，再说吧。

悦苏说，其实我们单位总的来说还是不错的，除了吴处。

话一出口，她就有些后悔，袁谋人不会瞎猜疑吧？

11

饭后，袁谋人难得提出去河边散步，他说他看了空气指数，今天相当干净。以往他不允许悦苏随便上街散步。

出了小区穿过街道，就是市里新开掘的玉露河了。这条河虽然是人工河，由于开掘时就设置为循环水，故河水清亮。当初他们就是冲着这条河买房子的。

河堤上的绿化带也修建得非常漂亮。今年春天来得早，这会儿玉兰已经开过了，眼下正热闹的是垂丝海棠，还有雪白的七里香。悦苏忽然想起跟柳色新一起说唐诗宋词的情景，不禁微微含笑。

她忽然说，喂，计算机，能背一首关于春天的古诗词吗？

袁谋人张口就来，春眠不觉晓，处处闻啼鸟，夜来风雨声，花落知多少。孟浩然的，对吧？

悦苏笑，不错不错。还有吗？

袁谋人不以为然道，我要是成心想背，几百首也没问题。主要是现在我脑子里太挤了，这种事进入不了程序。

悦苏不语。这时，有个老头儿牵着条柴犬从他们身边过，柴犬萌萌的样子让悦苏看着就想抱，她眼巴巴地一直看着他们走远。悦苏几次提出养个小狗，贵宾、柯基、雪纳瑞都行，被袁谋人否决。他说如果她真想养，就帮她从日本订购一条机器狗，又能陪伴，又没有乱拉屎尿的问题。被悦苏否决。她实在是不想让家里充满电子产品。

袁谋人说，关于你们吴处的事，我得好好跟你谈谈，咱们都心平气和的，不要激动哈，尤其是你，现在不宜激动。

悦苏想，难怪他要出来，在外面彼此都会克制，没法吵架。

袁谋人说，你那时候那么急于改变他，我才跟导师说的，讲了很多理由，才把他列入我的研究计划。现在公司批了经费，导师积极支持，这么好的事，你可不能打退堂鼓。你打退堂鼓，我怎么办？

悦苏说，我承认以前是我怂恿你做的，但是现在我意识到，我们这样做是不对的。我以前忽略了这个问题，这种事，必须尊重他本人的意愿才是。

袁谋人说，我怎么没尊重他的意愿？我当时说可以把他作为研究对象免费检测基因时，他可是很高兴的，是愿意的。

悦苏说，因为他当时并不明白你那话的真正含义，他只是想贪便宜而已。他要是明白你们把他作为研究对象，也许会不愿意的。至少会多考虑一下的。

袁谋人说，我说的意思很明确啊，我说我们把你作为研究对象就可以免费检测。这是我的原话，我可是录了音的。

悦苏吃了一惊，什么？你还录音了？我怎么不知道。

袁谋人说，这有什么奇怪的，你不是也偷偷给他录过像吗？

悦苏说，我那是为了留证据，证明自己清白。

袁谋人说，我这也是为了证明自己清白。你别老觉得我做什么都是错的，你做的就是对的。你又不是不知道，我那个手机，一涉及研究事项就会自动录音。

悦苏无语。

袁谋人继续说，既然他同意我们把他作为研究对象进行检测，那接下来的项目他也应该配合才是。否则我们不是白给他做基因检测了？那可不是验个血那么简单。

悦苏惊诧莫名，没想到丈夫是这样想的。她说，恐怕不能这样等同吧？同意检测并不一定同意治疗，再说，即使是做基因检测，也是我们诱导他做的。

袁谋人的脸瞬间臭了，诱导？那也是为他好，这话可是你说的，怎么成了诱导？

悦苏说，当然是诱导，你自己都说，你是有目的的，埋了伏笔的。

袁谋人说，难道不是你同意的吗？

悦苏说，是，我当时的确同意，但现在我觉得我错了。我现在觉得，不管目的怎样，就算是为他好，也不能强加给他，他有知情权。

不能因为目的高尚就不择手段，尊重个人意愿是起码的。

袁谋人不易察觉地哼了一声，又是人文主义那一套。其实哪有什么个人意志？所谓个人意志也是一种程序罢了，都是被从小到大所受的教育所受的影响所操控的。在我看来，个人意志所做出的选择，往往远不如计算机正确。

悦苏生气道，我不管你那些理论，我就是认为，如果要给他治疗，必须明确告知他是怎么回事，打什么针，吃什么药，植入什么芯片。还有，有什么副作用。就像做手术那样，让他签个知情同意书。

袁谋人明显地哼了一声，是不是又跟某人喝茶啦？

悦苏怔了一下，正不知如何回答，她的手机恰到好处地响了。低头一看，竟是夫妻俩的争吵对象吴处。

若是柳色新，此刻一定会来一句，说曹操曹操就到。

"曹操"的声音听上去有点儿反常，他小心翼翼地说他有急事，要马上见悦苏。悦苏吃惊地说，现在可是晚上八点呀，不能明天再说吗？

吴处说，不行，事情很急，必须今晚说。

悦苏说，那在电话里说不行吗？

吴处说，不好意思，这事儿必须面谈。你要是不方便出来，我来你家行吗，就耽误你半小时。

语气完全是祈求的。

悦苏就按了电话暂停键，跟袁谋人商议。袁谋人摊了下手，只好让他来喽。这么晚，你去外面我也不放心。

悦苏即刻把家里的地址发给他。其实悦苏也希望马上见到他，她太好奇了，是什么事让吴处像变了个人？还没给他注射给他吃药呢，他就变了。太奇怪。

12

　　悦苏他们刚到家，吴处就到了，估计他就在附近打的电话。

　　他的手里竟然还拎了一袋水果，虽然是最普通的苹果梨，但也让悦苏大惊。悦苏从认识他，就只见他拿进，没见他拿出过。悦苏傻呆呆的，以至于忘了起码的待客之道，还是袁谋人上前招呼他，请他换鞋，进来坐。

　　之后，袁谋人给他拿了罐苏打水，就进书房，主动回避了。

　　吴处坐下后，有点儿忸怩地动了动屁股，又咳了一下，也顾不上像初次来访的客人那样，先夸赞一下家里的装修布置，直接就说，实在不好意思，这么晚来打搅，事情太突然了。

　　悦苏不响，等着他说下文。

　　是这样的，我刚刚听到一个内部消息，明天省里的巡视组就到咱们局来了。他说到"巡视组"几个字时，微微有颤音，脸色苍白。

　　悦苏"哦"了一声，内心一阵狂笑，但面部表情还是克制住了。她低头喝了两口水，把笑意强咽下去，然后假装不明就里地问，他们来干吗？是要换领导班子了吗？

　　吴处说，唉，巡视组你都不知道啊，就是找事儿啊，各种审计，各种检查。本来也和我没啥关系，我们处清水衙门，又不涉及钱财。你忘了去年巡视组来过一次，咱们那个管后勤的副局长不是被双规了吗？后来就送检察院了，现在还关着呢。

　　悦苏点头。她听说过此事，和那个局长不熟，也没太关心。她说，那他们还来干吗，不是抓了一个了吗？

　　吴处说，唉，我哥们儿告诉我，这次巡视组是专门打苍蝇的，老虎已经打得差不多了，要打苍蝇，苍蝇就是那个，那个微贪……

悦苏又忍不住想笑了，说到"苍蝇"，吴处的表情实在是太滑稽了，好像就在说自己，任谁看都会笑的。

她继续装傻，那你找我干什么呀？

吴处拿起罐子猛喝了几口，说，是这样的，你前几天不是把处里的账还给我了吗，我一直没找到合适的人接手，现在还在我手上。我就想，你还是接着管吧，因为，这个……你比较清楚情况，等巡视组走了，我再安排其他人。我保证不让你再管了。

悦苏的笑意一下子没了，忍不住嚷嚷说，又让我管？我才轻松两天。我可不想管了！

吴处说，我保证就一个月，巡视组一走我就交给其他人。这一个月我什么钱都不花，其实就是放在你那儿，也不用做账。

悦苏不吭声。

吴处说，实话告诉你吧，我哥们儿说了，这次就是查小金库，虽然上面已经规定不让设小金库了，但是各部门都心照不宣地还留着点儿私房钱。所以这次一来就要查这个，据说三万就要立案。我……我是怕，万一我有事，我爹妈不得伤心死啊，他们都快八十的人了，经不起啊。小李，你无论如何得帮帮我。嗯，这样，等你产后休息时，我多给你一个月假。

吴处双手合十，把悦苏当菩萨求着。

悦苏长叹一口气，诚恳地说，吴处，我真是搞不懂，你明知这样做会犯事儿，为什么还非要这样做？害得我一天到晚也是提心吊胆的。你说你一个月工资比我高多了，干吗还非得拿处里的钱？

吴处说，我工资高？我一个月也就两万多，够干什么？以前好歹还有人送个红包什么的，现在一分也没有了，连过年都没人送了。今年我女儿出国留学，谁都不表示。要是搁前两年，我怎么也能收到一二十万吧。每个月就那点儿死工资，我实在是不习惯。

悦苏愕然，觉得跟他没法谈下去了。她想了想说，这样吧，看在你父母的分上，你把那四万还回来，其他的，我可以暂时帮你保密。

吴处说，可是……那四万，我已经换成美金打给我女儿了。

悦苏说，那你就没其他钱了？

吴处说，没了，现在谁会放那么多现金在家？我只要凑够五万就买理财产品，唉，攒点儿钱真是不容易，你说这官儿有啥当头？

他的语气和表情，完全没有一丁点儿后悔或者愧疚。悦苏实在是没耐心了，直截了当地说，那我就帮不了你了。

吴处忽然换了一副无赖的表情道，你不帮也没关系，反正都是你签的字，你做的账，我什么也不会承认的。到时候谁倒霉还难说呢。

悦苏大火，正要说，我可是有证据的，书房门忽然打开了，袁谋人冲了出来，脸色惨白，眼神里那种惊慌是悦苏从没见过的。悦苏还以为他听见了他们的对话，马上说，不信你问我老公。

袁谋人却像没听见一样，直接冲到门厅去拿外套，嘴里念叨着，完了完了，该死的黑客……我必须马上去实验室。

悦苏只好自己接着把戏唱完，我告诉你，我们家到处都有摄像头，只要有外人进入就会自动摄像。本来我还让我老公把你作为研究对象，帮你改改你的贪婪本性。没想到你居然威胁起我来了，还想栽赃给我！你这种人真是不配被研究，该上哪儿待着就上哪儿待着去！

吴处还傻傻地抬头看着天花板，好像在确认真假。

悦苏只好大声说，吴家富，请回吧。

听一个未亡人讲述

这次真的避不开了。

前两天在路上遇见过，詹月很远就看到她了，于是迅速遁入路边一家超市，避开了。这回可是碰了个正着。这么频繁的相遇，她是搬回来住了吗？她不是在那边定居了吗？

电梯里，还有好几个人在。詹月和女人之间隔着一个男人，但她们已经看见了彼此，互相点头。詹月先开口说，你回来了？女人回答，回来好几天了。从她的目光看，她并不知道詹月曾躲开她，眼里是久别见面的单纯笑意。毕竟，她们曾经是邻居。

詹月想，等会儿出了电梯，她肯定会聊一会儿的。不如自己先主动。于是一出电梯，身边人一走开，詹月就低声说，你们怎么没通知单位呀？我们一点儿都不知道，知道的时候听说后事已经办完了。女人说，这是老廖的意思，他说不要打搅单位，一切从简。哦，这样啊。詹月说。其实她心里是暗暗高兴的。如果通知了，她真不知道怎么前去吊唁。听说他连骨灰都没带回来，安葬在那边了。真洒脱。

那你还过去吗？詹月说的"过去"是指澳大利亚，他们女儿在那里读博士，他们夫妻俩这些年一直在陪女儿，所以他是在悉尼过世的。女人说，要去的，我回来处理一些事情，过一个月就回去。女人晃了一下手里大信封：我刚才就是去办手续，挺麻烦的。

詹月莫名地松口气。女人又补充说，我们女儿已经结婚了，女婿就在那边工作，买了房子。

哦，那挺不错的。詹月说。看来她是要彻底离开中国了。真是快，她女儿竟然结婚了，她最后见到那孩子时她还在读中学，穿件蓝白相间的校服，大垮垮的，走路也没个样子，正处于成长中的尴尬期。

女人说，你有空吗？我想跟你说说他后来的情况。

詹月说，好的呀。我正想问问呢。但她还是有意看了一下手机，表示自己是有安排的、勉为其难的。

女人说，那去我家吧。詹月有些意外，为什么不站在那儿聊呢？去她家，是要坐下来长谈？还是，他给她留了什么？这后一点让她略微有些紧张。不会吧？

女人解释说，家里有网络，方便些。詹月还是不明白，谈话为什么需要网络，也只好跟她走。好在她知道她家不远，就在院子里。

早些年他们曾经为邻，是老式楼房，詹月住六层，她家住三层。后来单位修了电梯公寓，他们就搬了。詹月因为是单身没有分到，继续爬六楼。再后来她嫁给现在的丈夫，就搬出去了。

女人年轻时是出了名的美女，单位好事者评选大院里的五朵金花时，女人名列其中，甚至入了前三甲。现在虽然老了，五官依然好看，高挑的个子也没有弯腰驼背。当然，他和她很般配，高大帅气。夫妻俩走在一起就像影视剧里的夫妻。

但詹月不喜欢这个女人，这种不喜欢并不是因为他，是女人本身。这女人俗气而缺乏教养，詹月有一次上楼，女人正打开门扫地，很自如地将家里的垃圾扫到走廊上，然后拍拍扫把就进屋了。还有一次走在路上，女人在前，詹月目睹她将一口痰吐在地上。这样没教养的女人詹月最厌烦，五官再美也是暴殄天物。詹月甚至在他面前吐过槽，她这样也有损你形象呢，你要说说她。他苦笑一下说，唉，刚结婚时我没少说，这么多年了也没扳过来。

其实这些还属于小毛病，女人的大毛病是经常背着丈夫收受礼物。他在单位算个中层干部。女人虽然背着他收，送了礼的人哪肯做无名英雄，肯定是要告诉他，指望他办事的。他一直很谨慎，所以反复告诉她不要收，你这样是害我懂吗？但她还是忍不住。而且她还酷爱打麻将，在麻将桌上，也没少捞油水。

在詹月看来，女人实在配不上他。他几近完美，长得帅不说，气质也很儒雅，开会不啰唆，不打官腔，说话有内涵，还风趣。最重要的是，他眼里有那么一点忧郁。单位里的年轻女性说他像陈道明。因为这个，詹月原谅了自己充当了那样一个角色。

进门，女人招呼詹月在饭厅的桌边坐下，自己也随之坐下，并没打算去倒杯水什么的。这样也好，詹月想，说完好赶紧走人。茶几上丢着盒抽取纸，一个吃了一半的手撕面包。现在又增加了一个串钥匙、一个零钱包。墙角放着两箱矿泉水、一塑料袋水果，显然是才买的。整个房间弥漫着一种随时要被抛弃的寂寥气息。

詹月环顾了一下客厅，看到了沙发上方挂着的大幅照片，是他们夫妻二人的，不知何时拍的，年龄不老不少，笑容和装束都是标配。他站着，她坐着。千千万万个中国家庭都有类似的照片吧，看来他也不能免俗。

女人拿出自己的手机，开始翻微信，一边翻一边说，我给你看看照片。有好多照片，有老廖住院的，还有后来举行葬礼的。

难怪需要网络，她要翻微信。詹月一方面松了口气，一方面感到好笑。她的手指一个劲儿划拉，找到她们家的微信群，进入，继续用指头朝上划，使劲儿划，一边划拉一边说，我给你看，有好多照片。

詹月建议说，其实你可以把那些照片存到手机里，这样就不用每次都打开网络找了。她似乎没听懂，说，我女儿已经保存在她手机里了。我不需要保存了。我进到我们家群里就可以看到。

詹月知道这女人比自己大十二岁，刚好一轮，但从现在这个细节看，像是比老妈还大，老妈玩儿手机都比她溜。她对手机使用的陌生程度像个老年人。詹月心里撇撇嘴。

她还在划拉手机屏幕，用指头去翻越过往的日子。一想也是，他去世已经大半年了，这大半年，一家人不知又聊了多少天，积压上去多少日子。詹月扭过脸去，看到了墙上的他，连忙转回来。当时听到消息，她一阵心悸，一个人偷偷跑到河边走了很长时间。接下来好几天，心里都隐隐难受，再后来，就淡了。不淡也得淡，日子如水时时冲刷着，什么都冲淡了。

她的指头还在屏幕上划拉着，詹月忍不住再次建议，其实你可以把照片下载保存在手机里，这样每次想看的时候就不用翻微信了。

詹月很想把她手机拿过来替她操作。

女人依然没听明白，重复说，我女儿保存了的，我不用存。詹月放弃了，让她去翻吧。她看着女人，女人的五官真的很好，即使皮肤松弛了，她的脸上出现了三个"八"字，眉宇间一个倒八，眼窝下和鼻子两侧两个正八。但那双眼睛还是丹凤眼，鼻子还是高挺的，岁月并没有让它们走形。年轻的时候她肯定像明星一样美。所以，无论多么俗，多么贪心，他还是娶了她。

曾经有一段时间，他下决心要离开她，不是为了詹月，是他自己受不了了，他说他宁可净身出户。事情的起因是因为女儿，女儿要去外地上大学了，女人就到处通知他的部下，还有亲戚。当时他正面临职务调整，需要小心谨慎，她这么做很让他窝火。他说她，她却不以为然，收下的东西坚决不肯退。

最终，却不了了之。

终于，女人翻到了大半年前的照片，将手机递到詹月面前，当然并没有交给她，只是举着给她看。詹月一眼看到了他，他老了，真的老了。头发花白，不过笑容依然是亲切的熟悉的。一刹那，往事堵住喉咙，詹月觉得鼻子发酸。其实他们分开已经快十年了，远远超过了他们在一起的时间。尤其这三年，他去了澳洲，几乎完全断了音讯，为什么还会难过？

这是我们刚到悉尼的时候拍的，女儿带我们出去玩儿。女人丝毫没有察觉，用快进的方式划过那些他们游玩的照片，悉尼歌剧院、海边、公园，突然，她在某一张照片停住了。看嘛，这是老廖第一次去医院检查的时候拍的。

一个像公园一样的环境，他站在干净的阳光下，一手插裤袋，一手拿烟。这是他的习惯动作。但看上去气色已经有些差了。

詹月问，他到底是什么病？

女人说，起先是肺气肿，我们之所以去澳大利亚，就是想那边空气好嘛，去那里检查发现已经是肺癌了，但他不愿意手术，因为医生说，手术的成功率也不高。他不想挨那一刀。我们就尊重他的意思嘛。

詹月想，是的，他胆子小。

女人说，我们女儿给他联系了一个专家，特别厉害的，做放疗。他们的放疗水平很高，针对性很强，没什么副作用。而且每次做放疗，医院都会为他找一个医疗翻译，一小时五十澳元，其实就十几分钟的事情，但是要按两小时算，两小时就一百澳元呢。不过虽然贵，那个翻译却很尽职，每次都提前到，等他。他一句英语也不会，女儿又没时间陪他，他一个人像哑巴一样，

詹月想，你为什么不陪他？

我晕车，去一次难受两天，女人仿佛猜到詹月心思似的说，反正有车送他。但是他嘴太笨了，去了三年一句英语没学会，去超市买东西，女儿不在的话全靠我，哪家店搞 sale（大减价），哪些商品是 buy one get one（买一送一）。刷卡、退货什么的，我都没问题。

女人很顺溜地蹦出两句英语，看来她的语言能力的确不错。

一张她和他在超市的照片出现，两人推着手推车，显然是女儿拍的，车里堆满了东西，詹月注意到有一大袋橙色的胡萝卜。

女人指着胡萝卜道，我们女儿对爸爸太好了，她打听到一个偏方，说每天打胡萝卜汁喝，一天喝一公斤，可以消除癌细胞。他就坚持喝了两个月，真的有好转，但是胃受不了了，开始胃痛。他就不肯喝了。我们女儿对她爸爸真的太好了，一般人都做不到，每天一早要去学校，为了给她爸爸打胡萝卜汁，早上五点半就起床，打好胡萝卜汁才去上课，坚持了两个月呀。

詹月想，那你在干吗？让你女儿那么辛苦。

詹月再次确认，她的确是个被丈夫宠坏的女人。就因为漂亮吗？他们在一起时，他时常跟詹月发牢骚，说她文化不高，做了几年售货员，商场倒闭就不再工作了，成天在家待着，可也不喜欢做家务，一无聊就逛街买东西。

我简直没法跟她说话，一句都说不到一起。他这么抱怨过：她要么唠叨，要么就听不懂我在说什么。除了打麻将，逛街，去美容院，其他什么兴趣都没有，不要说看书，连看肥皂剧的兴趣都没有。唉。

又出现一张照片，他在院子里给花草浇水，装模作样的，朝镜头笑着。整个人都松垮下来了，岁月毫不留情地丑化了他。

女人说，他做放疗后有一年都挺好的。但是去年下半年复查，医生说转移了，要他住院。他不想住，我劝他，他跟我发火，声音好大好大，简直是咆哮，把隔壁邻居都吓到了，过来敲门。

他还会发火吗？詹月说，他在单位上脾气很好的。

哪里呀，他脾气才不好，在家经常发火。发火的时候，还用脚踢门，还朝我扔东西。特别是你们单位出事的时候，更吓人。有时候我看他下班回来脸色不好，就赶紧去打麻将，或者去逛商场，逛到晚上要睡了才回家，免得他找我茬。

詹月很是意外，脑海里浮起那张总是微笑的脸。他真的会那么暴躁？难以想象。也许是她夸大了、渲染了。跟所有妻子一样，黑丈夫是一种本能。

后来还是我们女儿做他的工作，他才去的，他就是听女儿的，女儿是他的上帝。

女人又翻到一张照片，他靠在床上，面露微笑，居然还比了一个剪刀手。傻傻的。也许是想给自己打打气？其实算起来，他还不到六十岁。怎么会生这样的病？真的是抽烟太多的缘故？他抽烟实在厉害，即使和她一起，也控制不住。

女人继续说，哎呀，那个医院条件之好，太好了。不光是伙食好，每天还有两餐水果。老廖说比他在国内住高干病房的条件还好。医生护士说话都细声细气的，帮他洗澡换衣服，还帮他解手，不管做什么，不管好复杂的事情，都不让他感到有一点儿疼痛。他心满意足的，说中央首长也享受不到这样的待遇。他那个病房里的墙上贴了张图，是疼痛指数，从一到十。他疼的时候，医生问他到了哪一级？他就指九。医生笑了，说九是女人生孩子的疼痛，很难忍的，看他那个样子，应该没那么厉害，大概是四级。

女人笑起来，詹月也忍不住笑起来。他的确是个怕疼的人，有一次他们单位运动会，他作为领导要带头，不得已参加了拔河，接下来的几天，他都跟她说，胳膊好疼，腿好疼。

女人滔滔不绝地夸赞医院，语气里的满足让她的声音提高了不少，青黄色的脸也略略有了些暖意。

跟着，一张摆满菜肴的照片出现了，接着是七八个人的合影。

女人说，今年春节前他出院回家了，他姐姐一家也在悉尼，我们两家一起过的年。当时大家都感觉他好多了，医院检查也发现各项指标都在好转，他天天闹着出院，我们就接他回家了，我们谁都没想到他会那么快就走。

春节刚过，还没到元宵节，那边已经很热了，女人说，那天早上我们女儿起床，去跟他打招呼（难道他独自睡吗），发现他脸色很差，说胸口有点儿闷。我们女儿很警惕，一边让他躺在沙发上不要动，一边马上打了急救电话。

詹月想，没想到女儿这么孝顺。

詹月一直对他女儿不以为然，有一次他们约好下午在星巴克见面，他却突然打电话说来不了了，女儿在学校肚子疼，要他送卫生巾去。她惊讶得说不出话来，学校附近就可以买到这东西，至于要老爸跑一趟吗？他解释说女儿只用那个牌子，小店没有。她妈妈呢？这种事情不是该妈妈做吗？她妈妈去美容院了。

詹月不由得同情起他来，一个娇懒的老婆就够受了，又来个娇气的女儿，看上去一个英俊潇洒的男人，在家却像个仆人。

不过，她对这个女儿的不以为然，今天了结了。

急救中心二十分钟就到了，之快。一直开到我们门口。女人说。

詹月在女人的手指下，看到了几个穿橙色衣服的人抬着担架，一辆救护车停在一栋楼前面。女人指头继续滑动，出现了好几张同样场景的图片，担架、救护车、医护人员。

詹月好奇，那种情况下，是谁拍的照片？如此淡定。

女人说，一分钱都没要我们出，就把他送到医院去了。还是他原来住院的那家，条件之好。

詹月忍不住问，后来呢？

女人说，送医院的路上他就昏迷了，到医院没抢救过来，当天夜里走的。我们哪个都没想到，他说走就走。他一直是肺的问题，最后倒还走到心脏病上。我们哪个都没想到，真的，太突然了。

女人这样说，声音略略有些哽咽。

詹月想，毕竟还是老夫妻。她安慰说，这样也好，免受折磨。

女人点头，是，他倒是痛快。

她继续滑动手指，屏幕上出现了堆满花圈的房间，中间是他的大幅照片，这照片詹月很熟悉，应该是他的标准照，单位的橱窗里也挂过。头发黑黑的，脸上的笑容似有似无。他好像看见詹月了，嘴角微微动了下，也来不及跟你告别。

詹月努力发声，不让自己陷入。那个……那边也要开追悼会？

女人说，不是，就是一个告别仪式。我女儿给他办了一个特别好的告别仪式，还做了幻灯片，那天来了好多人，女儿的同学、老师，我们小区的邻居，我们小区华人很多。他这个人跟谁都笑眯眯的，人缘儿好，不过我的人缘儿也好的，我们收到好多鲜花，没有送假花的，都是鲜花。后来摆不下了。我们只好租一个大房间来放。他住院一分钱没花，我们就给他买了块很好的墓地，连同葬礼，一共花了三十万人民币，那个墓地很上档次。

这是她第二次说他住院没花钱了，詹月注意到了，便问，住院没花钱，是因为你们买了医保吗？女人没有回答，继续说葬礼。

你看嘛，葬礼特别先进。女人用了先进这个词，给她看视频。

詹月只好看视频，一具黑色的棺木被升降机缓缓送入坑内，然后，周围的人一一上前放入鲜花。詹月看到了身边的女人，在她女儿的陪同下第一个走上前去，女人和女儿都穿着黑色连衣裙，让她意识到，事情发生在南半球，三月在那里是夏天。然后，众人一一跟上，放入手中的白花，好像是玫瑰，不像国内是白菊花。接下来盖土，还隐隐传来钟声，那应该是丧钟吧。丧钟缭绕，众人离去，真的跟电影一样。

他独自留在了泥土里。

接下来，会腐烂、消散，最后杳无踪迹。

詹月脑子里莫名其妙地出现一段话。热力学第二定律真是一个残酷无情的东西：宇宙中所有的事物无限趋向于混沌。人从出生、成长到衰老、死亡，无限地趋向于解体、腐烂，化为细胞，在土中或空中消散；树和草也是这样；就连石头沙子也不能幸免。你可以想象这个过程像一场巨大的泥石流，摧枯拉朽，把一切可以称为美的东西消灭得干干净净，杳无踪迹，就像它们从未存在过一样。所以，各位没必要太在意那些貌似很重要的东西，它们迟早都会消散的，包括我们自己，消散得无影无踪。我们只存在于过程中，享受过程就好。

这是某一次开会时他说的，当时单位评职称，有点儿刀光剑影的气氛，他温和地奉劝大家。詹月就是因为这段话爱上他的也说不一定，甫入社会就遇见那么一个有学识又帅气的领导，让她毫无抵抗力。

那个墓地很高档，女人的声音把她拉了回来。一般人都不选那儿，嫌贵，如果是普通墓地，一两万澳元就够了。但我们女儿说，就是要让爸爸享受高档待遇。

是双墓穴吗？詹月脑子冷不丁地冒出这个问题，但没有让它出口。

他就这样留在了异国他乡，算高档待遇吗？他的亲人、同事、朋友，含詹月自己，连去墓前合十悼念的可能也没有了。是他本人的意愿吗？估计不是，他没料到自己会忽然走掉。

这些念头，也没有脱口。

但詹月知道，他退休的时候是失落的，曾经有段时间都在传闻他要提升，却不料没戏。他在那个位置上蹲了整整十年。他不让家里通知单位，也许是心里有些怨艾吧。

女人的手还在屏幕上划拉，是一部分朋友发给她的唁电和悼念短信，其中有几位詹月都认识。显然，他们一直保持着联系，不像詹月，断得那么干净，连逢年过节的短信也没有了。她注意到女人的手指在某一条短信处停留了很长时间，嘴里反复说，好多人发短信，看嘛，好多人。但手一直停在那一条上，詹月定睛看，原来是夸她的：你的女儿孝顺懂事,你的妻子美丽贤惠……

听完全部情况,詹月觉得自己必须说几句了,说几句女人想听的话,否则这场汇报会结束不了。于是她表达了如下意思:

他临去世前能得到这么好的治疗护理,也是不幸中的万幸了(她想到了自己的老父亲,有些羡慕,但马上又想到了更多的更糟糕的人,命运就是这样,哪有公平)。女儿这么孝顺,你又对他这么好,他应该感到很安慰。

女人连连点头。

詹月又加了一句,他是个好人,也算是有一个好报了。

女人又点头,然后说,就是自己被折磨得够呛,瘦了很多,差点儿病倒。

真的,我被折磨惨了,这半年才刚刚缓过来。她反复这么说,詹月才意识到,女人确实消瘦不少。

你确实瘦了。詹月用肯定句安慰她。

女人说,他倒是一走了之,一点儿罪没受,罪都让我受了。唉,本来以为他退休了,不当那个狗屁官了,我可以过几年舒心日子,哪知道一退休他就查出病来了,一天好日子也没过到。要不是为了他,我根本不想去澳洲的,那边一点儿都不好玩儿。

女人开始抱怨,好像写鉴定写到了末尾,必须写几条缺点。

詹月忽然说,他一直对你很好。

女人撇嘴,哪里好啊,脾气暴躁得很,在外面笑眯眯的,在家总是秋风黑脸的,什么都要依着他,连吃面条还是吃饭都要依着他,他从来也不陪我逛街,不陪我打麻将,他这种老公,就是个名分。

詹月感到诧异。

詹月最后一次见到他,是那次大地震之后。最初的慌乱一过去,她就拼命给他打电话,却总是打不通。要么通话,要么无人接听。这让她感觉很不好。当然，她知道他们这个城市没有大碍，只不过在那样的时刻，就是想听到他的声音，或者，也想听见他安慰自己，问一句，你没事吧？还好吧？

第二天她从父母家返回单位，单位里乱麻麻的，他不在办公室。以前詹月是不去他办公室的，他们两个好了那么多年都没传出绯闻，全靠双方小心谨慎。但那个时候她顾不上了，见人就问，有没有看见廖局。她跑到他家那栋楼附近转悠，楼下的花园里支起了很多小帐篷，五颜六色的，显然，昨晚大家都没敢在房间里睡觉。忽然，她看到了他。他头发蓬乱，坐在一个白色的小帐篷外面，还用手掖了掖帐篷边缘，好像怕风钻进去似的。那个帐篷太小了，显然只够一个人躺下。那里面，百分之百躺着他老婆。

她直盯盯地看着，他发现了，赶紧站起身走了过来，眼泡浮肿，眼角竟然还有一小粒眼屎，青黄的脸上，散落着惶惶不安的神色。已经完全跟陈道明不沾边了，就是一个半衰的老头儿。

他浮起讨好的笑容，有些结巴地说，她……她一晚上没睡，刚刚睡下。你还好吧？

詹月说，怎么不接我电话？

他说，那个……手机落家里了。今天早上才拿出来，又没电了。

詹月想，显然，他从没想过要给自己打个电话，发个短信，他从没想过问问她是否还好。关键时刻，他最关心的还是自己老婆。

那一刻，詹月竟有些如释重负的感觉，她终于不用再纠结了，可以松开这个保持了三年关系的男人了。

她转身离去。

让她不解的是，他竟然也在那之后不再与她联系了，是知道她生气了，还是？他们再见面，就是彼此无感地点头，好像大地震震断了那根纽带，而且断得整整齐齐，一丝纤维也没连着。

想到此，詹月笑着对女人说，我记得大地震的时候，他让你睡在帐篷里，他守在帐篷外，就跟父亲一样。

女人稍稍愣了一下，笑起来，哎哟，别提大地震了。你都不晓得他当时有好狼狈。

女人眉开眼笑，那天我刚午睡醒来，一摇晃，我晓得是地震了，就大声喊他，他没答应，我以为他上班去了，起来一看，我们家大门敞开着，一只拖鞋在门外，一只皮鞋在门里，我就晓得他刚跑。我回去拿了手机，拿了钥匙，关了气，关了电闸，然后拎着他那只皮鞋，从楼梯一层层走下来。有啥子好怕的嘛。我走下楼的时候，看见他坐在门前空地的地下，靠着树，一只脚拖鞋，一只脚皮鞋，脸色惨白惨白的。我忍不住笑了，他一点儿也不笑，呆呆的。我走过去叫他，他不动，好像吓傻了。我拖他起来，他马上又坐下去，整个人像堆泥巴。没办法，那天下午我一个人跑来跑去的，先去他父母家看他父母，父母都没事，然后去买帐篷买水买干粮。到天黑，他缓过来了，还是有气无力的，我只好搭起帐篷，让他躺到里面去睡。我坐在外面。天快亮的时候，他醒了，好像回过神来了，特别不好意思，叫我进帐篷里去睡。我简直没想到他会吓成那样，我也知道他胆子小，但没想到会小成那样，基本就是没胆子。哈哈。笑死我了。后来他生气了，我不敢再笑他了。不过也是奇怪，那次地震后他像变了一个人，很少跟我发火了，还主动陪我转了两次街，也好，也好。

女人边讲边笑个不停，笑完了又抹了下眼角，眼角是湿的。她居然黑丈夫黑出了感情。

詹月一路听下来，有些发蒙，好像又经历了一次地震。晃，晃。但她觉得自己必须说点儿什么才是。

说点儿什么呢。

她干笑了一下，说，好快，马上就要十年了。

百密一疏

1

　　侯志清和李美亚已经分居三个多月了。这分居是侯志清单方面决定的,他说走就走,三个多月没回家。其实分居前,他们已经吵了很多次了,婚姻一直处于电量不足的状态。侯志清发出很多次"老子再也受不了"的警报声,然后继续受着。后来终于发生了那件事,侯志清觉得再忍就不是男人了,于是毅然离家。离家的时候他发誓不再理她,就是办离婚也找律师去办,那个曾经让他神魂颠倒的女人,如今让他一见就窝火。

　　但这次不行了,不见不行。侯志清左思右想,万般无奈。

　　谁让自己当时不果断呢!当时李美亚说,如果离婚,她就要现在的房子外带一半存款,他气不过,没有答应。她嫁给他之前一分钱没有,嫁给他之后一分钱没挣,凭什么一夜暴富?

　　后来慢慢冷静下来,便有了顾虑。现在对官员离婚没过去那么在意了,但总归是负面的。自己干了六年副处还没扳正,若栽到这上头还是划不来。何况他们还有个五岁的女儿。于是就这么顾虑着,藕断丝连,李美亚便继续在户口本上作为他的配偶存在。

这下好，必须求她了，必须说软话，下矮庄。

侯志清没给老婆发信息，也没打电话，他怕碰钉子。谁让自己连她的微信都拉黑了呢。他就是在周日上午突然回到家里，硬性地安排了一次面谈。

虽然侯志清三个多月没回家，但老婆的生活规律他还是掌握的，星期天上午她一定会睡到十点才起来，称之为美容觉，午饭时才去岳母那里，吃饭，顺带看女儿。这个女人，妻子做不好，母亲也懒得做，一直把五岁的女儿丢给岳母。那么，十一点之前去，肯定能把她堵在家里。

进门前，侯志清在小区的超市买了一篮子水果，有点儿做客的意思。掏钥匙开门的时候，还担心老婆换了锁。不错，门还可以打开。老婆果然刚起床，听到动静从卧室出来，一看到他神情大为惊慌，就像是家里藏了什么男人，其实她是太意外了，加上衣冠不整披头散发素面朝天，完全是无法见人的样子。

你，你……怎么……李美亚结巴着，没说出一个完整的句子。

侯志清不看她，面无表情地说，我有重要的事情要和你面谈。

李美亚说，你等一下，我马上就好。又补了一句，十分钟。

侯志清坐在沙发上，心里对老婆的态度感到满意。她并没有凶巴巴地说，你来干什么？有本事别回来！或者嘲讽说，哟，你不是说永远不见我了吗？如果老婆这样说，他还真不知怎么应对。他提着的心放了下来。可见，老婆并不真的想和他断交，橄榄枝隐隐可见。

那就好办了，他有了底气。本来嘛，这次发生冲突，责任完全在女方，老婆竟然和她的前男友约会，被他撞了个正着——就在小区会所的咖啡馆里。老婆解释说只是见个面，他还是怒火中烧，也许是因为在此之前，他心里一直有火苗在蹿，前男友成了油，泼过来。他骂老婆是个二百五，你这个二百五，就是约会也跑远点儿的地方去啊，居然在我单位的小区里,生怕我同事看不到啊,生怕你老公丢脸不够大啊。

其实,他有点儿小题大做。他心里明白。他是做给岳父岳母看的。因为他要真的离婚,只有抓住这个才行。说其他理由,岳父岳母都会跟他没完,不会放过他的。

现在,他心里盘算着,只有先好言好语,让老婆配合他,把这次的事情解决了再说。从内心讲,他是真的想离,他们这个婚姻实在是个错误,不管责任在谁,都应该终止了。

不过,他刚才快速晃到老婆那一眼,心里居然动了一下,老婆毕竟年轻,才三十出头,露出来的白生生的胳膊和大腿,对他依然有吸引力。虽然他并不想跟她和好,也无法控制自己的生理欲望,何况,他已经持续睡了三个月的素瞌睡了。

当初,就是因为没控制好生理欲望,才导致了这场婚姻。

2

六年前,侯志清去市郊一个县搞调研,在宾馆见到了李美亚,真的是明眸皓齿,美艳动人,身材也火辣。他简直没想到在这样一个小地方还能有这样的美人。

我叫李美亚,大家可以叫我小亚,这次由我来陪同各位领导参观,请多指教。她娇滴滴地伸手给侯志清。

侯志清一把握住,半天不想松开,全身上下有些热血沸腾的意思,估计在场的人都看出来了。接下来的几天,李美亚一直陪伴左右,一口一个侯处长,偶尔还伸手扶一下他胳膊,侯志清一直努力克制着,才保持住了处长的威严。

那时侯志清已经三十三了，却是个单身。他研究生毕业后报考公务员，从最底层干起，先是在市郊的一个镇，然后到了区机关，然后又到了市级机关。也算是天时地利人和，仕途颇为顺利，其时已是副处长了。那次下去调研，不少人直接喊他处长。

调研结束的那个晚上，侯志清被众人拉到街边吃烧烤，喝了好几瓶啤酒，十一点多才跌跌撞撞回到房间。就在他一个人抓耳挠腮，被酒精折磨得坐立不安时，李美亚来敲门了，手里拿了两罐苹果醋。侯处长，王主任让我给您送过来，他说这个解酒效果最好了，您试试嘛。侯志清脑袋一晕，连人带醋一起请进了房间，然后就失控了。

事后他想，很可能是那个王主任故意安排的，当然，也可能王主任只导演了序幕，后面的戏是李美亚自己加的。因为李美亚事后马上提出了她想去省城工作，请他帮忙。他虽然感觉不太好，还是答应了。

不料他回去没多久，李美亚竟然怀孕了，而且这怀孕的消息不是李美亚告诉他的，而是她父亲。那天侯志清正在会场开会呢，李父就把电话打到他手机上了。起初他没接，一条短信跟着发过来，说事情很重要，务必接电话。他不得不走出会场去接，一接人就傻在了走廊上。这发展节奏也太快了，跟美剧一样，一分钟一个梗，让他完全无法应对。

李美亚的父亲在县文化局当副局长，除了做官，他还是半个文化人，曾出过一册本地文化古迹楹联考。可以说文武双全，既掌握官场上的制胜法宝，也拥有语言表达的强项。他在电话里说，发生了这样的事，作为美亚的父母，感到非常震惊和生气。我们不知你是怎么考虑的？我们美亚是涉世不深的年轻姑娘，如果此事处理不好，是没法隐瞒的，想瞒也瞒不住，对吧？我们只有让女儿把孩子生下来。

侯志清当即一迭声地在电话里表态，自己是真的喜欢李美亚，不是逢场作戏，一定会娶李美亚为妻的。请他们放心。

侯志清说的不完全是假话，或许全是真话，他喜欢（迷恋）李美亚，愿意娶她为妻，都是真的。只是真话未必愿意付诸行动（代价）。现在既然被"胁迫"了，他也就半推半就，接受了。在三十多岁的年纪，能娶到这么个年轻漂亮的美女，也还是很有面子的。

见侯志清答应了婚事，李父的态度马上就和蔼了，他说，虽然你比美亚大十岁，但我们经过各方面的了解，对你还是比较满意的。我们这种有文化的家庭，也不会提出什么过分条件，你们朴朴素素办一下就可以了。

侯志清颜值不高，个子、长相都一般，但毕竟是硕士，是公务员，所以给他介绍对象的人很多。以前他一概拒绝，起初是因为曾经的心上人嫁作他人妇了，他拼命工作以疗伤。后来伤好了，又想混出个人样来再说，这么三拖两拖的，就拖成钻石王老五了。现在既然不小心煮熟了饭，那就开饭吧。

于是，两个月后，侯志清就"朴朴素素"地办了一下，把李美亚接到了省城。其实在朴素的后面，他付出了不小的代价。

婚后侯志清才发现，李美亚并无身孕，很是恼火。李美亚解释说，她已经去做了人流，你那天喝了那么多酒，孩子肯定不能要的呀。虽然李美亚理由充分，侯志清还是感觉自己被耍了，新婚的快乐里瞬间掺杂进了恼怒，同时也有几分对自己的不满：辛苦奋斗那么久，竟然以这样的方式娶了妻子。

不过，一美遮百丑，侯志清面对娇艳的李美亚，再大的气也很快泄掉了。应该承认，婚后第一年他还是很幸福的，每天都意气风发地出门，充满期盼地回家。那时的李美亚像个妖女，施展出的魔力完全控制了他的眼耳鼻舌身。

但是妖女也有保鲜期，一年后，妖性减弱，人性开始暴露出诸多问题。李美亚说是大学生，其实就是拿爹妈的钱混了个文凭，肚子里连中学课本都没装进去。父亲的文人基因一点儿也没传给她，除了喜欢打扮，喜欢花钱，爱慕虚荣，没有任何爱好。尤其谈吐太差，属于一开口姿色就要跌停的。当初侯志清来不及发现她这个毛病就娶了她，考察时间实在是太短了，又缺少了公示环节。最初认识那两天，她白天带领他们参观，说的都是事先背好的词儿，晚上进了他房间也无须说什么了。侯志清仅从她的只言片语中感觉到她内在粗鄙。当时他安慰自己，过日子嘛，脾气好就行了。李美亚的脾气的确好，或者说，没脾气，无论他怎么发火，她也不会闹。侯志清个子不高，一起出去时他要求她穿平底鞋，她也顺从的。家里的钱财虽然由她管着，但侯志清开口要多少她也就给多少，从不河东狮吼。

3

大概一刻钟后，李美亚出来了，焕然一新，还是那个风姿绰约得足以迷倒众多男人的少妇，丈夫的离家出走也没让她变得憔悴，似乎还多了几分风情。

她会不会还在和前男友约会？侯志清脑子里闪过这个念头，但很快压了下去。大敌当前，他保持着严肃的表情，摆出领导派头对李美亚说，坐下吧。

李美亚说，要不要我泡壶茶？

侯志清本来想说不用了，但忽然觉得，泡茶喝茶，有利于谈话的氛围，就点点头。老婆烧好水，用一把不知什么人送的西式茶壶泡了红茶,给侯志清倒了一杯。

水很烫,侯志清没法喝,就先问女儿的情况。李美亚汇报说,女儿又学了儿歌,还学了几句英语,老师表扬她发音准。她还经常问爸爸什么时候来去看她。

侯志清明白,后一句是李美亚瞎编的,他常去幼儿园看女儿,只是女儿看到他怯生生的,不愿意让他抱。唉,自己作孽,孩子是无辜的。他很心疼女儿,女儿长得非常可爱,五官皮肤都继承了母亲。他之所以对离婚优柔寡断,女儿也是重要原因。

喝了两口茶,侯志清终于开始说正事了。再不说,就有一起吃午饭的意思了。墙上的挂钟已经指向十一点。于是侯志清简明扼要地说了自己今天来的目的。

原来,上周,部里正式把他列入了处长(正处)候选人,要进行为期一个月的考察。作为考察对象,他首先必须填报《领导干部个人事项报告表》。而这个表里最重要的一项,就是申报财产。申报财产肯定是夫妻共同财产,所以,他需要她协助,把家里所有的有价证券等,统统清查一遍,一一列表,向上级如实报告。

这是一件非常重要的事,昨天,我们干部处已经组织我们几个考察对象专门学习了《领导干部报告个人有关事项规定》,还收看了填写报告的教学录像。干部处王处长再三强调,要认真仔细如实地做好填报工作,不能出现任何纰漏,如果有瞒报漏报,不仅不能提拔,还可能挨处分。所以,我必须做到万无一失。

李美亚虽然只是个家庭妇女,但嫁给侯志清这六年多,也熟悉了官场这些话语。她点头,表示听明白了。

侯志清对她的态度感到满意,语气逐渐变得温和。

嗯,这个,你知道的,我在副处长位置上已经六七年了,马上就要满四十了。今年,我们部里有两个副部长离任,一个是被调查了,一个是退休……

李美亚插话说，我知道的，那个被调查的孙部长还来过我们家的。

侯志清问，你怎么知道？

李美亚说，我听群里的人说的。

侯志清有点儿紧张，群？你参加什么群了？

李美亚说，也没有啦，就是娅娅的班主任老师建的家长微信群，赵处的夫人，还有你们处小金的夫人都在里面，我听她们说的。

侯志清马上警告说，你不要在她们面前乱说话，尤其不要提这件事。听到没有？除了老师的话，其他人说什么不要瞎掺和。

李美亚没吭声。侯志清接着说，不管怎么说，这次考察对我来说非常重要，必须把握好。嗯，这个，虽然前段时间，我们两个之间有些矛盾。嗯，这个，夫妻吵架是难免的，我们现在还是一家人，对不对？一家人就要共同做好这项工作，对不对？

侯志清只要换成非官场语言体系，就会夹杂很多口头禅"嗯，这个"还有"对不对"。

李美亚听到"夫妻吵架是难免的，我们还是一家人"这句时，眼神流露出十分惊异的样子。侯志清看到了，假装没在意，接着说，个人事项要报告的项目很多，十几个大项目，几十个小项目，差不多有二十页纸。不过，大部分我自己都可以填写，就是财产申报部分需要你配合，因为我们家的房产证和我的工资卡，都在你这里。

李美亚点头，生怕侯志清又吐槽当初被岳父岳母强迫交出经济大权的事。还好，侯志清顾不上，继续指示说，这样，你周一就去银行，把我工资卡的流水打出来，收入这项是必须填写的，我除了工资，也没啥收入。另外，我给你和孩子都买过保险，凡是投资型的都要填上，你把保险号和数额登记好。嗯，还有，你在银行买过基金吧？凡是涉及钱的，全部写出来。

李美亚说，你最好给我写一个清单，我怕有遗漏。

侯志清从包里拿出一张纸递给她，我已经写好了，你照着这个来。对了，你爸妈有没有在老家给你买过房子？

李美亚说，没有。

侯志清哼了一声，又问，你有没有炒股？

李美亚说，没有，我不会那个。

侯志清说，好，少两件事。首先把这个房子的房产证找出来。那上面写的是我们两个人的名字，必须登记上，面积什么的要写清楚，还有车位也得写上。我们上次去普吉岛旅游办的护照，也要登记，当然你的不用，主要是登记我的，你把我护照找出来。

李美亚说，好复杂啊。那我把这些资料找好了，给你打电话吗？

侯志清再次感受到了李美亚的唯一优点，脾气好。他说，不用。嗯，这个，我周一下班后还会过来，把表格拿来，我们一起来登记。不是一天两天能搞好的。他顿了一下说，我想，下周，我还是回家来住吧。

李美亚更为惊讶地看着她，看不出是高兴还是不高兴，就是极为惊讶，眼神怯生生的，侯志清不由得想起了最初见到她的时候，她的眼神真的是很有欺骗性，总显得胆怯而又纯洁。

侯志清不看她，直接下指示，你把那间客房收拾出来吧，我先住那儿。

全部交代完毕，侯志清站起来说，今天的……他突然停顿了一下，把后面那句"会先开到这儿吧"吞了下去，真是开会开出惯性了。他顿了一下说，嗯，这个，先这样，我还有事要处理。

李美亚说，要不要一起去看娅娅？

侯志清很想去看女儿，但是实在不想去看岳父岳母。他有时候觉得，如果不是那对自以为是的中年夫妇，他还有可能把李美亚的臭德行扳过来。终于，厌恶超过了想念，他说，下次吧。

李美亚送他到门口，突然说，你不生我的气了？

侯志清按下心烦，顿了一下说，下周一我回来再说吧。

4

送走侯志清，李美亚重新回到沙发上坐下。

她定了定神，又喝了两口刚才太烫这会儿正合适的茶，然后拿起手机发了条微信给闺蜜：在吗，语音一下？

等了三分钟闺蜜没回，她就直接把电话打过去了。

她必须跟闺蜜聊聊这个突发事件。

分居这三个月，李美亚反复整理过她和侯志清的关系，当然不是靠自己。李美亚虽然是个脑子不大清楚的人，但她有一大优点，就是知道自己脑子不清楚。每遇重大事项，她都会跟那个脑子特别清楚的闺蜜商量。闺蜜基本是她的人生博导。丈夫愤而离家时，就是闺蜜指使她第一要房子第二要一半存款的。这条件一提出，丈夫果然哑了。当时她们反复整理的结果是，如果侯志清肯答应她的条件，那么说明他确实是铁了心要离，再挽留也没意思；如果侯志清不肯，那再说。反正也没有人等着她，她对侯志清也谈不上爱，拖着呗。

现在丈夫突然示好，她一时不知该如何应对，是抓住这个机会跟他和好，还是一条道走到黑？其实她也明白，这个不取决于她，取决于侯志清。但她该怎么做呢？

电话打过去，闺蜜在一个闹哄哄的场合，说是被爸妈硬拽着在参加一个亲戚的婚礼，只有晚上回家再和她聊。

她只能先回父母家吃午饭了。

自从孩子出生，李美亚的父母就到了省城，在李美亚同一个小区租了一套房，帮她带孩子，顺带给她做家务做饭。侯志清跑掉这三个月更甚，除了早餐，顿顿都是在父母家吃的。没办法，她从小到大，连碗都没洗过，休谈做饭洗衣服了。短暂工作那一年多，母亲起码跑了十趟省城，帮她收拾屋子洗衣服。

虽然没有闺蜜的指示，李美亚也知道不能跟父母说侯志清回来的事，更不能说侯志清打算下周搬回来的事。父母一定会做出一大堆让她不知所措的指示。尤其是母亲，肯定要唠叨半天，唠叨什么她完全可以想见：他想走就走想回就回，他把你当什么了？宾馆服务员啊？就是住宾馆还得先登个记，还得出示身份证呢。他以为他是个处长就不得了了？快四十的人了没长清醒。把女儿甩给我们就不管了，我们是他保姆啊？保姆还有工资呢？我们倒好，倒贴……（此处不得不省略五百字）。

在父母眼里，一切都是侯志清的错，是他让女儿未婚先孕的，是他让女儿仓促结婚的。但李美亚知道，侯志清多少有点儿冤。真正主动的是她，她抓住了那个偶然机会认识了侯志清，又抓住那个晚上缠上了侯志清，不为别的，就是为了逃出父母的掌控。

读大学时，李美亚有个男朋友，男朋友成绩好，很爱她，也很有野心。或许是因为家境不好的缘故，男朋友读书时就开始悄悄挣钱，比如帮同学写有偿作业，代理一些产品在学校卖，甚至暑假去做快递哥。居然用挣来的血汗钱，给李美亚买了个普拉达包包，把李美亚感动死了。两个人海誓山盟的，说尽了世上的甜言蜜语。

父亲母亲知道后，坚决反对，父亲反对的理由是，这男孩儿太像个商人，他们家是文化人，必须要找个文化人。母亲则直截了当地说，他要是个商人倒好了，他就是个穷小子。我们辛辛苦苦把你养大，让你貌美如花，怎么也不能看着你把自己贱卖了。但李美亚还是偷偷地和男友保持着恋爱关系。

毕业后，男朋友要和哥们儿去深圳创业，她很想跟了去，母亲要死要活的，说如果她非要去，就断绝母女关系。她没有勇气走出这一步，只好跟男朋友说先缓一下。再说那时父母已经托人给她在电视台找了个工作，虽然是一个没什么名气的栏目主持，说起来就是电视台主持人，也极大地满足了她的虚荣心。

男朋友走之前，他们举行告别宴，男朋友沉默寡言，也不怎么吃东西。李美亚心里难过，不断许诺自己是不会变心的，自己还是很爱他的，她会一直等着他，非他不嫁。终于，男朋友冷冷地说，等我什么？等我变成大款再回来娶你吗？李美亚一听就哭了起来，开始控诉父母，从小把她管得死死的，一切事情都是他们说了算，连穿什么衣服留长发还是短发都要管。结婚这么大的事更不要说了，如果她有自由，一定会和他一起奋斗的。但现在她没办法，她要是反抗妈妈就绝食。男朋友突然说，我看我们还是分手吧，彻底分手吧。

李美亚简直不敢相信，她一直以为男朋友离了她就不能活，只要她说等着他，他就会感激涕零。可是他竟然主动提出了分手。她呆呆地看着他，他决绝地说，你这样一个完全没主见的人，我们就是现在不分，以后也得分。还是早分早了，互不耽误。

男朋友真的很彻底，离开省城后，连她的微信都拉黑了，她想给他发信息表达痛苦心情，屏幕上跳出一句话：你已不是对方好友，信息无法送达。

这个打击太大了，她就此患上了神经衰弱，每天夜里都无法入眠，主持节目时无数次出错，被领导怒斥数次后，她只好辞去工作回家休养。身体刚好一点儿，父母就给她介绍了一个对象，是他们一个老朋友的儿子，在读博士，毕业后留校当老师了，家境也十分优渥。

难怪他们硬要拆散她和男友,原来是因为这个。李美亚恨死了,坚决不见,找各种理由拖延。就在这个时候,闺蜜告诉她,省城来了个工作组,县里很重视,想找个专业一点儿的解说员,她就去了。去了之后又听说,那个带队的侯处长,还未婚。她暗暗打定主意,报复父母。

第一次握手,她就明白侯志清迷上她了。于是她决定把这个男人当作跳板,反抗父母的管控。她成功了,只是很短暂。因为一年后女儿一出生,父母就到了省城。而且还是她请父母来的,她实在是没有任何生活能力,连请保姆的能力也没有,看到侯志清整日黑着脸,她只能向父母求救。

5

进门就闻到了饭菜的香味儿,母亲肯定又做了她最喜欢的香菇炖鸡,加了当归和山药。肯定还炒了青辣椒回锅肉和麻婆豆腐。李美亚嘴很刁,又要吃香喝辣,又要保养身体,一样不能少。

母亲瞥了她一眼,边往桌子上端菜边唠叨说,也不知道早点儿过来帮我一下。李美亚撒娇说,我来了你也不要我动手呀。母亲说,那也可以陪我聊聊天嘛,非得到点儿才进门。

李美亚搂了搂母亲,在腮帮上亲了一下,就和父亲在饭桌前坐下了。母亲喂娅娅,娅娅嘟囔着要自己吃,母亲坚持要喂。李美亚说,你就让她自己吃呗。母亲说,你一直到上小学都是我喂的,她才多大?李美亚只好不管。

父亲突然说,侯志清是不是回来了?

李美亚吓一跳。父亲说,院子里有人看见他了。

李美亚只好点头承认，住在单位的小区里就是不自由。母亲在一旁撇嘴说，他回来干什么？有本事他一辈子别回来。但语气并不是真生气，也许还是高兴的。

无论是父亲还是母亲，都不希望他们离婚。虽然各自的原因不同。父亲是好面子，他到处跟人说女婿是个年轻处长，很有前途；母亲呢，深谙女儿无能，又没工作，怕她离了婚一团糟。尽管年轻，离过婚毕竟离过婚，又带了个孩子。所以，知道女婿回来了，两个人都显露出高兴的样子。

李美亚说，嗯，他上午回来了一下，有点儿事跟我商量。

父亲立即问，什么事？不会是真的要离吧？

不是的。李美亚只好把事情的原委跟父母说了，连同侯志清周一要回家住也没忍住，全说了。

父亲沉吟了一会儿说，这可是件大事，我知道的，要报的项目很多的。母亲说，看来他还是有前途嘛。父亲说，现在官员不比从前了，管得紧，包括离婚没有都要管，还好我退休了。母亲说，说不定他是回心转意了，怕闹离婚影响升官。父亲说，离婚还不是最要紧的，最要紧的还是财产申报。母亲说，他结婚的时候把存款什么都给你了吗？没私留小金库？父亲说，就是留了这次也得一起报上去，跑不了。母亲说，填那个表格的时候，你要守着他填，看清楚了他都有些什么。父亲说，你就别瞎操心了。母亲说，万一他偷偷在外面买了房子买了小车呢？父亲说，那他也得老实交代，否则吃不消的。

娅娅忽然说，爸爸说了要给我买小汽车的。

一家人都笑了，李美亚连忙转移话题，妈，我下午带娅娅出去玩儿吧，你们歇会儿。父亲说，你怎么还有心思玩儿？赶紧准备呀。母亲说，是啊，他说周一回来，你还不收拾收拾屋子？父亲说，这样，下午我们都一起过去，我来帮你准备资料，你妈妈帮你收拾屋子。这件事我们一家人要齐心。

李美亚不敢说侯志清要求住客房,只好接父亲的话,那些事情不急,我星期一再去银行。

父亲说,银行周末一样上班,你今天下午就去。不要什么都等到周一,周一办不完怎么办?凡事要取个提前量。你一定要通过这件事,让他感到你的诚意,弥补过错,挽回局面。

父亲唠叨起来也是不输给母亲的。李美亚只好点头。

母亲感觉自己说少了,连忙增加份额,你爸说得对,你要抓住这个机会,他走了三个月好不容易回家,无论如何不能让他再跑了。该认错就认错,上次那个事的确是你错,深圳那个小子绝对不能再搭理了,都是他坏的事。你连个工作都没有,离了婚吃什么?

李美亚终于按捺不住了,回嘴说,我又不是不能工作,都是你们瞎干涉的。真要离了,我分分钟就找到工作。

前几年她就提出要工作。她闺蜜是卖保险的,曾介绍她一起当保险推销员,她跟着闺蜜跑了两趟,感觉自己可以做这事的。但侯志清坚决不同意:别出去给我丢人。她寻求父母支持,父母也反对。父亲跟侯志清难得意见一致:卖保险,那不就是一天到晚求人吗?丢人现眼。所以侯志清吵架时骂她好吃懒做,她气得要命:我好吃懒做,都是你们逼的!

这时电话响了,她一看是闺蜜的,赶紧离开饭桌,走到阳台上去接。闺蜜到底是闺蜜,说怕她有急事,所以抽空打过来。闺蜜听完她的汇报后,略一思忖,做出了两点指示:第一点和她父母一样,要好好配合,尽力配合,别出差错;第二点,是不是借此机会跟他和好,还需要认真考虑,也说不定侯志清并没有那个意思。所以他回家后不必刻意讨好他,该清高要清高。

李美亚说,我知道的,我就不卑不吭(亢)。闺蜜说,是不卑不六。李美亚说，我就是那个意思。

回到饭桌前，李美亚发现，父亲母亲的脸色都明朗了。这三个月来他们一直阴沉着。她心里多少有些愧疚。

其实那件事，她觉得自己真是冤枉的，前男友回来，通过同学重新加了她微信，并且约见面。她为了表明自己的坦荡（更或者是为了显摆自己住在机关小区里），才让男友到自家小区会所来见面的。哪知男友看到她就上前拥抱了一下，让她一下子不自然了，神色变得暧昧，然后前男友又明目张胆地说忘不了她，希望和好，她就更加羞涩了。而偏偏丈夫中途回家拿遗漏的文件，撞上了。她怎么解释，丈夫都不信，大发雷霆。丈夫知道她这段情史，一直耿耿于怀，吵架时他曾经说，若不是前男友抛弃了她，她也不会主动向他示好，他像是捡漏的。

李美亚虽然不够机灵，直觉还是有的，她感觉到丈夫大发雷霆是在借题发挥，想借此甩掉她。她生气的时候也曾想过，要不就回到前男友身边了。这段时间，她还是偷偷跟前男友在微信上热络。备胎还是要有的，万一真的爆了呢？

现在，无论是丈夫还是她，都只能让路给这件突发事件了。

6

又到了周末。

侯志清的所有表格已经填写完毕，心情放松了很多。

他在办公室一项一项地对照检查了三遍，确定没有什么遗漏了，又带回家审查了三遍。家庭关系简单，孩子还小，老婆没工作，父母兄弟姐妹没有一个在海外。那么重点就是财产申报部分。

结婚时,侯志清原本就不想操办婚礼,从哪个角度说他都不想声张,刚好岳父说了句"朴朴素素地办一下",他就顺势朴素了。但朴素的后面也是有附加条件的,比如,侯志清的工资卡和家里的存款必须交由美亚打理,新买的房子必须写两个人的名字。

侯志清忽然想,要不要借此机会,拿回自己的工资卡?

还是等把这一关过了再说吧。

财产申报虽然连车库(含停车位)都必须填,保险和基金也必须填,但存款是不需要填的,这让他放松了很多。他发现组织上在意的是,该公务员是否参与了经济活动,也就是说,是否有工资以外的收入。所以最后一次审读表格时,他再次很严肃地问李美亚,你再好好想想,你还有什么可以盈利的东西。

李美亚说,理财产品算不算?我上次在银行买了三十万。

侯志清说,你也是,老老实实存着就行了,理什么财?

李美亚说,那个有四点八的年利率呢。存定期才一点几。

侯志清想了想,还是填上吧。你再想想,还有没有?

李美亚忽然说,对了,我的余额宝账户每天还有一块多的收入。

侯志清吓一跳,什么意思?

李美亚说,就是我在支付宝里的钱放在余额宝里,每天就有盈利。我放了一万多,每天就有一块多的收入。

其实李美亚说这个的时候有点儿开玩笑的意思,她看侯志清太紧张了。不想侯志清说,我看还是填上为好。

于是,又增补了一项。

为防万一,他最后连岳父岳母租的一套房子和自己这段时间住的机关公寓房都写上去了。

这下子,肯定是万无一失了。

他把厚厚一摞表格装进了大文件袋里,长吐一口气。

李美亚在一旁小心翼翼地说,今天去我妈那里吃饭吧,他们叫了我们好几次了。

侯志清想了一下,同意了。

去到岳父岳母家,见到娅娅,闻到一屋子菜香,侯志清脑子里闪过一念,要不,就凑合过吧。

岳父岳母十分客气,好像什么事都没发生似的。岳父还跟过去一样跟他聊国家大事,做懂行状。饭桌上还陪他喝了点儿酒,是他喜欢的茅台,也不知是什么时候存下的。当然,酒也没过量,一切都很有分寸。李美亚也是一副淑女样,话很少,饭后还帮母亲收拾厨房。

晚上回到家,夫妻俩终于和好(未如初),亲热了一番。

一切似乎都在向好的方面发展,侯志清却感到了内心的无奈和气馁,看来离婚又要泡汤了,自己还得继续跟身边这个瓜兮兮的女子过。或许这就是自己的命。

但一想到李美亚以前的种种糗事,侯志清真的是不愿回头。他甚至觉得,李美亚不但没有旺夫命,还是个损夫能手。刚结婚时同事来家里玩儿,问她在哪儿工作,她回了一句,我干吗要工作,我只负责貌美如花。别人开玩笑问她,是怎么迷住侯处长的,她毫不脸红地说,我只抛了一个秋波他就春心荡漾了。侯志清尴尬得脸通红,恨不能找个地洞钻进去。大家哄堂大笑,她还以为是自己幽默,也跟着笑。当时侯志清的姐姐就悄声跟他说,我怎么感觉你娶了个事故苗子。

真还是个事故苗子。平时在小区里跟邻居聊天,李美亚开口闭口是,我们家侯处说了,他最近要陪书记去北京,给总理汇报工作呢;我们家侯处这两天天天都陪着北京来的张部长视察工作,张部长还问他愿不愿意去北京工作呢。侯志清得知后训斥道,你以为你老公是大官儿吗？你老公在机关里就是个蚂蚁！你以后在外面给我少胡说八道，不开口没人把你当哑巴。

但出糗的事依然时常发生。有一天她开车去机关大院找他，被门卫拦下，让她出示证件，并且问她找谁。她拒不配合，然后嘲讽门卫说，我知道你干吗拦我，你不就是想多看我两眼嘛。门卫只好打电话把他叫了出来，这事儿迅速在机关传开，侯志清此时已经不是找地洞钻的问题了，而是恨不能掐死她。他回家关起门大喊大叫地骂了她一个小时，她就坐在沙发上一脸无辜地吧嗒吧嗒掉眼泪。

就是那一次，他产生了离婚的念头，自己怎么会娶回来这么一个瓜兮兮的女人？自己难道要跟这瓜女人过一辈子吗？后来，还是女儿的出生，让他暂时放下了离婚的念头，默默忍受着。但日子一天天地过，忍耐变得越来越困难，侯志清经常陷入深深的后悔之中。

加重这些后悔的，是李美亚的父母，尤其是岳母，感觉她女儿嫁了个年长十岁的男人，不多捞回好处就亏大了。他们在侯志清家同一个小区租了一套房子，租金当然由女儿（侯志清）负责，理由是他们要照顾孙女。这也是事实，但在侯志清看来是添乱，成天不打招呼就到他家来。而李美亚呢，一生气就往他们那边跑。侯志清一直想让自己的父母过来住一段时间，享享天伦之乐，可是岳父岳母坚决不让位。

唉，即使有一万个理由，离婚也不是件容易的事，侯志清在暗夜里默默叹气，这可是比填写《领导干部个人事项报告表》难多了。

也不知今晚这回笼觉，睡得值不值。

7

两个月后,侯志清和李美亚终于离婚了。

离婚之前,鸡飞,蛋打,巢倾。

侯志清很认真地写了一份检查。全文如下:

检查

尊敬的部领导:

我是调研处副处长侯志清,此次选拔正处级干部,我作为考察对象填报《领导干部个人事项报告表》时,填写的持有股票、基金、投资型保险情况与核查结果出现不一致,违反了《领导干部报告个人有关事项规定》,在此做出深刻检查。

一、基本情况

接到填报个人事项通知后,干部处组织我们认真学习了《领导干部报告个人有关事项规定》,收看了教学录像,干部处王建处长再三强调要认真仔细如实地做好填报工作,不能出现任何纰漏,我本人也深知个人事项报告的严肃性和重要性,因此我和妻子对个人事项报告表中涉及的填报内容认真地进行了如实填报,但是核查结果显示,少填报了妻子李美亚名下的六只股票市值6.57万元。得知结果,我非常吃惊,立即向妻子询问此事,妻子也感到很吃惊,表示不知情,我们以为是身份证被人冒用。后来再三向妻子父母询问得知,早在二〇〇七年我妻子读高中期间,她的母亲用她的身份证开立了股票账户,进行股票交易。二〇〇八年妻子到省城上大学，毕业后在省城工作，对母亲以其身份证购买股票事毫不知情，故导致此次填报个人事项未能准确上报，辜负了组织的期望，影响了单位的荣誉，我深表歉意。

二、主要原因剖析

此处略去四小点，约六百字。

三、整改措施

此处略去四小点，约六百字。

希望组织和领导相信我，这次出现漏报绝无主观故意，首先财产都是合法收入，没有必要瞒报；其次，我岳父岳母租赁的房屋和我个人租住的五十平方米公寓房，我都本着对组织忠诚老实的态度，如实上报了。绝不会故意隐瞒6.57万元的股票。

此刻我非常痛心。整个报告表我前后检查了不下十次，自以为万无一失，却是百密一疏。所以，不管组织最终如何认定，我都虚心接受组织对我的处理。

四、附件

1. 未上报股票明细
2. 李美亚关于未上报股票的情况说明

检讨人：侯志清

附件1：未上报股票明细

股票账户开户时间：2007年11月

资金账号：123456789

股票代码 股票名称 持股数额 市值（元）

（此处略去表格一张）

附件2
李美亚关于未上报股票的情况说明

尊敬的××领导：

我是侯志清的妻子李美亚。此次侯志清作为处级干部考察对象填报个人有关事项，在这样一个关键环节，发生了本人名下持有股票未上报的不良事件，影响了部里的整体形象，给侯志清造成了巨大伤害，我痛心疾首，追悔莫及。

事情的经过是这样的：二〇〇七年，我母亲准备在股市开户购买股票，开户时得知她的身份证号与他人重号，而且这个人已经在股市开户，因此母亲本人的身份证无法在股市开户，而父亲认为自己是公务员不宜炒股，于是她就用我的身份证在股市开了户，并办理了委托协议，由她全权代理股票交易事宜。当时我十七岁正在读高中，并未关注此事，而后离家上大学，又工作，加之对炒股毫无兴趣，故对十余年前母亲以我的名义在股市开户的事毫无印象。此次侯志清按照组织要求填报个人有关事项，我完全忘了此事。母亲进入股市后不久股市大跌，她买的股票都被深套，便丢下不再管理，忘掉了还有股票，更是忘记了股票是以我的名义开的户。直到最近被组织上核查出来，母亲才想起此事。我的父母深感内疚，觉得影响了侯志清的个人前程，追悔不已。

事情已经发生，已经给贵部造成了不良影响，给领导增添了不必要的麻烦，我再次表示深深的歉意。我作为直接责任人，更是无颜以对自己的丈夫。现在我恳请组织看在我们没有主观故意的情况下，能够将侯志清此次失误认定为漏报，而不是瞒报，从而从轻处理他。同时，我会以离婚的方式，向我的丈夫侯志清谢罪。

说明人：李美亚

2018 年 × 月 × 日

加西亚的石头

1

穿过马路，就可以看到目的地了，沙河。

罗毅阳看了一下手机，时间是八点三十五分，步数是七千一百（五公里左右）。他是七点半从家里出发的，耗时一小时，他对自己的速度感到满意。若退回去五年，他肯定要不了一小时，再退回去三年，就是刚退休那年，他还可以做到徒手行走一小时六公里。当然不能再退了，再退就没意义了，谁没有生龙活虎的岁月？好汉不提当年勇嘛。

红灯亮了，他大步流星地穿过马路，直奔河边。浑身是汗，估计里面的衬衣已经湿透了。虽然已是十一月，但今天的最高温度有25℃，这样的温度坐着晒太阳绝对舒服，这么长途奔袭就有点儿偏热了。

可以通知队伍原地休息了。他想。当然，是一个人的队伍。

河边有棵很大的香樟树，树下修了一圈石凳，他走过去，在石凳上坐下，脱掉夹克衫，从左边兜里摸出一瓶矿泉水，咕噜咕噜灌了几大口，又从右边兜里拿出毛巾，擦掉一脑门子的汗，然后长舒一口气。爽。

河边的景色真不错，都深秋了，草坪依然是绿的，香樟树也是绿的,广玉兰也是绿的,雪松更是绿的。低处的冬青和南天竹也毫无凋零的迹象。这就是成都的好,绿色可以一直保持到来年春天。即使进入寒冬腊月,大街上也没有枯黄衰败的景象——唯一变黄的是漂亮的银杏树。尤其是那些大香樟,一定会坚持到来年春天嫩绿的新叶生出来,才会让老绿褪去。这让他想起他的队伍,也跟这些大树一样,始终保持着浓浓的绿色。是那些一茬一茬层出不穷的新绿,让大树永葆青春、永不泛黄的。

可惜,自己是一片泛黄的老叶了。尽管他自己并不觉得老,但看到那些生机勃勃的新绿,那些脸庞上毛茸茸的新兵蛋子,就不得不认了。一转眼,他离开那棵茂盛的大树都八年了。八年前,他从罗司令一夜之间变成了罗师傅——街上的人见到他总喊他师傅:师傅,请问某某街怎么走?师傅,帮我们拍个照嘛。他每天出门,耳边都会响起这样的叫声,让他浑身不自在。这两年更甚,都有喊大爷的了。地铁上,小姑娘说,大爷您坐嘛。他真想说,我不是大爷,我是老兵。但他只能假装没听见,站得笔直,坚决不去坐那个让出来的位置,以示对大爷的一票否决。

其实罗毅阳身体还不错。虽然已经过了花甲,但退休这八年,他每天都坚持锻炼,游泳,跑步,打羽毛球,轮番着来。尤其走路,每天坚持一万步。如果遇到下雨或者其他原因没能出门锻炼,他就在家做俯卧撑,做平板支撑,或者一边看新闻联播一边原地踏步。哪怕战友聚会住在宾馆里,他也会在宾馆周围暴走一万步。所以他的体型完全不像一个六十三岁的人,结实,挺拔。

但毕竟是血肉之躯,内部一些该老化的部件还是在默默老化,该松垮的单位还是在偷偷松垮,你又不能像军改那样,把那些部件和单位都撤了。去年体检,肺部纹理明显增粗,他只好把烟戒了。血糖血脂开始增高,他只好控制吃肉。尿酸增加了,他只好减少喝酒。腰经常疼，一查是椎间盘突出，只好注重保暖。但总体还算不错，比之同龄人算是很健康了。

健康归健康，你只要被地球吸引力多吸引一年，那和少吸引一年的就是不一样的。尤其是，他的头发开始白了，那几乎是老迈的旗帜，人家看见你的旗帜在风中飘扬，叫你大爷完全是合情合理的。

所以，罗毅阳这些年是一边抵抗一边妥协，如同打仗时遇到了力量悬殊的敌军，只能是边打边撤了。

歇息了十分钟，他重新抖擞起精神，去完成他今天的科目。

2

今天的训练科目，是找一块石头。这是他老婆大人布置下来的。老婆大人目前是他的上级机关。

罗毅阳起身，穿过杂树丛走到河边，俯身栏杆往下看。河水平缓流淌，不清澈，也不浑浊，微微散发着河水特有的腥气。他沿着河岸扫视了两遍，非常失望，一块石头也没看到。他原以为入冬了，河水干涸，会有石头裸露出来。为此他还特意走到沙河来。离他家比较近的府南河，河两岸已经被石块砌得整整齐齐的，跟水渠似的，不可能捡到石头。他还指望沙河是原生态的自然河，能见到大石头呢。

判断失误。这可怎么办？专程走过来，竟然没发现目标。

今天早上，当他领受任务时，就有些犹疑：石头？找一块大石头？成都这地方，上哪儿去找大石头？

老婆大人不容商量地说，我不管，反正你得找一块。

罗毅阳说，这个任务有一定难度。

老婆大人说，你不是成天教育孩子要无条件完成上级交给的任务吗？你不是经常给下属讲"致加西亚的一封信"吗？我记得那里头的那个中尉还是你们罗家的嘞。

罗毅阳哭笑不得，是，那里面的主人公叫罗文，可那是音译的名字。故事说的是罗文中尉在纷乱的战火中，领受了一个几乎难以完成的任务，把一封重要的信送给不知在何处的加西亚将军。罗文力排万难，完成了任务。当然，他知道老婆是故意调侃他，老婆是大学生，退休前是某街道的党委书记，是他们家辩论赛永远的冠军。

罗毅阳在脑子里搜索了一番。在哪里见过大石头。他们家小区倒是有几块大石头，但那都是人家物业公司买来的，作为景观放在草坪里的，上面还刻着什么"我很娇嫩请不要踩踏"之类让他看了就倒胃口的环保标语。他总不能去把那个搬回家吧。而且，老婆说了，不用那么大，像他脑袋那么大就行。

石头，那得有山才行啊。罗毅阳脱口而出。

说出口的时候，潜意识里的遗憾又涌上心头。

成都这个地方，哪儿都好，夏天不太热，冬天不太冷，经济发展不输给一线城市，又没有一线城市的燥热喧嚣，总体还比较平和宁静，很适宜居住。但成都有一大缺点，没有山，这让罗毅阳很不适应。他在一个满眼都是高山峻岭的地方服役了二十年，突然回到一个平平展展毫无起伏的地方，很长时间不得劲儿，感觉脚都使不上劲儿。

老婆大人是地道的成都人，是他当年在军区大院度过短暂的"跑腿挨骂接电话"的参谋生涯时娶到的，他们家的根据地由此建立。老婆凡事都站在"成都怎么都是对的"的立场上。她反驳说，成都怎么没山啊，杜甫早就写过"窗含西岭千秋雪"了。我们家天气好的时候窗口也可以看到龙泉山。

罗毅阳说，那我就表达准确一点儿吧，成都三环以内没有山。三环以外当然多了，我还能不知道吗，龙泉驿有龙泉山，都江堰有青城山，大邑有西岭雪山，彭州有丹景山，名山有蒙顶山，再往远了还有峨眉山。我退休回家第一年，就已经把成都周边的地理状况摸得一清二楚了。作为军人，任何时候都要掌握自己所处位置的地理状况。

老婆继续为成都辩护（进入狡辩阶段）：三环以内怎么没山？我们川师（老婆大人的母校四川师范大学）有狮子山，总医院那边还有凤凰山和磨盘山。你们军区大院不是还有个武担山吗？

罗毅阳终于忍不住哼了一声：哼，亏你还是大学生，不知道真正的山长啥样吗？你说的那些个地方只能算丘陵，绝对海拔不到一百米。至于武担山，那就是个高约二十米、宽约四十米、长约一百米的小土包（他早就知根知底）。

老婆也哼一声：你不就是想说只有我们大云南的山才叫山嘛。

罗毅阳笑了，满脸都是得意：那肯定的嘛。我们云南到处是大山，高黎贡山、梅里雪山、哀牢山……就是昆明滇池旁边的西山，也有海拔两千多米嘞。你在云南随便一抬腿，一个不出名的山都够你爬上三天三夜的。

他说这话时，脑海里马上出现了那些山，那些盘山路，那些烈日下黑黢黢的脸庞，脸庞上滚落的大颗大颗的汗珠。他在野战部队从连长一口气干到团长，不知爬了多少回大山，他们的武装越野总是在山路上进行。后来调到了军分区，他还是喜欢和兵们一起在山路上跑。他那张黝黑的布满皱纹的脸庞，几乎就是云南大山的微型景观。

罗毅阳真是很想念那些山，那些触手可以摸到云朵的大山，那些像屏障一样的边关山脉。中国人对山的区别是很细的，有岭，有岳，有嶂，有峦，有峰，有岩，各司其职，为不同的地貌命名。而这些所有关于山的名称，无论是岭、岳、峰、嶂、峦、岩，在云南都可以用上，那片红土地仿佛就是为了托举起那些山而存在的。

老婆没时间听他关于山的深入阐述，再次重申到：我不管，今天你必须找块石头回来。那个罗文能无条件地把信送给加西亚，你也应该无条件地找块石头给加西亚。

跟着老婆又追了一句：反正你一天到晚也没啥事儿。他说，我怎么没事儿？我一天到晚都安排满满的。老婆说，不就是跑步游泳打球吗？少玩儿一天没关系。他说，我那不是玩儿，是训练，都是每天必须完成的规定科目。老婆说，那另外增加的训练科目叫什么呀？他上当了，回答说，叫自训科目。老婆说，好，今天请罗毅阳同志完成一项自训科目吧。他没话说了。

当然他也知道，就算老婆没那么能说会道，他也得去完成这个任务。毕竟老婆大人比他辛苦多了，带一个八岁的小孙子可不亚于他带一个团。儿子儿媳妇双双军医大毕业，今年年初时双双参加医疗队去了海外。小孙子就长期驻扎在了爷爷奶奶家。最近孙子上了绘画班，老师要求这个周末的素描作业是画石头。他的第一反应是去买个冬瓜回来给他画，老婆说不行，全班同学都画石头就你宝贝画冬瓜，你不嫌丢人？

真是可气。难道这老师不是成都人吗？他不知道成都没石头吗？完全不切合实际嘛。这相当于要求东北部队开展山地丛林作战训练，云南部队开展爬冰卧雪训练嘛。

老婆说，你就别发牢骚了，咱们儿子从小到大，从幼儿园到高中毕业，我完成了多少老师布置的作业？有一次儿子表演游击队，老师要我给他打绑腿，还有一次竟然要求我拿蔬菜做一套环保服。啧啧，往事不堪回首。相比之下，你这个算是很容易完成的了。你也是算补补课吧。

罗毅阳听到老婆说到环保服时，脑子里忽地闪出个念头，成都没有山，倒是有河，三条，府河，南河，沙河。其中沙河是原生态的自然河流，那下面应该有石头。

于是他打断老婆的唠叨，果断地说，行了，我去就是了。保证给加西亚找一块石头回来。

3

罗毅阳看到前方不远处有个缺口，通往河道，便走了过去，脱掉鞋和袜子往下走。简易台阶的侧面，写着"请勿下水嬉戏""注意安全"之类的字样。罗毅阳满不在乎，只要没有铁链子把门，就说明是可以下去的。真要落水了，他就横渡一下沙河呗，河面的宽度最多五十米，小意思，游几个来回都行。

罗毅阳看着水面，忽然想起三十多年前的那场演习，当时他在工兵团舟桥一连当连长，刚从机关下部队才八九个月。他们连的任务是在渡口开设浮桥渡场。演习开始后，对岸桥段到位太快，他们这边几次都顶推不到位，水流湍急，距离太远，绳索怎么也抛不上岸。见情况紧急，他没多想就跳入了江中，用力拉住绳索奋力向岸边游去。他的兵一见，也纷纷跳入水中，二十多个人和他一起齐心协力地把桥段拉到位，顺利完成了任务。

当时是十二月，江水刺骨，气温在零下，他和他的兵上岸后全身湿透，冷得瑟瑟发抖，赶紧喝了几口江津老白干，在战壕里抱团取暖。他的兵把他紧紧围在中间，一双双眼睛里都写满了敬佩，他的心在那一刻充满感动，还有喜悦。是他自己主动申请离开机关到野战军来的，终于找到了当兵的感觉。演习结束后，营长把他带上主席台介绍给团政委，并小声汇报了他妻子即将临产，他却因为演习无法回家的情况。政委一听，二话不说，让自己的车送他去机场，让他赶第二天早上的飞机。于是他就穿着湿漉漉的迷彩服去了机场，通讯员则同步送了一套干净衣服在机场等他。下飞机后他直接去医院，不到两个小时，儿子就出生了。两场战役都胜了。

那年他二十六岁。一晃三十多年过去了，儿子都有儿子了。

奇怪，罗毅阳从军三十八年，从军校到部队，从部队到机关，再从机关到边关，一直偏头偏脑的秉性未改，吃了不少苦头，也吃了不少亏，但每每怀旧，脑子里跳出来的全是愉快的记忆。

有这样的记忆垫底，老也老得踏实。罗毅阳想。

走到台阶最下一级时，他站住了，脚底下都是淤泥，他不确定淤泥有多深，淤泥下到底有没有大石头？他挽起裤腿，正考虑怎么下脚试探，忽听有人大喊，大爷，大爷，你要干啥子？不能下去哦，你是想抓鱼吗？

罗毅阳抬头，见一个穿着橘红色环卫服的老头在上面喊他，和他一样黑黢黢的脸庞满是紧张。他本来想说，我们两个哪个是大爷哦。但看到师傅以为他要抓鱼，忍不住乐了，他笑着学师傅的成都话说，不干啥子，我不抓鱼。

师傅说，那赶快上来，那个淤泥危险得很，赶快上来。

罗毅阳见他那么认真，就说，我马上上来，我想找块石头。

师傅说，那下面有得（没）石头，都是稀泥巴，赶快上来。

岸边又相继出现两个脑袋，好奇地朝下看。罗毅阳没办法，他要再不上来会被围观的。他走上来，擦擦脚，重新穿上鞋袜，同时跟师傅说了自己下河的目的，他要找一块大石头。

师傅没问他拿来干什么，只是笑说，嗨，这个事情你要问我嘛，我一天到黑都在街（音同"该"，四川方言）上转，哪里有石头瓦片儿都清楚得很。

罗毅阳大喜，真的吗？那我可得好好感谢你了。

师傅说，谢啥子哦。你跟到我走就是了。

罗毅阳就跟着师傅走，边走还边问了师傅的年龄，居然才五十五，都是天天风吹日晒闹的，看上去比自己还像大爷。他们走到一处缓坡，师傅指着地下说，这不是大石头吗？你要好多有好多。那个时候清理河道捞上来的。

罗毅阳蹲下去，果然看到草下面满是石头。顽强的草们从石缝中长出来，成了石头的伪装网，一般人不易发现。再细看，都是鹅卵石，罗毅阳有些失望。因为老师有圣旨：石头不能太光滑，要有阴影，适宜做静物素描。

罗毅阳说，怎么尽是鹅卵石啊？

师傅不明就里说，鹅卵石才好吵，不伤手。

罗毅阳无法跟师傅解释清楚他的（老师的）选石标准，就盯着地下来回来去的转悠，终于，在一堆鹅卵石里，他发现了一块不规则的石头，凸凹有致，大概属于石灰岩的。

太不容易了，在河中被水冲刷经年，还没变得圆滑。他赶紧拍照片发给老婆大人，老婆大人回了个OK。

他抱起来掂了掂，也就五六斤重。就在这时，他心里咯噔一下，意识到自己犯了一个错误：完了，竟然没带背囊出来。没有背囊，战利品靠什么搬运？唉唉，这错误犯的有点儿低级。罗毅阳心下郁闷。他每天出来走路，就是一瓶水一条毛巾，今天也如此，竟然忘了增加了自训科目，需要搬运工具。

师傅见他抱着石头发呆，马上明白他是没带装石头的包，四下张望，也没找到合适的。他忽然取下自己头上的草帽说，你拿我这个草帽来装吧，反正已经烂了，我也不想要了。

师傅可真是个热心人。罗毅阳感激不已，有个草帽，总比赤手空拳抱着石头强。他摸出十元钱塞给师傅，让师傅去买个新草帽。师傅不肯要，罗毅阳差点儿脱口说，我们解放军不拿群众一针一线哦。但临出口，改成"你不要我就不要"，师傅这才收下，帮他把石头装进草帽，还念念叨叨地说，你看多合适，多合适。

他向师傅道了谢，又道了别，离开河岸，继续前行。

4

可是，走了不到五百米，罗毅阳就感到了别扭。

抱着一块石头，哪怕这石头只有几斤重，也让他无法像平时那样大步流星地走路了。平时走路，他虽然没像在队伍里那样把胳膊摆到第二颗扣子，但总是甩起来了的。现在，他的两个胳膊像被捆住一样，腰也佝偻着。实在是别扭，太别扭了。不但大大减缓了行进速度，最关键的是让他感到形象不佳，颠颠儿地走，真成小老头了。

罗毅阳当即决定改变今天的训练方案，将徒步行走改为"摩托化开进"：坐地铁回家。

他产生这个想法时，地铁口已经出现在眼前了。他抱着石头迅速进入地铁口，买了一张票。

哪知，过安检的时候，出问题了。当他很自觉地把草帽放到安检传送带上，再走过去取时，被地铁的安检人员给拦下了。

大爷，这石头是你的吗？

是我的。

你怎么拿这么大块石头上地铁？

我从河边找的，拿回家给孩子画画。

坐在监控前的那个女孩子说，大爷，带这么大个石头上地铁不可以的哦。

两个工作人员态度都很好,他们的肩上左右各飞驰着一辆地铁,臂膀上写着,地铁安检。罗毅阳态度也很好。他说,我本来没想坐地铁的,实在是抱着石头走路太不方便了。

小伙子和姑娘对看一眼,小伙子说,要不你把石头放这儿,你先坐地铁回家,以后再来取?

罗毅阳想,我怎么可能把战利品丢了自己回家?再说,我再来取,又怎么回家?他笑说,你们都叫我大爷了,说明我已经是老年人了,我保证只是把石头抱回家,没有其他目的。

女孩子说,不是我们不相信你。你想你抱那么大个石头,其他乘客看到了也会紧张啊。

这个罗毅阳倒没想过。其他乘客会紧张吗?至少他不会。可是他不能代表所有乘客。他说,我用草帽包严实,不让人看见。

两个人不吭声,又互相看一眼,显然还是不同意。

他们倒是很负责嘛。罗毅阳想,若是自己的兵,不还得表扬表扬吗?算了,不为难他们了。我不坐地铁了。

于是他说,好吧,我不坐地铁了。

他抱起石头,打算离开,却又被拦住了。

大爷你不忙走。那个小伙子说,我觉得,你抱着大石头走在街上,也不好……这样,你等一下嘛。

这时,一个警察走了过来。好嘛,竟然都叫警察了。也不知他们什么时候叫的。罗毅阳想,就看警察怎么处理吧。他把石头放到桌子上,等着。

警察四十岁左右,看肩上的牌子,两杠一星,罗毅阳判断,大概相当于部队里的少校吧。估计是这儿的负责人。

奇怪的是,警察走过来看了罗毅阳一眼,一句话也没盘问,就仔细去看他草帽里的石头,反复看,手还在石头上摸来摸去,难不成怀疑那石头不是石头是地雷？

罗毅阳耐心等待着，同时在心里想着下一步的应对方案。如果警察要把问题升级，那他只好亮出自己身份了，退休证他带着呢。

警察终于发话了，他不看罗毅阳，而是看着两个工作人员，他说，这个事情交给我来处理吧，我护送他回家。

这实在是出乎罗毅阳的预料。

对啊，只要警察陪着罗毅阳坐地铁，工作人员就可以放心了。尽管他认为没必要，但还是很感谢警察提出这么个方案。不然还真是不好办呢。两个地铁安检看上去也很吃惊，但他们除了点头，也说不出其他话来。

警察仍旧不看罗毅阳，他抱起石头就开走，罗毅阳连忙跟上。

站在车厢里，警察依然一言不发，是一副执行公务的表情。然后下车，出站，仍旧一言不发。罗毅阳几次表示自己抱石头，警察都不同意。但他不同意并不是不放心，因为他低声地说了句，还是有点儿重的，我来拿吧。这说明他纯属体贴老大爷。罗毅阳就随他去了。跟他比，自己真的是老年人了。

从背影看，警察很硬实，显然平时很注重锻炼。这让罗毅阳心生好感。他喜欢能把自己身体管理好的年轻人。不过这警察似乎很寡言，这么一路走着也不说话。今天这个事有意思，罗毅阳想，人家警察是学雷锋扶老太太过马路，这个警察是帮大爷抱石头回家。老婆知道了肯定得乐半天。他要告诉她，给加西亚找这块石头，其曲折程度不亚于送那封信。

5

　　出地铁，人流如水向出口涌去。罗毅阳跟着警察也涌过去。但是警察没跟着人流上台阶，而是拐了个弯走到一个岔口。那儿有间屋子，挂着民警值班室的牌子。他走了进去，罗毅阳也只好跟着进去。

　　还有什么过场吗？

　　屋里没人，警察将草帽石头一起放到桌子上，整了整衣服，忽然啪地一个立正，大声说：报告参谋长，我是您的兵赵向南，小赵。

　　罗毅阳愣住了，脑子里快速扫了一遍，他的通讯员里没有姓赵的，那么，显然是浩浩荡荡队伍里中一个，他带的兵太多了，认不完。说是他的兵，完全有可能。赵向南？可是，今天自己这副狼狈样，实在是不宜接见自己的兵。太尴尬了。

　　他条件反射般否认道，你认错人了吧？

　　赵向南说，没认错。您姓罗吧？那个时候您在军分区当参谋长，我在后勤部当炊事员。

　　警察此时的表情，已经和刚才完全不一样了，喜悦，开心，像个孩子：刚才我一眼就认出您了，只不过不想被他们看出来，所以一直没吭声。

　　罗毅阳想，果然，他也觉得自己现在这模样很没面子。

　　于是他再次否认说，我不是首长，我就是一退休老头。

　　赵向南有些犹疑了，您真的不是？您再想想？我那个时候特别胖，大家都叫我赵胖子？我现在瘦下来了，瘦下来之后，我就一直保持在七十公斤左右。

　　他的语气很自豪。

罗毅阳想起来了，想起他是谁了。他甚至想起他当年那张满月脸来了。赵胖子，变化真是太大了。

正在这时，一个民警走了进来，估计就是值班的。他一见赵向南就紧张地说，赵所，你怎么来了？有什么情况？这老头怎么了？

罗毅阳有些恼，显然，自己这个样子，警察一看就以为是惹了麻烦的老头儿。于是他一言不发，抱起桌上的石头就走。

赵向南连忙跟着追了上去，在后面大声说，就算您不是，我可不可以把我的故事讲给您听听？

罗毅阳不说话，噔噔噔往前走。

赵向南上前几步，抢过他怀里的石头，然后一边走一边开始说：十八年前，我二十四岁，在分区机关当炊事员。二级士官满了想转三级。本来我以为我没问题的，我菜烧得不错，人缘也好。可是忽然听说，新来的参谋长把士官晋升的方式给改了，不像以往那样，个人申请、大家评议、领导批准了，而是要进行考核，有硬杠杠。考过了就进，考不过就走人。

"如果你们全部过关了，我就去帮你们跑腿要名额，如果过不了关，我宁可把分区的名额浪费喽。"罗参谋长在大会上说。

我一听就急了，我整天在炊事班待着，除了做饭，连早操都很少参加，怎么可能通过军事考核嘛。还有，我妈特别希望我在部队多干两年，现在回去她会伤心难过的。

赵向南继续说，罗毅阳继续一言不发。但两个人的步调很协调，好像有人在喊一二一。

我就买了两条软中华去找他。我说我就是个炊事员，你让我参加军事考核，我肯定通不过。你不如让我考厨艺，面饭面食川菜云南菜都行。你天天吃我烧的菜，你肯定晓得我没问题的。

参谋长面无表情地说，我不管你会烧啥菜，在我这里你首先是个军人，其次才是炊事员。不要以为在分区当兵就可以拉稀摆带，作为一个军人，我看你的体型首先就不合格，你看你胖成什么样子了？想转士官，先把这身肥肉去掉！

我看说不通，就把两条烟往桌子上一放，转身想走。他大喝一声，你给老子把烟拿起滚！我只好把烟拿走，出门后，就挂在他的门把手上，然后发了条短信给他：参谋长，烟在门把手上。

当天晚上，罗参谋长就提溜着塑料袋来找我了，我当时正无聊，坐在电脑前翻扑克玩儿。他进来看了一眼电脑屏幕说，你也真够出息的，连玩儿游戏都只玩儿这么低级的，你连个星际争霸都不会吗？你才多大？不到二十五岁吧？就打算这么混下去了？就你这么没出息的人还送我烟？我要是抽了我才没出息！

他把烟一扔就走了。

接下来一个月多，我就下狠心开始锻炼。咬着牙，每天早上六点准时起来，在操场上先跑十圈儿，然后是俯卧撑、仰卧起坐、举哑铃；到了黄昏，晚饭不吃，再跑十圈儿，再俯卧撑、仰卧起坐、举哑铃。一个月竟然减肥二十二斤。五公里越野很快过关了。接下来开始练四百米障碍，练投掷，练攀爬，练射击，每天都有进步。

到了考核日期，我虽然瘦了很多，但体重依然没达标，还超四公斤。军事体能的五项考核中，也有两项没及格。在司令部七个士官里排名第五。没能过关。

我心甘情愿地脱了军装。走之前我对罗参谋长说，如果分区早一年提出这些要求就好了，我肯定可以过关的。不过我还是特别感谢您逼我锻炼，您骂得对，是我没出息。这一个多月的锻炼，我感觉自己像换了一个人，我才知道我也是可以改变的。

罗毅阳想起来了，完全想起来了。其实当赵向南说他把烟挂在门把手上时，他就想起来了。他当时还有些担心，怕自己骂得太狠了，怕那小胖子受不了，没想到小胖子还是挺有心劲儿的。到他没过关，要离开部队的时候，自己都有点儿舍不得了。

赵向南接着说，我现在在公安局公交地铁分局工作。今天正好当班，他们打电话说有个情况不好处理，叫我去看看，没想到就遇见首长了。不，遇见让我想起首长的您了。

赵向南说，刚才一见到您，我心里就特别激动，太激动了。我真的特别感谢首长。全靠首长狠狠骂我，把我给骂醒了，不但把我的肥肉骂掉了，还让我明白不能再混日子了。我退伍后的第二年，正赶上公安局面向社会招交警，我就考上了。考上后，我又参加法律专业的自考，一门门过，有几门考了两三次才过的，前后花了七年时间，终于拿到了高等教育自学考试毕业证书。我现在是三级警督。

终于到家了。

罗毅阳掏出钥匙开门，转头对赵向南说，刚才听你讲了你的故事，挺感人的。不过我认为，你有今天，完全是靠你自己的努力。你想，他那个当官儿的，骂过的兵多了去了，并没有骂一个出息一个呀。

门开了，老婆迎上来说，回来啦？自训科目完成得怎么样？

罗毅阳从赵向南怀里取出那块石头，往老婆怀里一放说，拿去吧，加西亚的石头。

老婆一眼看到了赵向南，怎么，你还惊动警察了？

罗毅阳说，不是警察协助，我还回不来。

赵向南再次立正敬礼：谢谢首长！

罗毅阳说，要谢的话，是我该谢你。不是你，我今天还完成不了任务嘞。至于那个参谋长嘛，过去的就让他过去吧。你今天这么有出息，就是对他最好的感谢了。真的。他要是知道了，一定会非常高兴的。非常高兴。

罗毅阳不知为何，有点儿鼻子发酸，转身进屋去了。

老婆从冰箱里拿了瓶可乐出来,发现赵向南已经走了。门把手上,挂着一个破旧的草帽。

累累的耳朵

春节一过，累累就提着两个大包，跟大姐从老家出来打工了。

进省城，下了长途车，就直接去了劳务市场。大姐说，当天找到活路最好，免得花钱住店。劳务市场就在街边上，大姐带她先到一个屋子登记了身份证，然后一人交了五十元钱，就站在屋子外面，等着用工单位来挑人。

起初人很少，等靠近中午的时候，人多了起来，累累曾两次被人看中，但因为要求和姐姐在一起，对方就放弃了，对方看中的是累累。十七岁的累累长得很好看，大姐虽然只比她大五岁，看上去却老很多，也没有累累白净，乍一看都不像亲姐妹。

到了下午，大姐说，要不我们分开吧，再有人要你，你就跟他走。我怎么都好办，实在不行，我还可以去原来那家做。我得先把你安顿好。

大姐几年前就进城打工了，这两年在家生养孩子，现在把孩子丢给婆婆又出来了。累累想到要跟大姐分开，有些害怕，满大街的陌生人，和老家不一样的街道和楼房，但也只好答应。她知道若是天黑了还找不到干活的地方，她们就得自己花钱住店。晚饭也得花钱吃。中午累累和大姐只是一个人吃了一碗面。晚上稍微吃像样点儿，就得花好几块钱。

这时又有一个茶铺老板看上了累累，大姐看老板的样子斯文，又听他讲了工资待遇，感觉还行，就同意让累累跟他去了。临走前，大姐拿出个纸条，把自己的电话号码抄下来交给累累。大姐凑到她耳边说，安顿好了就给我打个电话。累累点点头，有点儿紧张，她小心地放好纸条，拿着编织袋，跟茶铺老板走了。

茶铺叫顺兴茶铺，在一条窄窄的街上，面积不大，有七八张桌子，茶客多的时候，就在门前的树下铺开竹椅木桌，再增加七八桌。在累累去之前，里面有两个服务员，都是大姐型的。据说刚刚走掉一个也三十多了。老板也许是希望年轻好看的累累能给茶铺增加点儿亮色。

老板跟累累交代说，这里的活路很简单，就是给人家倒茶，只要灵活点儿、手脚利索点儿就可以了。不难。

老板说话的时候，累累睁大了眼睛，死死地盯着他的嘴巴，因为老板的声音很低，她听不太清。老板不解，皱眉说，你不用那么紧张，慢慢适应就好了。累累不敢说，是她的耳朵有点儿背，不大听得清楚。

累累就跟在两个大姐后面看。来客人了，大姐上前招呼，问人家要什么茶，顺便推荐点儿瓜子、开心果。等问清楚了，就进去拿茶杯、茶壶给人倒茶。累累搞不懂，城里人为什么喝个水都要跑到外面来喝，不在自己家里喝。后来她发现，原来他们是要在茶铺打麻将，或者打扑克。泡杯茶只是表示要在这里坐下来。

正看着，有人扯她的衣服，哎，小妹儿，你听不到啊，喊你倒茶！

累累转身，见她身后的桌子有两个男人坐在那儿说话，杯子里的茶水所剩无几了。累累就拿起两个杯子，走到里面倒剩茶的大木桶边上，把茶水倒掉，然后去洗杯子。

等她再走出来时，那个男人很恼火地说，喊你倒个茶，你咋个半天都倒不好？累累说，我已经倒了呀。男人说，茶杯呢？累累不明白他什么意思。老板听见吵吵，赶紧过来问怎么了。两个茶客就告状，老板连忙说，这个小妹儿刚来，没搞清楚，对不对不起，我给你们重新上两杯。

转过头，老板训斥累累，你咋个那么笨哦？喊你倒茶的意思，是往茶里添开水，不是把茶水倒了。

累累低个头，不敢吭声，心里想的是，谁让你不说清楚的？你应该说加开水，那我就懂了呀。

第三天，更多的客人告状了，说是叫她她也不理，连那两个大姐也说，这孩子像个聋子，喊她做个事，喊好几遍她才去。

老板就问她咋个回事，才来就喊不动了，这么懒，以后咋办。累累只好告诉老板，我不是故意的，我右耳朵听不见。

老板问怎么会听不见？你才多大啊，就耳聋眼花了？

累累弱弱地说，小时候姐姐给我洗头，水流进耳朵里感染了，一直不好，后来就听不见了。

老板叹了口气，说，这样的话，我没法留你了。我这里就是需要耳朵灵才行。耳朵背干不了这活路的。难怪叫个累累，还真是累。

累累连连点头，她也想快快离开这里，她不喜欢这个黑乎乎的茶坊。她拿出那个小纸条，让老板帮她给大姐打电话，让大姐来接她。可是老板拨打了无数次那个号码，电话里都说，您拨打的号码是空号。

累累有点儿不知所措了。

老板问她老家在哪儿？她说在大邑县。老板想了想，掏出五十元钱给累累，说联系不上你姐姐，就先回家吧。你一个年轻女娃儿，独自在外面比较危险。

累累拿了钱，却不想回家。

累累是家里的老三，上面两个姐姐。当初，一看到第三个生出来的还是女娃，她妈妈就忍不住长叹一口气说，这是要累死我呀。于是就把这个很不情愿要的三丫头叫作累累。累累读小学一年级时,老师让她改名,改成磊磊,或者蕾蕾,谁会叫累累呀。但累累不肯,她说我就叫累累,看能不能累死。她妈妈说,都说老三犟,还真是。

从名字可以看出,累累在家里不受待见。所以初中一毕业,她坚决要出来打工,因为不出来打工,爹妈也不会让她读书了,只会让她在家做家务,照顾那个金宝卵一样的弟弟。她宁可在外面累死,也不想在家看爹妈的脸色。

累累还记得那个劳务市场,于是又摸到劳务市场,自己站在街边等人来找。很快,就有个年轻女人看上她了,让她跟她走,说是去饭店做服务员。累累连忙点头,不敢说自己耳朵不好。同时一起走的还有两个和她差不多大小的姑娘。

没想到饭店还挺大,楼上楼下的,像她这样的小姑娘有十几二十个,那年轻女人是领班。领班姐姐给她们发了统一的粉绿色的工作服,还说要培训。

累累很高兴,这家比前面那家气派多了,肯定是个好地方。同时又很紧张,生怕因为耳朵背,再次失去工作。

但耳朵聋这个问题,还是很快被领班姐姐发现了。尽管累累一再说她会认真听的,她不会误事的,领班姐姐还是说,不管怎样,你都不能在大堂当服务员,大堂那么嘈杂,客人的各种要求随时都在发出,听不见,客人就会不满。耳朵灵是非常好重要的。

累累真没想到,自己这个耳朵,进了城像个残废。

还好,老天爷没有彻底抛弃累累,还是给了累累一个长处,就是一张眉目清秀的脸。领班姐姐说有个工作倒是特别适合累累,累累长得乖巧,声音又大(大概耳朵不好的人声音都大吧),可以当迎宾小姐。迎宾小姐就是站在饭店门口迎接客人的,见客人来了微微鞠躬,说一声，欢迎光临！客人走的时候说，谢谢光临，请慢走。

就这么两句话，累累马上学会了。这下用不着耳朵了，也用不着和客人交谈了，累累很高兴，没想到站着就可以挣钱了。

哪知一天下来，累累就吃了苦头。

因为是迎宾小姐，老板要求她穿旗袍，旗袍是化纤的便宜货，丝毫不保暖，开叉还很高，一直到大腿根儿，里面只能穿一双薄薄的长腿丝袜。三月的天气阴冷无比，尤其是晚上，穿堂风一吹，累累站了一会儿就打战了，难怪那些先来的女孩子都不愿意做迎宾小姐。她们宁可在大堂里跑来跑去。大堂里暖和。

两天站下来，累累的屁股上就生了冻疮，又痒又疼。而且，清鼻涕不断，鼻翼两侧都擦破皮了。累累努力忍着，她想，毕竟是三月了，再过几天，天气就会暖和起来的。她很珍惜这份工作。

在饭店干了一个多星期，累累又想到了大姐，联系不是大姐，大姐一定很着急。大姐比爹妈疼她。她想来想去，只能打通给父母了。家里的电话她记得。于是她借了领班姐姐的电话打回家去。妈妈一听见她的声音就训斥起来，你个死女子，咋个才想起打电话啊？你半个多月没消息，你大姐到处找你……

原来，大姐秀秀一直没等到妹妹的电话，就抽了个空去茶铺看她。她按老板留下的地址找到了顺兴茶铺，老板却说累累已经走了，而且走了好几天了。秀秀大吃一惊，问怎么不告诉她。老板说，累累走之前给她打过电话的，怎么也打不通。姐姐看了下老板手机上的号码，错了一个数字！三错成五了。都怪自己写得不清楚。

秀秀连忙给家里打电话，问累累回家没有。爹妈说没有回。这下大姐急了，不知累累去了哪里，也不知该去哪里找。在这个家里，对累累最好的就是大姐了。起初爹妈没当回事，时间长了也有点儿担忧起米。一个聋子,年龄又那么小,独自一人在城里,遇到坏人咋个办。

现在累累终于打电话来了,老爸赶紧给秀秀打电话告诉秀秀。秀秀激动得当天晚上就到饭店来看累累了。

秀秀来的时候,累累还没下班,还站在门口鞠躬。

秀秀看妹妹穿得漂漂亮亮的,松了口气。但是累累告诉大姐,因为太冷,她屁股上生了冻疮,还有点儿咳嗽。秀秀看着心疼,连忙去帮她买了双厚点儿的长筒袜,还有一件紧身衣,让她穿在旗袍里。还告诉她晚上回到住处一定烫个脚,免得感冒,还告诉她,没客人的时候跺跺脚弯弯腰活动一下。

总之是千叮咛万嘱咐,然后再次留下电话号码,秀秀才走。

熬到四月初,天气暖和些了。

可累累还来不及高兴,就发生了意外。

这天周末,人特别多,还有个单位包席,七八桌,男男女女来了好多人。老板特意叮嘱累累,好好待客,嘴甜点儿,笑容多点儿。

累累五点不到就开始站在饭店门口迎客了,她忍着屁股上的痛痒反复说,欢迎光临!欢迎光临!

没客人的时候,她就按姐姐说的,来回走动,跺跺脚,还偷偷揉下屁股,冻疮真是疼痒难忍。好不容易熬到九点,最后一批客人也开始往外走了。累累继续站在那里说,谢谢光临,请慢走。

这时传来嘈杂声,几个满脸通红的男人簇拥着一个头发花白的也是脸放红光的老男人走了出来。老男人边走边擦嘴,还咳了一口痰吐在纸巾里,他侧头看了看,似乎想找垃圾桶,身边一个胖子立马伸手去接。老男人稍稍犹豫,还是将纸团搁到了他手上。

累累看在眼里,暗暗发笑,猜这老男人不是大老板就是大官,居然有人愿意用手接他的垃圾。见他们走过来了,累累连忙鞠躬,高声说，谢谢光临，请慢走。

忽然，那个胖子在走过累累身边时，顺手将刚才接过来的污秽纸团塞到了累累手里，累累一愣，看了眼纸团，迅速追上去，拍拍胖子，又将纸团丢回到他身上。

胖子原本要和老男人握手的，被累累的举动惹得大怒，他狠狠地推了一把累累，你干什么？有病？！

累累因为穿着高跟鞋，一个趔趄，差点儿摔倒，这还不算，等老男人一上车，胖子就拽着累累的胳膊走到酒店，高声嚷嚷要找老板，老板不知发生了什么事，赶紧跑过来点头哈腰地听他训斥：

你们这都是什么服务员？起码的服务精神都没有！居然敢往我身上扔垃圾！太差劲儿了！太没礼貌了！我进了那么多次酒店，还是头一回遇到这样的服务员！见鬼了！

老板一听，惊愕地狠狠地瞪着累累，这丫头，怎么这么大胆子？真看不出来。他拉过累累说，快给这位先生道歉！

累累低头不语。

胖子更加生气，就这种人你们还安排在门口！简直是弱智！我看你们是不想有生意了！立即开除她，否则别怪我不客气！

领班连忙上前，一把挽住胖子的胳膊，啊呀先生，对不起了，那个小妹儿是刚来的，不懂事，你大人大量，原谅她嘛，我让她给你道歉，对不起对不起。累累，来，我们一起给先生道个歉！

累累早不知跑哪里躲起来了。

胖子甩掉领班的胳膊，怒吼，我不管你那么多，必须把她开了！

累累只好离开饭店。

虽然事后老板知道了前因后果，也还是不能原谅她。这么点儿委屈都不能忍吗？服务员就是要忍气吞声的，顾客是上帝嘛。

领班姐姐问她，你说你当时咋个想的？胆子那么大？

累累小声说，我啥也没想。

的确，她啥也没想，就是那个词，不假思索。她倒是不后悔，凭什么呀，把一口痰塞我手里。唯一遗憾的是，天气转暖，她穿旗袍已经不冷了，站在那儿迎宾已经没那么恼火了。

领班姐姐是有点儿喜欢她的，那么清秀老实的一个女孩子，但也无奈。她想了想，就介绍她去找自己一个朋友，朋友是开发廊的。她说，我看你还是去发廊当洗头妹吧，那里可能比较适合你。

累累一听有些进紧张，她们村里有姐妹进城当洗头妹，给人卖去做小姐了。领班姐姐似乎看出她的心思，说你放心，我给你介绍的那个美发厅是个正经美发厅，没有乱七八糟的事。

累累把事情告诉了大姐，大姐一听那美发厅离她自己租的房子不远，就马上答应了，这样她们姐妹可以住在一起了。

累累找到了那家美发厅，也在一条小街上，名字叫东珠美发。有三四间屋子，洗头的剪头的吹头的，外间还摆着几张沙发和茶几，可能是供客人等候时坐的。总之满像样。加上累累，有三个洗头妹。美发师也是三个，两个女的一个男的。老板也是个女人，是领班姐姐的老乡。累累感觉还不错，就安下心来，跟着两个姐姐学洗头。

那个唯一的男美发师很友好地冲着累累乐，说了句，这个小妹儿还乖嘛。累累想，叫我小妹儿，你才多大？男美发师瘦瘦的，很时髦，额前留着一匹瓦，那匹瓦是金色的。累累觉得好奇怪。

这一学才知道，城里人洗头和她们家里洗头，完全是两回事，居然是躺着洗头，一个头要洗十五分钟，洗两遍，护发一遍，还要按摩五分钟，热敷三分钟。好麻烦。城里人也太会享受了，一个头，明明在家里的水龙头下就可以洗嘛。不过她又想，如果他们都在家里洗，她就找不到工作了。

老板跟她说,除了基本工资,她每洗一个头可以有三元。这让她很满足。她想,我要多多地洗,最好一天洗二十个。

累累给人家洗头的时候,特别注意人家的耳朵,怕水流进去,她时常先挡住耳朵,才冲水,洗完了擦头的时候,也会把耳朵里面擦干净。客人很满意,跟老板夸这个小妹儿不错。

累累还有一大优点,就是笑眯眯的,不说话,不像另两个小妹,一会儿说,哎呀你头发好干燥哦,可以用下我们的倒膜,或者哎呀你头发好少,烫一下会更好看呢。或者,你办个卡嘛,可以打七折。她什么也不说,只是认真洗头,这也让客人喜欢。虽然她知道,动员客人办卡或者买产品,是可以提成的,动员客人烫发,也比单纯的洗头提成多,但因为累累害怕跟客人对话,所以什么也不说。

一来二去,有客人时常点名要她洗,那个多乖的小妹儿呢?喊她来给我洗嘛。这让前面那两个洗头妹有点儿不高兴。累累看出来了,所以她总是尽量让她们先做,她们做不过来她再做。累累虽然耳聋,并不傻。

这天下午,店里来了个四十多岁的女人,说要做大卷,累累知道,就是把头发打上啫喱水,再用卷子卷起来,烘干,高高地耸在头上。

前台的赵姐喊,胖妹儿,给王姐洗头了。那胖妹儿迅速闪进厕所去了,另一个小丽也说不空,要给其他客人卷发。累累就迎了上去。

累累说,阿姨我来给你洗头。

女人非常不高兴地说,你是新来的吧?

前台的赵姐连忙过来说,累累,这是王姐。

累累连忙改口说,哦,王姐,我来给你洗嘛。心里想,你比我妈妈还老,怎么还要叫姐?

王姐躺在椅子上，冲着天花板说，你头一回洗不晓得，我是有自己洗发水的。不要搞错了哈。我那个洗发水是相当贵的。

这时胖妹从厕所出来了，打开柜子，帮她找出了王姐的洗发水，其实就是他们店里推销的那种。累累没料到，这个王姐非常挑剔，原来她也遇到过挑剔的，但怎么也赶不上这个王姐。一会儿说水不够热，一会儿说挠头挠得不够重，一会儿又说冲洗时间不够长。洗了三遍，清了三遍，整整折腾了二十分钟才算洗完。还大声嚷嚷说，我来了那么多回了，还不晓得我洗头的规律，你们咋个不教她哦。

前台的赵姐走过来赔笑说，她才来没好久，下次就知道了。对不起哈。

累累不明白有什么对不起她的，她比别人都麻烦，难怪那两个小姐妹不愿意给她洗。她忍着气，带她去裹头发。路过外间的沙发时，一个看报纸的中年男人皱着眉头说，你还要好久哦？王姐不耐烦地说，还早得很，你看你的报纸嘛！

累累想，这个一定是她老公。她对自己男人都这样，对她们能好吗？还是忍着吧。

不想更麻烦的还在后面，每裹一个圈圈她都要嫌弃，要么说没裹圆，要么说位置不正，要么说头发裹多了，用了差不多四十分钟，才裹好她那个脑袋。累累叫苦不迭，这一个多小时，她本可以洗好几个脑袋的。

累累给这位挑剔大王罩上加热的罩子，连厕所都顾不上去，连忙去洗下一个脑袋。刚洗了一半儿，赵姐跑来拍她的肩膀，说王姐在叫她。她跑过去问什么事，王姐说，你给我倒杯水。累累说，水已经倒好了，在旁边。王姐说，凉了，我胃不好，不能喝凉的。累累只好去给她加了些热的。刚要走，王姐说，你这个小妹儿，耳朵那么聋，我那么大声喊你都听不到。既然耳朵聋，你就不要走开，站在我边上，万一我加热太烫了怎么办。

累累不知所措。这个时候，一匹金瓦的男美发师走过来了，他说累累你去忙吧，我站这儿。

王姐哼唧了两声，没再说什么。

王姐刚一走出美发厅，美发厅里就热闹起来，不仅仅是美发师和洗头姐妹，就连来洗头的客人都看不惯，纷纷吐槽，这是什么人哦，太讨厌了！

赵姐和胖妹都来安慰累累，你不要生气，她就是那个样子。

胖妹说，我们都怕她，幸好她一个月才来做一次，不然太烦人了。我们老板喊我们不要跟她计较。

累累笑笑说，我不会生气的。心里又想，刚才你们都不帮我，现在才说这些。她心里感激的，还是一匹瓦美发师，虽然她不喜欢他那个一匹瓦的发型，也不喜欢他戴耳环，但关键时候，还是他站出来为她解围的。累累走过去说，肖师，谢谢你哈。

一匹瓦姓肖，大家都叫他肖师。

肖师说，谢什么谢，小事一桩。

他们美发厅的墙上挂着三位美发师的照片。一号是老板，叫技术总监，价位最高，洗吹都要八十元；二号是许姐，叫高级造型师，洗吹五十元；三号就是肖师，叫高级美发师，洗吹三十元，说明肖师的手艺还不够好，便宜。

累累跟肖师熟悉后，总是帮他，客人洗头的时候她就推荐三号，说他比较新潮。肖师呢，没客人的时候，就拿累累的脑袋练手艺，先是烫了个大波浪，后来又拉直，后来盘起来，后来又剪短，先是齐耳根短，最后短到耳朵上面去了，露出了耳朵。肖师终于停止了折腾。

好在累累长得好看，什么发型都好看。何况累累愿意被肖师折腾，只要肖师能提高手艺,她就高兴。

累累和肖师谈起了恋爱。她不敢告诉姐姐。她还不满十八岁。但肖师已经有了责任感,他让累累去治耳朵。

他们去医院挂号,遇到了第一个问题,累累没有身份证。那么第一步要先办身份证,累累请了假回老家,办身份证,前后折腾了三个多月,总算拿到身份证了。

然后再去挂号,他们才知道专家的号很难挂,只好挂了个普通的号,先去做检查。检查结果很吓人,累累耳朵里面靠近大脑的地方,有个大脓包,很危险,必须尽快手术

听人说,这样的手术必须找专家,很难做的。他们只好再去挂专家号,肖师连续几天早上四点起床,总算挂到了,但那个号却在年底,要等三个多月。

累累有点儿害怕了,一个大脓包在耳朵里,还要待三个月,会不会哪天突然破了?

肖师安慰她说,三个月很快会过去的。

这天,王姐又来做头发了,又是她男人陪她来的。累累给她洗头,洗完了做花,一直小心翼翼的。做完了,就站在她身边发呆。王姐忽然问,你发啥子呆嘛?有啥子心事嘛?

累累没听见,旁边的胖妹替她说,她的耳朵有点儿严重,里面长了脓包,但是做不了手术。

王姐说,为什么做不了手术?

胖妹就把去医院的情况说了一遍。王姐没说话。做好头,付钱的时候,累累照例送她到门口,细身细气地说,王姐慢走。

王姐忽然站住,对身边的男人说,嗳,喊你们单位那个,帮她个

忙嘛。她男人不响。王姐不由分说地对累累说，你把你挂的那个号写到纸上，还有名字、身份证号、医生名字，都写下来。

累累不明其意，照办。

王姐接过纸条塞到男人手上说，又没有多麻烦，你就喊他帮个忙嘛。男人看看纸条，没说话，装进口袋里。

几天后王姐来了，不是来做头的，是专门来告诉累累，她已经帮她把手术日期换到靠前的日子，当然是开后门换的。原来她男人的下属的老婆，是那家医院的一个护士长。王姐说，费了好大劲儿呢。下周就可以做了。

累累高兴得真不知说什么好，脸都涨红了。不只是累累，整个美发厅的人都兴奋不已，都说累累遇见贵人了。肖师跑过来说，王姐太谢谢你了，下次我给你免费做头发。

王姐笑笑，样子比原来好看很多。

王姐说，你明天过来，我让我老公带你去见医生。

累累转头看着老板，老板说，去吧去吧，放你一天假。

这样一来，累累的手术忽地就在眼前了。可是大姐七拼八凑，怎么也凑不够手术费。累累只好把肖师的事告诉了大姐，说肖师可以出一点儿。大姐无奈，接受了肖师的资助。但还是差两千。

累累晚上回到家，忽然拿出两千元给大姐，大姐问她哪儿来的，她说借的。大姐虽有些疑惑，但事情迫在眉睫，也不问了。

这样终于凑足了手术费。

手术那天太阳很大，晒得累累有些神情恍惚，脑袋嗡嗡的。幸好身边有大姐，不然累累可能没有勇气走进医院。

手术进行了一个多小时，成功地取出了那个脓包。医生说再不做就玄乎了，真的出问题，就不是耳聋的问题了。

大姐长舒一口气说，幸好提前手术了，不然脑子出了问题我该后悔一辈子了。累累也长舒一口气说，终于做了手术了。

一周后累累回到东珠美发，美发厅的人全部围上来问，累累，现在听得到了哇？他们还是习惯对她大声说话，她忍不住捂住了耳朵。大家就笑说，真的不一样了，她以前从来不捂耳朵。

其实听力并没有好很多，医生说，她这个情况，听力很难恢复到最初了，肯定比正常人弱一些，但不至于聋了。

累累却没有以前快乐了。

这是肖师第一个感觉到的，她的脸色也不如从前了。从前虽然耳朵有点儿聋，却总是笑眯眯的，现在却面色青黄，眼神也有些忧郁。更重要的是，她常常推说自己不舒服，不愿意和他约会，也不让他折腾她的头发了，还反复说，她要还他的钱。

她在疏远他。

肖师很苦闷，自己去问，也让其他姐妹去问，都没问出什么。

难道她知道自己听力无法恢复到从前，太难过了吗？肖师发短信安慰她说，听力差点儿没什么大不了的，还清净些。我们美发厅多吵啊。又说，即使你完全听不见，我也喜欢你。

累累回了一句，我对不起你。

肖师说，你为什么这样说？是我自己愿意帮你的。

累累没有再回复。

秋天说来就来。早起下雨了，地上多了许多树叶，树叶贴着发亮的地面，像花纹。一下雨，美发厅就清净，从九点开门到十点，还没有一个客人。肖师跟许姐，还有胖妹小丽她们一起坐在沙发上说笑，眼睛却不时地瞟一眼洗头间的累累。累累正在帮老板孙姐洗头，神色依然忧郁。

忽然,一个人出现在门口,一边收雨伞一边问,累累呢?

肖师抬头,是王姐,马上热情洋溢地说,王姐来啦?

王姐依然大声问,累累呢?她边问边往里走。

里间的累累居然一点儿没有听见,很认真地俯身在给老板洗头发。王姐径直走过去一把揪起她,一个重重的耳光就扇了过去。累累手上的泡沫甩到了王姐脸上,王姐破口大骂:

你个没良心的小贱人,我帮你的忙,你就这样报答我?!

王姐又一个耳光扇了过去,胖妹和小丽都吓呆了。肖师连忙冲进去阻拦,却被王姐胖胖的身子挡住。头发精湿的老板躺在洗头椅上无法动弹,大声喊道,哎哎,咋回事哦?!

许姐也冲进来,跟肖师一起使劲儿拦住王姐。

被两个人架住的王姐居然号啕大哭起来,众人就围着听她哭诉。当然,只需两句话就明白是怎么回事了。

肖师的脸瞬间涨得通红,他走进去拉起蹲在地上的累累,大声喝道:是真的吗?她说的是真的吗?是真的吗?

累累一句话也不说,只是捂着两颊。

肖师忽然发现,一股细细的血,从累累的耳朵里流了出来。

水天一色

1

李旌无论如何没想到,自己会拍下这样一张重要的照片。

整个大陈庄的救灾场面平平静静,完全没有他预想的那种壮烈和动人,除了哗哗的雨声,听不见别的什么。没有人喊"共产党员跟我来",也没有人扑通一声跳下水去英勇献身。似乎所有的干部战士都在默默地有秩序地做着一件繁重的体力劳动。他们分成若干组,扎了些木筏,把那些困在水里的村民一个个背上来,送到岸边。村民在木筏上,战士在水中。那些还没得救的村民,都很沉着地在自家的房顶上等着,不哭不喊,似乎对得救充满信心。

大陈庄紧靠龙泉河下游,每次龙泉河涨水,首先冲的就是大陈庄。只要一冲大陈庄,红一连总会赶来抗洪抢险。年年如此。所以在今天凌晨得到上级指示之前,红一连就已经做好了抗洪抢险的准备。无休无止地下了一整天的暴雨跟冲锋号一样在他们耳边回旋着。一得到指示,他们拔腿就跑到了大陈庄。

李旌换着各种角度,抓拍了一些战士背着村民和战士们在水中推着木筏向前的镜头。他还抓拍到刘连长猛扑过去,一把拽住一个脚下打滑差点儿栽到水里的战士的镜头。可惜刘连长的声音拍不下来,他吼了一声，你给我稳着点儿！那战士笑笑，脸色很难看。李旌这才注意到，许多战士的脸色都不好看，苍白、蜡黄、土灰。他们从凌晨四点接到命令，到现在已经干了八九个小时了。

雨还在下，李旌的全身包括摄影包都已经湿透了，很可能相机会报废，但他不在乎。这是老天赐给他的机会。昨天，一场暴雨把已经结束采访的他留在了红一连，今天，这场暴雨又让他亲临了救灾现场。他当了两年新闻记者了，但亲临救灾现场这还是第一次。他一定要搞出一篇有分量的报道来。眼下，大部分村民已经被送上村子西头那块高地了。刘连长带了几个体力好的战士正挨家去搜索，看有没有遗漏的人。李旌想跟着去，被刘连长吼住了，你给我老老实实待着，我不要你宣传什么，别出事就行。

李旌只好待着。因为一直来回跑动，也因为淋着雨，他早已累得气喘吁吁了。他放下那个有十斤重的摄影包，想让肩膀歇歇。

忽然，李旌的眼睛一亮，看见不远处的水中，一个战士一手推着一个大木盆，一手吃力地划着向岸边游来。那木盆里竟然坐着个孩子。虽然大雨倾盆，但李旌还是不顾一切地抓起相机就冲到水边去拍。刚刚喀嚓一声，就看见一座本来已摇摇欲坠、只露出一个顶的房子垮了下来，几乎没发出什么声音。但那个战士却被溅起的浪头推出几米远，没进了水里。李旌一惊，丢下相机跳进水里就朝战士扑去，他完全忘了自己不会水，只想着伸出手去把那个战士拉起来，但他很快就呛了水，胡乱地挣扎起来……

后来的事是人家告诉他的。几个飞快赶过来的战士扑通扑通跳下水，救起了他，救起了木盆里的孩子，但唯独没能救起那个战士。那个战士被冲出好远，等把他救上岸时，他已经停止了呼吸。

李旌目瞪口呆。他先是震惊于自己亲眼看到了一个英雄牺牲的场面，后来又震惊于自己竟眼睁睁地看着他牺牲而没能救起他。

震惊之后就是自责。

尽管刘连长一再安慰他,说他已经尽力了,他不是不顾自己的生命安危跳下去了吗?尽管他也为自己开脱,我没想到他会倒下,我没想到死人的事会在一瞬间发生……

可那种自责的心情依然无法减轻。

好多好多天,李旌都无法入眠,无法安下心来做别的事。他把照片冲洗出来后,惊奇地发现自己在匆忙中拍下的那张,竟如此清晰,好像一束光直接穿透大雨,将那个战士和木盆中的孩子摄进了镜头。他拿着照片反复看。照片上的战士咬着牙,似乎在用全身力气往前游。木盆里的孩子睁着一双怯生生的眼睛,两只小手紧紧地抠着木盆的边缘……

这显然是一张可以获大奖的新闻照片,但李旌没有把它寄到报社。他还在被自责啃噬着心灵。

直到有一天,他见到了那个战士的父亲。

2

郑老贵也无论如何没想到自己会成为英雄的父亲,或者说没想到自己会在一夜之间变成一个孤零零的老头。他的儿子,他的可爱的调皮的善良的聪明的懂事的血肉相连的儿子,竟突然撇下他走了,到另一个世界去了。他才十九岁,他才当了两年兵,他走的时候答应过,只当三年兵就回家来陪他。可他却失信了,再也不回来了……

郑老贵一直到三十八岁才有了这个儿子。在此之前他一直单身,在此之后他又开始单身——他的妻子生下儿子没多久就病故了,好像她嫁给郑老贵就是为了给他留下一个儿子。郑老贵一手一脚把儿子带大，又亲自把他送到了部队。不是他舍得，是儿子太想当兵了，凡是儿子想做的事，他都满足他；而且他知道儿子到了部队一定是个好兵，他是那么好的一个儿子，怎么会不是好兵呢？但他没想到儿子会好到牺牲自己。这让他受不了，受不了……

部队上的人到家里来时，郑老贵一滴眼泪也没流。他当过兵，早在二十年前。所以一看见穿军装的人，他就觉得是战友，在战友面前他不能流泪。后来部队上的同志走了，他就抱着儿子的军装躲到门后呜呜地痛哭起来。

其实家里一个人也没有，但他还是躲到门后的角落去哭。

哭着哭着，他就听到了另外一个呜咽声。不用回头，他就知道是与他朝夕相处的狗伙伴弯弯。儿子当兵前给他弄来一条狗，取名叫弯弯，儿子嘱咐弯弯，要替他好好地陪爸爸。也怪，弯弯就像是听懂了似的，对郑老贵格外好。他回过身，想把小家伙搂进怀里。可回身时不由得怔住了：弯弯直立着身子，正用它的舌头舔着放在茶几上的缠着黑纱布的相框。相框里，儿子郑直微笑着。弯弯一边舔，一边发出悲痛的呜咽声。郑老贵的眼泪更加汹涌了。

几天后，郑老贵带着弯弯一起来到了儿子的部队。

追悼会、表彰会、命名大会，一样一样地开过了。记者采访过了，报纸也登出来了。大陈庄的乡亲们为了表达怀念和感激之情，还特意请求将郑直的墓碑立在了他们的村头。战士们在墓碑前举手宣誓，向郑直学习，为人民的利益不惜牺牲生命。郑老贵看着那一双双真诚的眼睛，心里的伤痛渐渐减轻。

最后一个晚上，刘连长和机关的领导问他还有什么要求吗。郑老贵早知道会问这个。当年他在部队的时候，也发生过死人的事。部队到了最后总会这么问死者家属的。还有什么要求吗，有什么要求尽管提出来。

关于这个问题，郑老贵早想过了。如果部队上问他，他就说，我的儿子是为人民的利益死的，我觉得很光荣。我没有什么要求。这也是心里话。可等部队领导真的来问他时，他忽然觉得自己有很多要求。他想经常来连里看看，他想守着儿子的墓碑。一句话，他不想离开部队。

但他一个老头儿，总不能成为连里的兵吧？郑老贵满腹的要求一时开不了口。刘连长在一旁说，大伯，有什么要求您尽管说，我们一定会尽力满足你的。郑老贵就鼓足勇气说，我想住在部队上。

这个要求让刘连长和那个政治处主任都愣住了。郑老贵连忙解释说，我不会给部队添麻烦的。连里不是有个池塘和一块菜地吗？我可以住在池塘边帮着养养鱼种种菜。我不要连里管我的伙食，我原来在乡政府干过，有退休金。我只是想……直子他是在这儿去的，我住在这儿离他近些。

最后这句话让刘连长和政治处主任都动了容。他们请示了上级后，同意郑大贵住下。刘连长将原来住在池塘边搞生产的两个战士撤回，把那间屋子修缮一番之后，让郑老贵住了进去。

当然，还有弯弯。

3

连长刘通带着个年轻人来找郑老贵。

郑老贵正坐在门边闷闷地抽烟，弯弯卧在他的身边。看见两个年轻军人走过来，它没有动，只懒懒地摇了一下尾巴。

自打来到红一连，弯弯对所有穿军装的人都熟悉了，但它今天似乎情绪不高。昨晚上，郑老贵一个人喝闷酒，喝醉了，倒在床边上，今天早上才醒。弯弯对主人的这种行为又心疼又不满，很是无奈，就在那里生闷气。

刘连长给郑老贵做了介绍，说这位是团里的新闻干事，叫李旌。其实郑老贵早见过李旌了，在各种会上见过。他知道他是写文章的，还知道儿子牺牲时他在现场，曾跑去救儿子。可惜他不会水，没能起作用，但他还是很感激这个小伙子。毕竟人家不顾一切跑去救了。

李旌坐在郑老贵的小房子里半天不说话。刘连长想，他一定是想从郑老贵的嘴里再掏些什么素材——他正在写关于郑直的人物通讯。刘连长就转身出门，到屋外的菜地去了。

刘连长不想在场。他不想在场，是怕自己又忍不住眼泪。一个连长，一个已经穿烂几套军装的中尉，不该总为自己牺牲的兵悲伤难过。可不知怎么，他还是一想起郑直就悲伤难过，已经过去一个月了，他的心里仍有一种隐隐的说不出来的疼痛。后来指导员说，郑直这个兵，活着的时候就好得让人心疼，所以死了就让人心痛。指导员这么一说，刘连长才明白，疼和痛是不一样的。

这会儿他想一个人去疼痛。

刘连长走后，李旌仍不说话。郑老贵忍不住了，说李干事，你找我有事？李旌抬起低垂的头，从口袋里拿出一个信封，叫了声郑大伯，嗓子一哽，眼泪就哗地一下出来了。郑老贵拍拍小伙子的肩，心里感到些许安慰。看来一想起直子就掉泪的，不只是他爹。他忍着自己的老泪，将一块毛巾递给李旌。

李旌接过毛巾在脸上胡乱地擦，可越擦越多，好像那毛巾上有什么刺激眼泪的东西。后来李旌不擦了，他把手上的信封递给郑老贵，说大伯，我对不起你……

郑老贵不解地打开信封，里面是一张照片。仔细一看，竟是儿子！儿子游在水里，只露出肩膀和头，手上扶着一个木盆，木盆里有个孩子。他一下明白这是儿子牺牲前的照片。他吃惊地抬起头来看看李旌，又迫不及待地低下头去看儿子。在此之前，他隐约听说有个记者给儿子照了一张非常珍贵的照片，但一直没人拿给他看。今天总算看到了。

儿子活生生地出现在照片上，正努力地推着木盆，努力地划着水。那眼里有疲倦，有坚毅，还有几丝稚气。不知他当时在想什么，想他爹没有。刘连长说，儿子在连续救了七个村民后，体力已经不行了，因为头一天他还在发烧。排长命令他上岸休息，并且一屁股把他顶上了木筏，但他忽然听见了孩子的哭声，又下水去寻找。排长当时急着把筏子上的其他人往岸上送，就没阻拦他。这孩子的家在一个低洼处，挺危险，可他的父亲是村里的小学校长，一看下暴雨了，惦记着学校那几间教室，不顾一切赶到学校去了。他母亲起初还想守住家，后来看情况不好，再想跑出来时已经晚了。郑直从房顶进到他家时，孩子正在木盆里漂着，可能是他母亲临死前把他弄进去的。郑直就把木盆从房顶上举出来，然后一点点向岸边游。眼看都要游到了，没想到……

郑老贵把照片拿在手里，用两只手拿着，反复摩挲。儿子真是去救人了。好样的，真是好样的。以前他也知道儿子是救人牺牲的，不然不会成为英雄。看到照片，他的心里更踏实了，更自豪了。他看了又看，真想把儿子紧紧捏在手心里，又怕把儿子弄皱了。但不紧紧捏着，又怕儿子再一次消失。因为不知所措，郑老贵的身体哆嗦起来。控制不住的眼泪终于顺着瘦削的老脸淌下来，再一次淹没了儿子……

这时他听见李旌还在哭。他不明白这孩子哭什么，是因为没能救起儿子吗？后来他断断续续听明白了。李旌说，他不该照这张像，他该先去帮他。他没想到他会忽然倒下，没想到他已疲乏至极……

原来是这样。郑老贵平静下来，先擦干了自己的泪，然后又替李旌擦。他开口说，孩子，你没做错啥。哪能怪你呢？你不是不会水吗？你不是跑去救了吗？再说要不是你照下这像，我咋能看见他呢？现在我心里真踏实了，直子他的确是为了救别人死的。这孩子从小就是个好心肠。他这样走的，他心里踏实着呢。他踏实，我就踏实……

李旌除了流泪，仍是说不出话。大伯的宽慰让他心里好受了一些，可他还是难过。他难过是因为他再也没机会认识这个好兵了。在后来的采访中他得知，郑直还是个非常好的班长。班里的战士们一说起班长，就哭得跟女孩子似的，毫不吝啬自己的泪水。

这时李旌听见脚底下也传来呜咽声，低头去看是那条叫弯弯的狗。只见它紧偎在郑老贵的脚边，似乎完全明白他们在说什么，眼里全是悲伤。郑老贵一把搂住它的脖子，把照片递给它看：弯弯，你看这是谁？认出来没有？弯弯马上伸出舌头想舔。郑老贵没舍得，缩回手来。

刘连长进来了。他马上感觉到屋里悲悲切切的，郑老贵的手里还拿着那张他要了几次都没要到手的照片，他明白发生了什么。他说，大伯，我们连里想让李干事把这照片放大一张，挂到连队的荣誉室里。您同意吗？

郑老贵说，我有啥不同意的？

刘连长就看着李旌。李旌叹气说，我一看到照片就有些难过，所以……郑老贵说，别说了。你能让大家永远记得他，我还得谢谢你呢。

郑老贵又说，你能不能也给我放大一张？

李旌连忙问，你想要多大？

郑老贵比画了一下，说，跟书一样大吧。

没问题。再大些都没问题。李旌说。李旌只想为他多做些事。

刘连长高兴地松了口气，蹲下身去拍弯弯的头。弯弯感觉到主人和客人都不再难过了，也高兴起来，昂起头，迎合着刘连长的大手掌。

4

老实说，弯弯不太喜欢这个地方。

弯弯不喜欢这个地方，是因为不喜欢水。它的老家虽然也有一条河，但不像这个地方，毫无章法地到处汪着水，到处都湿乎乎的。而且弯弯发现，自打住到这个地方后，它的主人常常流泪，脸庞也总是湿乎乎的。不流泪的时候又常常喝那种装在瓶子里的刺鼻子的水，有一天喝多了，就倒在地下，任它怎么叫怎么拽也没能弄到床上去。真把它吓坏了。如果不是后来主人发出了鼾声，它还以为他喝死了呢。

不过住了些日子后，主人的心情慢慢好了起来。他每天去菜地忙乎，一边除草一边嘴里还念叨着：瞧瞧这些小子，光顾着救灾，把这菜地荒成啥样了？池塘里本来是有鱼的，暴雨之后全死了。主人那天把弯弯关在家里，自己跑到几十里外的养鱼专业户那儿重新买回了鱼苗，还有几袋进口饲料。天黑尽了才回来。主人还跟它唠叨说，买鱼苗和饲料时他挪用了自己的积蓄，等池塘和菜地有了收成再跟连里说。弯弯对这些都没意见，主人怎么做都行，只要他高兴。

池塘和地里都没事的时候，弯弯就跟着主人到大陈庄去看儿子。弯弯知道这是个很重要的事，主人是因为儿子才住到这儿来的，主人也是因为儿子牺牲了，脸上才总是湿乎乎的，但主人去大陈庄却很少进到村子里。那个墓碑就立在村头最高的坡地上，他们老远就能看见。主人他跟它解释说，他不愿进村，是怕村里的人拉他回家去坐。村里刚刚受过灾，还没缓过劲儿来，他不想给人添麻烦。弯弯明白。所以它总是安安静静地跟在后面，从来不叫，不去惊动村里的人。

更多的时候，主人是坐在池塘边望着水面发呆。这时候弯弯就打心眼里讨厌水。如果不是水，小主人就不会死，主人就不会难过。主人就会带着它在老家等小主人回去。所以弯弯一看见那池塘，就忍不住冲它叫。主人拍拍它的头，叫它安静。弯弯只好安静。它卧在主人的脚边，听他絮絮叨叨地说话。

唔，这也很重要。除了我弯弯，谁还能那么耐心地听他说话？

主人说，我想不通那么平平静静柔柔软软的水，怎么就能要了人的命去。

弯弯摇摇头。

主人又说，我的直子从小就喜欢水，你知道的。怎么现在反被水害了？难道这孩子命里跟水不对吗？我搞不懂。

弯弯又摇摇头，是的，搞不懂。

弯弯知道，主人和儿子一直相依为命。最初几年，他含辛茹苦，又当爹又当娘。但儿子懂事后，他感觉舒心多了。有一回他夜半胆结石发作，疼得在床上打滚，愣是儿子用架子车把他弄到医院去的。那年儿子才十一岁。街坊邻居都说，老贵虽然只有一个儿子，可一个顶几个。街坊邻居还说，直子真是个少有的懂事善良的孩子。

其实弯弯知道，直子从前也打架。可很多时候，他都是帮别人打，帮那些柔弱的孩子打。直子从小就想当兵，总爱缠着他爹讲部队上的事情，还偷偷把他爹的军装拿出来在身上比画。后来招兵的来了，他就偷偷去报名，出门就遇上了他爹。他以为他爹是来阻拦的。没想到他爹摸着他的头说，我是你爹，我咋能不让你做你心里最想做的事？直子当时搂住他爹就掉泪了。

这些事弯弯都知道，它听主人说过多少次了，早记熟了。

弯弯就是那时候来到主人身边的。当时它只有一个月大，住在直子同学的家里。直子从同学家的一窝小狗中，一眼就选中了它。他把它抱回家说，爸，先让弯弯陪你三年，过了三年，我一准儿回来。主人说，怎么叫个弯弯？直子调皮地说，有直就有弯，我们是一对儿呀。说得主人乐起来。弯弯不懂直和弯有什么联系，它只觉得这名字好听。

弯弯！主人第一次这么叫它时，它就摇起尾巴来。

直子实在是个好心眼儿的孩子。不是我偏心，他就是比人家那些孩子好……主人摸着弯弯的头继续唠叨着，你说说，那么些个生来就造孽捣蛋气死爹妈的孩子都能活到七老八十，怎么偏偏就是我的直子活不下去了呢？你说这公平吗？

弯弯当然觉得不公平，可弯弯说不出来。它只能难过地望着主人。主人叹口气，就掏出烟来想吸，可手在口袋里摸了一阵，没摸出火来。他垂下胳膊，又说，我的直子多好啊，上哪儿去找那么好的孩子啊。说着老眼又湿了。

弯弯不想见主人流泪，就站起来跑回屋去，给他找火。它宁可看他吸烟，大口大口地吸烟，也不想看见他用眼泪把整张老脸都搞得湿乎乎的。弯弯衔来火柴，碰碰主人的手。主人低头见了，感激地拍拍它的头说，你也是个好样的，跟我直子一样，都是乖孩子。我知道。

主人吸了烟，还是不开心，他的老泪还是流下来了。他摇摇晃晃地返身进屋，从柜子里拿出一瓶酒来。弯弯已经知道那东西叫酒了，因为有一次它听见那个年轻军官对主人说，大伯，您还是少喝点儿酒吧，别伤了身子。弯弯太同意那个年轻军官的意见了，弯弯还知道他叫刘连长。

弯弯一见主人从柜子里拿出那个瓶子，心里就着急，就围着他的身边转。但它不敢朝他叫，叫了主人就会撵它出门。

一会儿工夫，主人的脸喝得红红的，脖子也红红的，然后手就哆嗦起来，可他还在一个劲儿地往杯子里倒。弯弯急了，就去咬他的袖子，不让他喝。主人挣脱了它，又一仰脖子喝下一杯。

弯弯有些火了，这老伙计怎么这么犟呀？喝坏了身子谁赔他呀？

得想个办法制止他。弯弯直起身子,见那瓶子里还有一半的酒,如果让他全部倒进喉咙,他又会在地下躺一个晚上。不行,无论如何不能再让他喝了。

弯弯扬起前爪,一把打翻了酒瓶,于是那呛鼻的水就汩汩地流了出来,流了一地。

主人生气地大喝了一声,弯弯!你这个狗东西!

弯弯忍不住想笑,我本来就是狗东西嘛!你尽管骂。主人脸红红的,脱下鞋朝它扔去,弯弯一闪就躲开了。主人气极,又脱下了另一只鞋。

正在这时,一个年轻军官朝主人家走来了。不过不是刘连长,好像叫李干事。主人只好作罢,他登上一只鞋,另一只脚还光着。弯弯连忙把扔到墙角的那只给他衔了过去。

主人站起来,朝走近的客人笑笑。

5

大陈庄的村长不姓陈,姓汪。汪村长一脸疲倦,他刚刚才把上级给的救灾物资一一发给全村的百姓。那可是个累人累心的活儿。好在大陈庄年年遭灾,年年得救济,他作为老村长,已经有这方面的经验了。他非常妥善地处理好每一个细节,也没有忘记给孤儿光娃留下一份抚养金。

但这些天让汪村长心里头不轻松的,还不是发救济这事,而是光娃的事。再往深说一些,是烈士的事。

大陈庄处在这样一个地势,几乎年年遭水灾。而每次遭灾,总是红一连的官兵来抢救。从他当上这个村长,已经换了五任连长了,可救灾的事从来没耽误过。所以在好日子里，汪村长总想做些什么报答部队，但他们这么个穷村子，能做什么呢？说来说去，还是沾部队的光多。

这一次的水灾特别厉害，村里死了两个人，红一连还牺牲了一个战士。汪村长心里真是难过。牺牲的那个兵，可是个好兵。去年秋收时他来过。一张娃娃脸，总是笑眯眯的。干活儿从来不知道累。他的连长心疼得直掉泪，那么大个汉子，就当着众人的面，从门后扯下毛巾擦眼睛。谁不难过？汪村长也难过，村里的百姓都难过。为了表达他们对英雄的怀念，也为了表达全村人对红一连的感激，在他们的再三恳求下，郑直的墓就建在了大陈庄。汪村长特意选了一块最高的地势安葬英雄，让他永远不再被水淹着。

那个被英雄救下的孩子叫光娃，六岁，一时间也成了孤儿。他的整个家都被冲垮了，母亲当时就遇难了。父亲跑去抢救学校财产负了重伤，昏迷几天之后也死了。留下独独的一个光娃。这些日子汪村长只好把他领到自己家来住，可那孩子总是抹着眼泪要找阿妈。人家跟他说阿爸阿妈都不在了，他不信。汪村长只好安慰他说，阿爸阿妈出远门了，过些日子就回来。水退以后，光娃就每天守在他们家垮了的房子跟前，任谁也叫不走。说他走了，阿爸阿妈就找不到他了。这让村长又着急又难过。

汪村长想，光娃的父亲也是为了村上的集体利益牺牲的，他们村应当负起抚养光娃的责任。所以前些日子上级来问这次受灾大陈庄有没有孤儿时，汪村长没有把光娃报上去，他不想让光娃被孤儿院领走。他明白养一个孩子不仅仅是钱的问题，重要的是得让他有个家。

光娃的爹是独子，所以光娃没有叔伯，只有一个姑。汪村长就想让他姑来领他。他们可以把抚养金交给他姑姑。可是他姑出嫁了，信发出去了这些天，人还没来。

昨天晚上，汪村长和村委会的几位委员商量救济时，又说起了光娃。妇女主任忽然冒了一句，说，咱们不如把光娃过继给那个英雄的父亲吧？

这话让汪村长心里一亮。他咋就没想到呢？听说那英雄在家里也是独子，而且他阿爸还是个鳏夫，他一走，就剩下独独一个老汉了。如果把光娃给了他，不是互相有个依靠吗？

但马上就有人反对。反对的人说，光娃这孩子命太硬了，一下就克死了仨：阿爸、阿妈，还加上个英雄。要是让他跟英雄的父亲，万一有个好歹，咱就更对不起英雄了。汪村长一愣，嘴上说不要信那些，心里还是有些犹豫了。

今天早上他起床的时候，光娃还在睡。小人儿缩在床里头，被子没盖好。他去盖被子的时候，发现孩子脸上有泪。这让他的心里又不好受起来。不行，得给孩子找个家，找个心疼他的人。

汪村长自家的水已经退尽了，东西也都放回原处了，但几间屋子仍是湿乎乎的、潮腻腻的。他让老婆和媳妇慢慢整理，自己跟儿子先去田里，争取时间把庄稼种上。

刚想出门，李旌就来了，就是那个会拍照片的小伙子。上次因为给英雄建墓碑的事，他和他熟悉了。他发现这个小伙子和他一样，也总想为英雄的父亲做点事。李旌说，他要写一篇关于英雄的文章，所以再来大陈庄了解一下救灾那天的情形。

汪村长就让儿子先去，自己坐下来陪李旌。就在拿凳子坐下的那一下，他脑子里忽然一亮：不如把光娃的事说给这位李干事听听，他是有文化的人，肯定能给出个主意。

汪村长和李旌在院子里一起坐下，让媳妇给他倒了杯水。汪村长吸了几口烟问道，听说郑直的父亲在部队里住下了？李旌说是。汪村长又问，听说这老汉就郑直一个儿子，是不是？李旌说是。听说他还没了老伴儿，是不是？李旌说是。

汪村长问了这么三句后，就不再说话了。李旌一脸不明白，只好等着。汪村长灭了烟，试探地说：我们村委会昨天商量了一下，想让光娃给他做儿子，不知他干不干？

李旌说，光娃是谁？哪个光娃？汪村长说，就是英雄救起来的那个嘛，你咋就忘了呢？李旌恍然大悟，他不知道他叫光娃。汪村长说，这孩子爹娘都不在了，怪可怜的。当然，他还有个姑姑。可我想，把孩子过继给他姑姑，还不如过继给郑老汉。这孩子的命是郑老汉儿子的命换来的，该给郑老汉。让他给郑老汉当儿是最美的事。将来娶了媳妇，还可以替郑老汉传香火呢。

李旌终于听明白了汪村长的意思。他马上兴奋地说，这主意不错呀。郑老贵孤孤单单的，光娃也孤孤单单的。

汪村长一听李旌赞同，心里有几分踏实了，但他还是坦率地说出了那个顾虑。有人说这孩子命硬，把他阿爸阿妈都克死了（他没敢拉扯上英雄），你说他要是跟了郑老汉，不会有什么不妥吧？

李旌说，嗨，那都是迷信。他阿爸阿妈不是给洪水淹死的吗？怎么能怪孩子？

这下汪村长心里彻底踏实了：李干事，这事就拜托你了，你去跟郑老汉商量商量，如果他同意，我们就把这孩子送过来，正正经经地搞个仪式。你告诉郑老汉，这孩子绝对是个好孩子，他的阿爸阿妈就是大好人。不是好孩子我不会让他养的。

李旌说，我这就找他去商量。

李旌说干就干，搁下采访的事，拔腿就来找郑老贵了。

他越琢磨越觉得这是个好主意。郑老贵无依无靠的，光娃也无依无靠的。关键是他们之间还有那样一条生与死的纽带。李旌越想越激动，他的心跳慢慢地加快了速度：如果这事成了，将会多么感人。到那时再来写报告文学，一定更有震撼力，也更能催人泪下。

李旌一口答应了村长去问郑老贵。他甚至先替郑老贵感谢起村长和乡亲们来，他说他相信郑老贵一定会很高兴的。有了光娃，他就不会再孤单了。

一路上他反复想着该怎么说。起初他想给他一个惊喜，说，大伯，我又给你找了个儿子。后来一想这样不妥，会让他想起自己亲儿子的。那么就说，郑大伯，你一个人怪孤单的，我给你找个伴儿吧？不过，郑大伯会不会误认为是找老伴儿？算了，还是老老实实地说：大伯，郑直救的那个孩子，是个孤儿，您愿意收养他吗？我相信他跟着您，也会成为一个像郑直那样的好儿子的。对，就这么说。

李旌兴奋得几乎是小跑着来到了池塘边的小屋。

他怎么也没想到他会碰壁。

郑老贵似乎有些醉了，脸红红的，还要拉他一起喝。幸好柜子里已找不出酒。李旌费了好大的劲儿，才让他在小凳上安静坐下来，听他说那番诚恳的话。但郑老贵一点儿也没有表现出他期待的高兴和激动，始终板着脸。听完之后闷闷地说，我不要。我一个人过挺好。

起初李旌以为他酒喝多了，一股酒气始终弥漫在小屋里。但听他说出的来话又不像，很清楚。我不要，我一个人过挺好。

李旌说，您一个人多孤单哪，如果身边有个孩子的话……

郑老贵打断他说，我不孤单，我有弯弯呢。弯弯听见了，马上摇摇尾巴走到他身边来了。

李旌说不出别的话了。他实在是没有思想准备。他以为郑老贵会被大陈庄乡亲们的建议感动，甚至连带感谢他这个信使，可郑老贵竟一口回绝了。他不明白这老汉怎么想的。那个孩子，就是光娃，他专门去见了，挺可爱的。关键是，挺可怜的。每天一个人蹲在他们家被冲垮的房子前发呆，任谁也拉不走。说怕走了以后妈妈找不到他。好几次，都是他睡着了，才被汪村长抱回家的。

但李旌没有讲这些。他怕郑老贵误认为村里是把光娃当作负担给他的。他知道不是，他理解大陈庄乡亲们的一片好心。他只是说，光娃是个好孩子，他的父母在村里都是受人尊敬的人，他的父亲这一次也是为了抢救集体财产牺牲的……

郑老贵打断他的话说，我没说他不好，我只是不想和外人过日子。

这话让李旌再说不下去了。他看着郑老贵那不容商量的眼神，最后说，郑大伯，您再想想吧，您要是愿意了，过些天告诉我也行。

郑老贵脸庞红红的，但口齿却十分清楚。他说，我不想要别人的儿子。他说这话时，眼睛盯着桌上那张照片，照片上。他的儿子正在救别人的儿子。

李旌没辙了。他看看屋里，一副锅冷灶凉的样子。他想帮他做饭，却发现屋子里除了一把挂面，什么蔬菜副食都没有。李旌一面在心里叹气，一面更坚定了要把光娃送过来给郑大伯抚养的决心。他相信有了光娃，郑大伯才会重新打起精神来，好好过日子。

他给郑老贵下了一碗面，看着他端起来吃了，才离开。

李旌走掉后，郑老贵立即把吃了几口的面倒给弯弯了。他不饿。

已经是黄昏了，他摇摇晃晃地站起来，走到桌前，把李旌给他放大并且镶了镜框的照片拿起来，拿到外面的光亮处仔细地看。

这回他不是看儿子，而是看那个男孩儿。照片上，那孩子最突出的就是那双怯生生的不知所措的眼睛。郑老贵叹了口气。瞧这孩子，又黑又瘦，胆儿还那么小，哪有我的直子可爱。可偏偏他活下来了，我的直子死了。要不是他，直子就不会死，他就上岸休息了。

郑老贵没来由地生起这孩子的气了。

要把他接回来养，那还不天天生气？

他一头倒在床上，一会儿就睡着了……他看见直子了……但直子好像有些不高兴，直子说，爹，你怎么了？干吗老是这么悲悲切切的？你是老兵呢……他想拉住儿子的手，告诉他只要他回来看他一眼，他就会坚强起来，可儿子远远地站着，不肯走过来。他求道，直子，你回家来吧。我一个人难受……我不想只看你的照片，照片上还有那个小子。听说那小子成了孤儿，我成了孤老头。他们想让那孤儿和我过，我不愿意……

郑老贵正想听听直子的意见，直子突然不见了，说不见就不见，他一点儿思想准备也没有……

难道直子生气了？

7

天不亮郑老贵就醒了。他躺在床上，想着昨晚的梦，他不明白是咋回事。上午他给菜地浇粪，干了一会儿，心里越发地不得劲儿，就丢下粪桶，吆喝上弯弯往大陈庄去了。

郑老贵来到大陈庄对面的坡上，远远地看着儿子的墓碑。

忽然，他看见墓碑下有个孩子，好像在挖什么。他急了，连忙奔过去。一个六岁光景的男儿正撅着屁股在碑下掏洞。他一声怒吼，抓住了小家伙的衣领，小兔崽子你在干什么？

孩子吓得打了个战，抬起脸来惊恐地望着他。一张小脸脏脏的，但那双眼睛却干净得让他打了个激灵。尾随而来的弯弯趁机冲着孩子大叫起来。郑老贵仍板着脸问，你在干什么呢？

孩子战战兢兢地说，我，我想给大哥哥糖吃……

郑老贵这才看清，孩子的小手里捏着两块糖。他松开手，缓和了口气说，你为什么要给他糖吃？你认识他？孩子细细地说，他救了我，他死了。

郑老贵呆住。他怎么就没认出来呢？这就是木盆里那个孩子啊。这就是他们想送给他的那个孤儿啊。他叫什么来着？好像叫……光娃。

孩子见他不再骂了，就把手上的糖放进掏好的小洞里，然后埋上土，一边做一边嘴里念念有词：大哥哥，这是村长伯伯给我的糖，村长伯伯说，要是你不去救我，我就淹死了，你去救我你就淹死了。村长伯伯叫我不要忘了你。他给了我两块糖，你一块，我一块……

孩子埋好糖，一双满是泥土的小手就迫不及待地剥开了糖纸，想往自己嘴里送。一抬头，见郑老贵正瞪着他，手就在嘴边停住了。犹豫了一下，他把小手伸到郑老贵面前。郑老贵看着他，一言不发。孩子也一言不发地看着他。两人就这么对望着。

终于，郑老贵先不得劲儿了，板着脸说，你干吗还不回家？孩子回头看看身后，说，我妈还没叫我呢。天一黑她就会来找我的。

郑老贵转身走了。

第二天，郑老贵进村找到了汪村长，说，如果他们家亲戚没意见，孩子就跟我过吧。汪村长高兴极了，说我早就知道你会答应的。多好的事呀，谁听了都会答应的。汪村长又说，我做了几年村长了，这算是办得最好的事了。郑老贵脸上没有笑容。他只是嘱咐说，不要告诉孩子我是谁，就说我是个孤老头。汪村长有些不明白，但还是答应了。他想，这老汉好着呢，他是不想让孩子感恩。

第二天，汪村长和村委会的人一起，把光娃送到了郑老贵那里，还像模像样地举行了个仪式。在场的人都很感动，女人们都眼泪汪汪的，男人们也都唏嘘着说不出话来。

郑老贵才不像外人那么激动。从光娃进门那一刻起，他就板着脸。汪村长教他说，光娃，现在他就是你阿爸了。光娃怯生生地望着他，没有叫。是不是他觉得这个阿爸太老了？汪村长催促说，叫阿爸呀？郑老贵低声制止道，不要叫。光娃一听，更不敢吭声了。

汪村长和村里的人走后，小屋里就剩下郑老贵和光娃两个人了。

郑老贵看着光娃，感觉不对劲儿。这么小一个人儿立在房间里，怎么屋子一下就挤起来了呢？他在屋子里转了两圈，光娃的目光就跟着他转。他觉得有必要说点儿什么，就停下来问，你要喝水吗？

光娃摇摇头。

他又问，你要解手吗？

光娃仍摇摇头。

他说你别老摇头。说老实话，你不习惯，我还不习惯呢。要是你不想待了就说，我让你回去。

光娃终于开口了，他怯生生地说，我不回去，我要跟你去找阿爸阿妈。

郑老贵一下没话了。

因为郑老贵始终板着脸，弯弯也就知道这个新来的小家伙是个不受欢迎的人。两眼始终瞪着他，喉咙里发出低沉的呜呜声，只差没扑上去了。光娃那双本来就怯生生的眼睛，更多了几分害怕。郑老贵只好把弯弯拴在门口的树上。

吃过晚饭，郑老贵坐在门口发呆。他不知道自己这事做对没有。反正自打光娃进门，他心里始终不好受，前些日子已经平静的心情又起伏不定了。他拿出烟来，想抽，一只小手把火柴递过来，起初他以为又是弯弯，可发现小手还擦燃了火。转头一看是光娃。

他板着脸说，你干吗？谁要你点火？光娃胆怯地甩灭了火。郑老贵叹口气，把火柴接过来，重新擦着火。

弯弯大叫起来。大概觉得光娃做了本该它做的事，侵了它的权。它这么一叫，郑老贵才想起它还拴着，走过去把它从树上解下来。弯弯马上蹿进屋，很有预见性地跳到它的床上趴着。这小子可真机灵，知道有人要占它的床了。

晚上睡觉时，郑老贵刚在床边坐下，光娃就把洗脚水给他端到了脚边。他火了，骂道，谁要你伺候？难道我叫你来是让你伺候我的吗？你搞错了，我是要抚养你，不是剥削你。光娃不知所措，退到另一张床的边上靠着。背后的弯弯趁机朝他叫了几声。郑老贵想了想，还是用光娃打的水洗了脚。

他看着坐在小凳上一动不动的光娃，叹了口气，走过去拍拍趴在另一张床上的弯弯说，弯弯，以后你睡地下吧，让你小哥睡床上。弯弯不动，只摇尾巴，跟摇头的意思差不多。

郑老贵不由分说地将它从床上抱到了地上。然后扯出一张干净床单换上，对光娃说，以后你就睡这张床，把你带来的衣服放到床头柜里去。

光娃将随身带来的一个布包打开，里面只有几件衣服、一双鞋、一把萝卜枪，还有一只竹子做的口笛。他小心地一样一样地放进床头柜里。

郑老贵见他弯下去时，屁股上的裤子有个洞。他让光娃把裤子脱下来。光娃就老老实实地脱下了裤子，然后一声不响地爬到床上，仰面朝天地躺下来，一动不动。

郑老贵走过去，拉开被子给他盖上。然后自己也躺到另一张单人床上。他伸手从枕头下面拿出了相框。光娃来之前，他把那张装着儿子救人照片的相框从桌上移到了枕头下。他对着相框自语道，直子，我这么做，你一定是愿意的，对不对？

照片上，直子正努力地把光娃往岸上推，往生的岸上推，什么也不说。郑大贵抚摸着儿子的脸,说,你不用回答,爸明白。

他把照片放回枕下,拿起光娃的裤子补起来。做这些活儿,他没问题。

一直闷声不响的光娃忽然在对面的床上发出细细的声音,我想听故事。郑老贵顿了一下,说,我不会讲故事。光娃说,我阿爸会讲。郑老贵说,我直子从不要我讲故事。光娃撑起身来好奇地问:我直子是谁?郑老贵终于不耐烦地吼道,睡觉了!哪儿那么多废话!光娃吓得连忙用被子盖住了头,过一会儿,就传来轻轻的鼾声。

8

光娃是冷醒的,醒来一看,自己身上什么也没盖。接着就听见一种陌生的声音。起身一看,床头柜大开着,他的衣服和鞋扯了一地,还有被子。

他赶紧起来,把被子拉回到床上。他听见角落里发出得意的叫声,回头一看,是弯弯。小家伙正趴在那儿,嘴巴抵着地面,摇着尾巴,好像生怕光娃不知道是它干的。

光娃不敢骂它。他怕它,也怕郑大伯。再说自己的确是占了它的床。如果别人占了自己的床,自己也会生气的。

郑大伯走进来了,看到这情形,果然没骂弯弯,只是走过去拍拍它的脑袋,大概想安慰它一下。这下弯弯更来劲儿了,又扑上来想扯光娃的被子,这次被郑大伯吼住了,弯弯,你干什么?!

这一吼,不光是吼住了弯弯,把光娃也吓了一跳。弯弯老实了,低头走到门边。郑大伯又说,还不赶快把地下的衣服捡起来?

光娃马上翻身下床,动作麻利地将衣服裤子套上,然后就去收拾地下的衣服。他感觉到郑大伯一直在看他,目光有些发呆。光娃想,一定是他的动作快,郑大伯喜欢。光娃就越发麻利起来,他把地下的衣服裤子捡起来,不管三七二十一,塞回到床头柜里,然后又去叠被子。他学着妈妈的样子横一下竖一下地叠,可叠出来的样子却和妈妈完全不一样,像个大馒头。他有些心虚地回头去看郑大伯。郑大伯没骂他。他放心了,又转身去叠郑大伯的。

郑大伯拦住他说,我的你不用管,你洗脸去吧。光娃四下看看,见盆里没水,桶里也没水,就拎起水桶往门外走,那熟练的样子好像他常做这事。

弯弯追到门口,又冲他叫了起来,以为他要拿走它家的水桶。郑大伯吼了它一声,弯弯,你再乱叫我揍你!你把人家衣服搞了一地,人家没骂你,你还叫!

光娃听出郑大伯的话里有向着他的意思,很高兴,走得更有劲儿了。弯弯不满地回转身来,趴在地下生闷气。

光娃提着水桶,水桶胖胖的长长的,不是打着他的膝盖就是踢着他的脚。光娃的身子被水桶衬托得又瘦又小。但光娃还是努力地把水桶提到了水井边,并且学着爸爸的样子把水桶挂在井绳上,放下去。他要像个大人似的做事,要让郑大伯高兴,这样郑大伯就会带他去找爸爸妈妈。这是村长伯伯说的。

不过有一点光娃不明白,村长伯伯一会儿说他阿爸阿妈会回来的,一会儿又说从今以后郑大伯就是他的阿爸了,到底是怎么回事呢?他有些糊涂,但他不敢问。郑大伯的脸上总是没有笑容,让他害怕。不像他的阿爸,总是笑眯眯的。每天晚上睡觉前,阿爸还要给他讲一个故事。有时候是书上写的,有时候是阿爸自己编的。那些故事连阿妈都喜欢听呢。

光娃将水桶打满,却拉不上来。水桶沉沉地挂在井底,一丝不动。

郑大伯从身后伸出手来，帮他往上拉，一边拉一边说，以后打水的事不用你做。光娃小声说，村长伯伯要我帮你做事。郑老贵想了想说，那你就洗碗、扫地。光娃点点头，乖巧地说，我还可以烧火。

吃过早饭，郑大伯对他说，我去集市买点菜，你在家待着，别乱跑。光娃点点头，老老实实地坐在门槛上。弯弯习惯地站起来想跟着去，刚走两步就被郑大伯叫住了，弯弯，你也在家待着！

弯弯的目光中流露出十分的不解，但也只好站下。光娃想，它一定更恨自己了，自己没来之前，它一定是不离郑大伯左右的。弯弯垂头丧气地走回来，见光娃坐在门槛上，就冲他叫起来。光娃不动。他想，只要他不咬自己，叫就让它叫去。等它熟悉自己了，就不会叫了。他们村里也有好多狗，都是他的好朋友。总有一天弯弯也会和他做朋友的。

弯弯叫了几声，见光娃不怕，也不理，很是生气，就窜进屋去，跳上床，把光娃的被子往床下拱。光娃想，它一定是想撵他走，但自己是不会走的，只要郑大伯没撵，自己就不走。

光娃一声不响地又把被子抱回到床上，为了不让弯弯捣乱，他索性坐在被子上，用屁股压住被子。

弯弯折腾累了，就呼哧呼哧地坐在床的这一头，看着光娃。光娃想，郑大伯说我是它的小哥，我该让着它，跟它和好。可是怎么才能跟它和好呢？

光娃转着眼珠，忽然想出一个好主意来。他翻身下床，从床头柜里翻找出那支竹子做的口笛，那是阿爸给他做的。阿爸能用他吹出很好听的声音来。光娃拿出笛子，对弯弯说，弯弯，你别生我的气，我给你吹笛子。

光娃就坐在弯弯的对面，努力地吹起笛子来。可光娃吹出来的声音和阿爸吹出来的完全不一样，他吹出来的声音是直愣愣的，而阿爸吹出来的声音是弯弯曲曲的,弯曲得就像村边那条龙泉河一样。

光娃继续努力吹着,他的脸都憋红了,也吹不出阿爸那样的声音。他看见弯弯懒懒地趴下身去,眼里已有些嘲笑的意思了。光娃一急就难过起来,一难过就想阿爸阿妈了,一想阿爸阿妈,眼泪就哗哗哗地流出来了,然后就是呜呜哇哇的哭声。

阿爸阿妈,你们为什么还不来接我呢?我要回家,我要和你们在一起……

弯弯一听见哭声,很不耐烦,就昂起头冲光娃叫了起来。

9

郑老贵老远地还没进屋,就听见了光娃的哭声,还有弯弯的叫声。难道弯弯咬了光娃吗?他急忙三步两步地走进屋,一眼看见光娃正坐在床上那团乱糟糟的被子上抹眼泪,而弯弯则坐在他的对面冲他大叫。他明白了几分,冲上去不由分说地把弯弯拎下了床。

弯弯你这家伙怎么没完没了?!怎么这么欺生?!

郑老贵见光娃那小人儿满脸都是眼泪,有些心疼,就要拿脚去踹弯弯。光娃扑过来拦住了他,不怪它,它没惹我。

郑老贵不解地说,那你哭什么?

光娃像是犯了错误似的细声说,我想阿爸阿妈了。大伯,你什么时候带我去找他们?

郑老贵愣怔了一下,转过头去,出了屋子。

郑老贵想,得和这孩子认真谈谈了。汪村长他们是出于好心,骗他说阿爸阿妈出远门去了,会回来的。那天还当着他说,只要好好听话,郑老贵就会带他去找阿爸阿妈。可这样骗下去何时是头?再说他已经正式领养了光娃，就该让光娃知道，他的亲生父母不在了，他已经做了他的养父。

郑老贵做了一顿自打来到红一连后最认真的一顿饭。除了一锅新米饭外，有红烧鱼、茭白肉丝，还有青菜豆腐汤。光娃呼啦啦就吃光了一碗，郑老贵看着开心，又给他盛了一碗。小人儿还想客气，说已经饱了。可第二碗递到上手，又呼啦啦地吃下去了。

当然，弯弯也没亏着，它啃了一大块肉骨头，还有两个鱼头。郑老贵注意到，光娃还悄悄地从碗里夹了一大块肉给它。光娃去洗碗的时候，郑老贵又教育了弯弯一番，以后他就是咱们家的人了，你不能老欺负他。

弯弯也不知听懂没有，摇了摇尾巴，就到一边儿打瞌睡去了。

郑老贵让光娃搬个小凳坐在自己跟前。光娃听话地坐了过来，但他始终低着头看地。郑老贵叹了口气，摸摸他的头。他想，一定是自己总板着脸，让他害怕了。

郑老贵不知怎么开口说那事，就没话找话地说，光娃，阿爸阿妈喜欢你吗？光娃点点头，小声说，喜欢。你也喜欢他们是不是？光娃又点头，嗯了一声。你还喜欢谁？

光娃想了想，说，我还喜欢村长伯伯，喜欢陈叔，喜欢陶姨，喜欢虎子、豆子，还有妞妞，喜欢……姑姑姑父，还喜欢孙奶奶……

光娃的小眼睛滴溜溜地转着，想一个说一个。郑老贵已经明白了，凡是他认识的人，他都喜欢。这孩子跟直子一样，是个好心肠。

光娃最后说，我也喜欢你。

郑老贵逗他说，你根本不喜欢我，你怕我。

光娃胆怯地看了他一眼，没有否认。但他忽然强调说，我最喜欢的人还是阿爸阿妈。好像他生怕郑老贵不信，马上从地下拣起一根木棍，说，大伯，我告诉你我的心是什么样子吧。

光娃用小棍子在地上画了个长方形，又在中间把长方形分成两半。他指着那个长方形说，好比这是我的心，这一半是爱阿爸阿妈的，这一半是爱其他所有人的，村长伯伯、陈叔、陶姨、虎子、豆子、妞妞，还有姑姑姑父、孙奶奶，反正所有的人都在这里面。你也在这里面。

郑老贵半天说不出话来。过了一会儿，他终于伸出手，把光娃抱到自己的腿上坐着。

光娃，你听着，我要好好跟你说个事。

光娃怯生生地望着他。

郑老贵说，你的阿爸阿妈，他们不在了，没有了。光娃说，我知道，他们出远门去了。郑老贵说，不是，他们没有出远门，他们死了。光娃好像并不吃惊，说，村长伯伯告诉我，死了的意思就是出远门的意思。郑老贵狠了狠心，说，不，死了和出远门不一样，死了就是永远也不会说话了，永远也不会来看你了，永远也不会喊你了，永远不会对你笑了……

郑老贵说着，嗓子就哽咽起来。他又想起了他的直子。

光娃听他说了那么多"永远"，不解地问，永远是什么意思？郑老贵叹息说，永远就是没头的日子，就是一辈子的时间。光娃说，我不怕，愿意等。郑老贵说，永远就是你到死都等不到的日子。光娃说，那我会死吗？郑老贵想了想，点点头，我们都会死的。光娃问，我死了就和他们在一起了吗？郑老贵答非所问地说，但是人是不能随随便便死的。人要活着。为什么？光娃望着他，眼里满是不解，我想和爸爸妈妈在一起。

郑老贵把光娃的小手放进自己的大手掌里，尽量和蔼地说，光娃，我知道你想和阿爸阿妈在一起。可是在你去见阿爸阿妈之前，先跟我一起过好吗？我替他们照顾你，替他们做你的阿爸阿妈。

光娃看着郑老贵，不知道该怎么回答。

郑老贵眼圈发红，他掩饰地站起来，从柜子上拿下一张儿子穿军装的单人照片，擦了擦，递给光娃说：你看，这就是我直子，他也和你阿爸阿妈一样被水淹死了，永远也不回来看我了，我也和你一样没有亲人了……

郑老贵的眼泪终于流下来。

光娃看看照片，又看看郑老贵。他抬起小手给他擦掉眼泪，说，大伯，你不要哭，等我长大了，就和"我直子"一样去当解放军，做你的儿子，好不好？

郑老贵终于把光娃拥进怀里。

这天晚上，郑老贵又忍不住对着儿子的照片说开了，直子，我已经下决心了，要把光娃抚养成人。你救了他，但他是个孤儿，爸来养他，这样咱们做的就是同一件事情了，对不对？

照片上的直子仍是一言不发，坚毅而又疲惫地推着那个大木盆，那是光娃的生命方舟。郑老贵觉得，不用直子回答，他也能明白。他关了灯，几个月来头一回睡得非常踏实安稳。

10

弯弯发现，自从来了这个小人儿，主人对做饭的事认真多了。它猜想他一定是想给那小人儿补营养，瞧他瘦得那个样子，肯定还没有我身上的肉多。

弯弯不反对改善伙食，但看主人什么都替小人儿想，差不多都忽略了它，它就有些不高兴。这小人儿不但占了它的床，还占去了主人对它的关心。原来每天晚上，主人总是和他聊天说话的，现在却只跟那小人儿说了。

弯弯一生气，又把小人儿的衣服从床头柜里衔了出来，更重要的是，它把他那支竹笛咬坏了。这下惹了祸，小人儿咧嘴大哭起来。弯弯不明白这有什么好哭的，又没咬疼他，不过是一支竹子，村里到处都能看见的那种竹子，大不了让主人折一根赔他嘛。可是小人儿哭得十分伤心。主人生气了，就要揍它。弯弯见势不妙，迅速钻到了床下。主人想弯下腰把它拽出来，可他的老腰发硬，蹲不下去。弯弯就有恃无恐地在床下趴着。

后来小人儿睡着了，弯弯才悄悄地从床下爬出来。

小人儿叫光娃。弯弯听见主人这么喊他。不过从光娃的眼神看，他是想和自己友好相处的。有几次他都蹲在它的面前，跟它说话。但弯弯不理他。其实弯弯也想和他玩儿，只是一时还拉不下这个架子。

昨天他们终于成了好朋友。晚上吃饭的时候，光娃又悄悄地把自己碗里的肉夹给了它。弯弯很领情，朝他摇了摇尾巴。光娃就笑起来。后来睡觉的时候，光娃招呼它一起上床。起初它不敢，怕主人骂。后来见主人出门了，光娃又招呼它，它就一摇一晃，有些不好意思地走了过去，然后跃上了床。光娃亲热地搂着它的脖子，和它说了好多话，还给它挠痒。弯弯一下觉得和光娃一起睡比自己单独睡还要舒服呢，于是就挤着睡了一夜。

早上起来也没见主人骂。

早饭后，光娃洗碗，主人一个人背着手朝大陈庄走去。弯弯想起，主人已经好些日子没到大陈庄去了。自从把这个小人儿领回来后，他好像忘了大陈庄似的。弯弯见主人朝大陈庄那个方向走去，忘了叫自己，连忙追了上去，但主人回过身来朝他挥挥手，说，回去，回去！

弯弯只好回转身来。大概主人是想让自己陪着光娃吧。陪就陪，瞧他那胆小样儿，万一生人来了说不定会吓哭呢。

弯弯就蹲在门边看光娃洗碗。看了一会儿就不耐烦了，这小人儿真笨，总共就那么两只碗，半天都洗不好，要是主人洗，早就洗完了。光娃洗完碗，擦擦手，发现屋里就剩他和弯弯了。

光娃就问，郑大伯上哪儿去了？

弯弯朝着主人走的方向叫了两声，也不知光娃听明白没有。

光娃坐在门槛上，摸着弯弯的耳朵说，你想爸爸妈妈吗？弯弯不明白爸爸妈妈是什么，它只觉得光娃摸它的耳朵摸得很舒服，那儿一直很痒。光娃又说，郑大伯说，我的爸爸妈妈永远不会来看我了，你知道永远的意思吗？弯弯不知道，它索性蹲到了光娃的对面，把头拱进光娃怀里，希望两只耳朵都能享受到抠痒痒的福分。光娃好像很懂它，就用两只手为它抠起痒来。

过了一会儿，光娃的手停下来，又问弯弯，你说郑大伯他喜欢我吗？弯弯真想说这你还不明白？当然喜欢。不然他干吗一天到晚都给你做好吃的？弯弯忍不住就叫了两声，光娃以为它还要抠痒，但弯弯跳开了。弯弯觉得光娃已经为它抠了半天的痒，它也该为他做点儿高兴的事了。

弯弯在屋里跑来跑去，还直起身子走路，想逗光娃开心。光娃果然开心地大笑起来。弯弯更来劲儿了，上蹿下跳，一下撞开了主人的柜子，一顶军帽从里面掉了出来。

光娃好奇地捡起来，上面还有帽徽呢。他把帽子戴在自己头上，然后拿下主人放在柜子上的照片，看看镜子里的自己，又看看照片上的人，叹气道，不行，我没有大哥哥那么神气。

弯弯看着光娃那样子，一下明白了：原来这个光娃也和小主人一样想当解放军呀。这还不容易，弯弯钻进柜子，叼出一件军装来。光娃眼睛一亮，马上把军装也穿上了身。可是军装太大了，光娃就像是穿了一件大衣，晃来晃去。光娃看着自己的模样，开心地大笑起来。

这时门突然开了，主人回来了。主人见到屋里的情形，愣了。可光娃还在笑呢。主人冲上前,一把揪住了他,把他提溜到床上,大吼一声,你给我脱了!

光娃吓坏了,嘴一咧,哇的一声哭起来。主人却不由分说,将他身上的军装剥了下来,还大声地数落着什么。

弯弯看不过去了,主人怎么能这样不讲道理呢?光娃没做错什么呀,无非就是穿了件衣服嘛。弯弯就冲着主人叫了起来,主人很恼火,抬脚就要踢它。弯弯跳上床去,躲在了光娃的身后。光娃一边哭,一边还伸手护着弯弯。弯弯看着主人把军装叠起来,把帽子从地上捡起来,重新放进了柜子,还上了锁。看来这些东西对主人很重要。弯弯想,以后再不能碰这些东西了。

光娃不哭了,他看着郑老贵做完这一切,好像也明白了什么。他胆怯地说,大伯,我错了。但郑老贵还是不说话,一个人坐到院子里吸烟去了。光娃也跟着走到院子里,小心翼翼地拿了根凳子塞到郑老贵屁股底下。郑老贵回头看了他一眼,叹口气。看来他已经原谅他了。弯弯跟过去,趴在郑老贵的脚边。

光娃说,大伯,你不想让我当解放军是吗?郑老贵摇头。光娃又说,那是……我现在太小了是吗?郑老贵还是摇头。光娃说,那是……我不该动大人的东西是吗?郑老贵这次没有摇头,只是闷头吸烟。光娃就低头拍拍弯弯的脑袋,说,听见了吗?以后咱们别再随便动大人的东西了。

弯弯摇尾巴。它觉得不是这么回事。以前它也乱翻过主人的东西,从没见主人发过这么大的火。一定还有别的原因。但是连光娃都弄不明白,它就更没法明白了。它有些难过地舔着光娃的手。

后来,郑老贵终于站起来,做饭去了。

11

李旌又到红一连来采访了。

宣传股长跟他说，新闻需要跟踪报道。红一连出了一个爱民模范，已经过去三个月了，你应该再去了解一下，看看在英雄事迹的鼓舞下，连里是否又涌现出新的爱民事迹。

其实股长不说，他也想到红一连看看。自从那次水灾后，他对红一连就有了一种特殊的感情。这也许是因为他在那儿留下了深刻的人生记忆。一个人对一个地方是否有感情，一般来说不取决于他在那儿待的时间长短。可以说大陈庄让他经历了一次心灵的洗礼，他想忘也忘不了。

李旌在路上遇见了去集市买菜的郑老贵。

李旌打招呼说，大伯，干吗去？

郑老贵说，去买点儿肉和鱼。那孩子正长身体，光吃素菜不行。

李旌说，干吗跑那么远去买，到连里食堂去拿一些不就行了？你们一老一少，能吃多少呀？

郑老贵说，不能那样。既然是我收养的儿子，就该我来养。你放心，我养得起的。

虽然郑大伯跟他说话的口气很随和，但李旌始终有些局促。他的那个心理障碍还没有完全消除，他也不知道何时才能消除。

李旌又问，小家伙怎么样？

郑老贵笑道，他呀，能吃着呢。你来看看就知道了。

李旌说，我待会儿就过来看你们。

说实话，他还真想见见那孩子呢。在过去这几个月里，他脑海里时常浮现出那双怯生生的眼睛。那张照片,他仍然没拿去发表,他不想把它当作品。除了挂在红一连的荣誉室外,别处都没有。

李旌一到连里,就跟刘连长说起遇见郑老贵的事。

刘连长说,嗨,这个老汉犟着呢。前些日子我让两个战士给他背些米面去,第二天他又给背回来了。他说他不能沾连里的光,不能给连里添麻烦,不然他就不能安心住下去了。

李旌说,那就按他的意思来吧。

刘连长说,可是我们过意不去呀。他给我们把菜地弄得好好的,鱼苗也看着长大了,他还贴了饲料钱。

李旌说,能不能想些其他方式?

刘连长说,郑大伯刚收养光娃的时候,连里的好多干部战士都挺激动的,当时就争着捐钱。后来我们就这事召开了军人大会,讨论后形成一项决议,今后由我们连来提供光娃的生活费。战士每月捐两块,干部每月捐五块,这样加起来每月有三百来块钱。但这钱被郑老贵拒绝了。他说我有退休金,还有抚恤金。足够了。

李旌在本子上唰唰地记着,后来呢?

刘连长说,后来我就把第一次捐款以郑直的名义存进了银行,我相信总有一天会派上用场的。李旌又问,现在呢?刘连长笑道,你真能刨根问底。告诉你吧,现在已经存进去两笔了。李旌说太好了,真希望我也是红一连的。刘连长说,那你就调来吧。李旌说,还真有这个可能呢。

李旌本想约刘连长他们一起去看光娃,但刘连长工作太多了,指导员探亲了,就他一个连队主官,他走不开。

李旌就一个人去了。

一大早,光娃就起来了。阿妈说,早起床的人会有好运。何况郑大伯每天都起得很早。好多次,光娃起来的时候,郑大伯已经从地里干活回来了。

不过光娃今天早起，是因为心里装着一件事。他打算等郑大伯出门后就来做这件事。

光娃熟练地叠好被子——现在他叠得比原来好多了，虽然还赶不上红一连的解放军叔叔，但郑大伯已经很满意了。然后他就扫地。扫地的时候，弯弯老是捣蛋，跟着扫把转。光娃不生气，一个劲儿咯咯咯地笑。他和弯弯现在已经是好朋友了，每天晚上在一个床上睡觉呢。

直到郑大伯吼住了弯弯，光娃才把地扫干净。

后来他们一家三口就坐下来吃早饭。郑大伯把仅有的一个咸鸭蛋递给了光娃。每次都是这样，郑大伯总是把最好吃的或者最营养的东西给光娃吃。

光娃还是有些怕郑大伯。他总觉得郑大伯有心事，并且这心事和他也有关。前两天他穿了弯弯从柜子里扯出来的军装，郑大伯发了好大的火。真把他吓坏了。到底是为什么呢？光娃想不明白。每天吃过晚饭，郑大伯常常一个人到他们村里去，不带他，也不带弯弯。有一回他和弯弯偷偷跟去了，发现郑大伯并没有进村，只是坐在一个山坡上望着村口的那棵黄果树发呆。光娃知道树下有一个墓碑，里面埋着那位救他的大哥哥。难道郑大伯也认识那个大哥哥吗？

有一回光娃听村里人议论，说他是个命很硬的家伙，把爸爸妈妈还有那个大哥哥都克死了。光娃不懂这话的意思，但他明白这不是好意思。光娃想，会不会是因为这个原因，郑大伯就不喜欢自己呢？可是他为什么又要留下自己当儿子呢？还有，让他当儿子，为什么又不让他叫阿爸呢？

光娃还发现一个秘密，郑大伯每天晚上睡觉前，都要从枕头下面拿出一个相框来看。昨天晚上光娃起来解手时，郑大伯正在那儿看，一见他起来，连忙把相框塞到枕头下面去了。

光娃就想，等哪天郑大伯不在的时候，偷偷拿出来看一眼，上面到底是什么？光娃今天心里装的事，就是这。

吃过早饭，郑大伯说他要到集市上去买菜。光娃搂着弯弯的脖子很懂事地坐在门口说，你去吧，我会好好在家的。

郑大伯就背了个竹篓走了。弯弯觉得今天的光娃有些不对劲儿。

往常主人一出门，他就会和它疯闹，要么趴在地下学它的样子叫，或者学它的样子往前匍匐，要么就丢东西让它去追，或者让它直立。可今天主人走了之后，他好像忘了它似的，马上就钻进屋去了。

弯弯也跟着进了屋子。弯弯看见光娃上了主人的床。放在过去，弯弯早就朝他大叫了。可现在他们是好朋友了。它只是看着他，不明白他想干什么。光娃翻开主人的枕头，从下面拿出一个相框。这个东西弯弯见过，原来主人一直放在柜子上的，自从光娃来到这儿之后，主人就把它藏起来了。弯弯也不知道他为什么要藏，弯弯只知道主人一看那里面的照片就要落泪，把一张老脸弄得湿乎乎的，因为那里面有小主人。小主人永远离开他了。

光娃把相框拿在手上，脸上显出一种吃惊的表情。弯弯也跳上床，凑过头去看，还是那张照片嘛。但弯弯突然有了一个新发现，那上面除了小主人，还有光娃。它以前怎么没发现呢？弯弯忍不住叫了两声，想告诉光娃它的新发现。

光娃好像吓了一跳似的，骨碌一下从床上跳下地，到柜子前拿下另一张照片一起跑到屋外。他在亮晃晃的太阳下面将两张照片翻来覆去地仔细看，还擦了擦眼睛。

弯弯觉得，哪用得着那么仔细地看，那不明摆着是光娃嘛，难道他连自己都不认识了？

光娃的眼神似乎有些紧张。弯弯不明白他怎么了。光娃返身进屋。不知是因为眼睛被太阳光刺激了还是因为紧张，他突然被屋子中间的小板凳绊了一下，跌倒在地，只听啪嚓一声，相框摔碎了。

光娃木怔怔地望着地下的碎玻璃发呆。弯弯着急地冲他大叫，发什么呆？还不赶快捡起来，不然主人回来又该骂你了！可光娃好像没听见似的，他发了一会儿呆，撒腿就往外跑。

弯弯连忙跟了出去。

郑老贵买好菜就匆匆往家走。他惦记着两个小家伙呢。

说心里话，他现在已经越来越喜欢光娃了，这孩子虽然很小，但脾气性格，还有那单纯的笑容，都和他的直子很像。

虽然郑老贵还没让光娃叫他阿爸——那是因为他多少有些不好意思。但每天早上醒来能见到光娃的笑脸，已让他感到生活不再那么沉重了。昨天晚上他和光娃一起坐在院子里说话，天气很好。光娃望着天上的星星，突然合手闭上了小眼睛。他问光娃干什么呢？光娃说，他在向星星许愿。阿妈说，小孩子的愿望要许给星星。他问光娃，那你许的是什么愿呢？光娃说，希望你天天开心。郑老贵听了，忍不住把光娃抱进了怀里。他嘴上说这叫什么愿，但心里还是被感动了，他想，看来自己对光娃还是不够好，还不够亲切。

郑老贵心里拿定主意，从今以后要慢慢改变对光娃的态度，让他和自己亲起来。还有，他要让光娃叫自己阿爸。他们要成为真正的父子。

爬上坡，刚看见自己那小屋的房顶，郑老贵就听见了弯弯的大叫。

怎么回事？这两个小家伙这段时间已经很友好了，怎么又叫起来了呢？郑老贵三步并作两步地朝家里跑去。

院子里没人，小屋的门也大开着。郑老贵一眼看见地下的碎玻璃渣子——他最珍贵的相框摔碎了，两张照片都掉在地下。一定是光娃惹了祸，躲起来了。他连忙出门去找。

郑老贵站在院子里四下张望，顺着弯弯的叫声，他终于发现光娃已爬到了池塘边的一棵树上，样子很危险。

郑老贵的心一下悬起来，可他不敢喊，害怕一喊吓着了光娃。于是他先叫弯弯，弯弯，你叫什么呢？噢，你的光娃哥爬到树上去啦？我看见了看见了，你别叫了。光娃，你上树干吗？发现鸟窝了吗？

光娃两手紧紧地抱着树干，怯生生地望着郑老贵，那眼神让郑老贵想起了照片上的眼睛，他的心里不由得生痛。他尽量随和地说：下来吧，光娃，那树上现在没有鸟窝，要冬天才有。

郑老贵一边说，一边朝光娃靠近。光娃带着哭腔说，我不是掏鸟窝，郑大伯……

郑老贵说，那你上树干吗？

光娃小声说，我做错了……

郑老贵假装吃惊地问，做错什么了？偷吃鸡蛋了？

不是，我把那个东西……打碎了……光娃哭泣道。

哦，你是说那个相框吧？我看见了，没什么大不了的嘛。玻璃的东西，它就是不结实。大伯再重新买一个好了。那能值多少钱。你要是把你自己摔碎了，大伯怎么办……话一说到这儿，郑老贵忽然动了感情，哽咽住了。

光娃还是哭，摇头说，你不喜欢我，因为"我直子"是为了救我才死的，你喜欢"我直子"。

郑老贵愣住了。光娃的话让他感到深深的自责，停了一会儿他说，光娃，那不是你的错。大伯怎么能怪你呢？大哥哥救你是应该的，我是说，我直子救你是应该的。他是解放军呀，对不对？你要是解放军，也会去救小孩儿的，是吗？我直子要是没把你救活，他会很难过的，我也会很难过的……

光娃眼里闪出了亮光，说，你真的不生我的气吗？

郑老贵说，怎么会呢？大伯怎么会生你的气呢？大伯喜欢你。你是个好孩子，快下来吧，下来了大伯给你讲故事。

光娃惊奇地问，你会讲故事了？

郑老贵说，所有的阿爸都会讲故事。你听着：从前有座山，山里有座庙……光娃笑了，说，这个故事我也会，庙里有个老和尚……他一乐，身子忽然一晃，吓得郑老贵连忙伸出双手去接。还好，光娃又稳住了。但郑老贵已觉得双腿发软。在那一刻他意识到，自己离不开光娃了。如果光娃再有个三长两短，他这条老命就别要了。

郑老贵还是沉住气，继续仰头对光娃说，你讲得不对，没有老和尚，你听我讲嘛。不过我讲的时候，你要往下移。

光娃答应了，开始往树下移。郑老贵像只老母鸡一样伸出双臂去接。同时还在继续讲他的故事，他有口无心地说着，庙里有个桶，桶里有个锅，锅里有个碗，碗里有把米……

突然，光娃一脚踩断了一根树枝，整个人掉进了池塘。几乎是一瞬间，郑老贵扑通一声跳进了水里。

弯弯急得大叫起来。

李旌远远地看见郑老贵的小屋大敞着门。他边走边喊郑大伯！没人应，也没听见狗叫。李旌进了屋，发现有些不对劲儿。地下碎着一个相框，他捡起来，发现里面正是他拍的那张照片。为什么会碎在地下？人都上哪儿去了？

忽然，弯弯蹿了进来，一下衔住了他的裤脚，把他往屋外拖。李旌顿时预感到出事了，连忙随着弯弯往门外跑。弯弯一直把他带到池塘边，并且冲着水里大叫。

李旌一下看见了两个人，那是郑大伯和光娃。

李旌脑子里只有一个念头，不能再错了！他飞快地朝池塘边跑去，丢下相机，扑通一声也跳了下去。几乎是同时，焦急万分的弯弯也扑通一声跳了下去。

池塘里，郑老贵一手挟着光娃，一手划着水在往岸边靠，李旌游过去接应他，两个人一起把光娃顶上了岸，郑老贵转回头，将弯弯也顶上了岸。然后他自己一跃上了岸。

郑老贵上得岸来，一句话也不说，揪住光娃的屁股就狠狠打了一巴掌。光娃哇的一声大哭起来。

郑老贵惊魂未定，气咻咻地蹲到了地下。

李旌不知所措地站在一边。他有些心疼光娃，想把他搂进怀里，没想到光娃挣脱掉他的手，泪眼婆娑地往郑老贵的身边靠。他忽然一把搂住了郑老贵的脖子，大声喊道，阿爸，我爱你！

郑老贵愣怔了一下，即把光娃搂进怀里，一时间老泪纵横。

李旌的鼻子一酸，眼睛也湿了。

弯弯见他们一老一少紧紧贴在一起，没有了它的事儿，着急地围着他们前后打转，一阵乱叫。光娃破涕为笑，伸出一只胳膊来搂住了弯弯，稚气地说，弯弯，叫我哥哥，我给你讲故事。

郑老贵笑了。

李旌也笑了。

李旌笑的同时忽然反应过来，竟差点儿忘了自己的本行。他连忙拣起地下的相机对准了郑老贵、光娃和弯弯，他从镜头里意外地发现，他们背后的水和天在此刻竟是同色的，天蓝蓝，水蓝蓝。

咔嚓一声，李旌将这水天一色，永远定格在了镜头里。

后　记

这部小说集收录了我的九个中短篇小说，除《水天一色》较早外，其余八篇都是2017年至2018年两年之内创作的，是名副其实的近作。其中短篇小说《曹德万出门去找爱情》获得了2018年度《人民文学》奖短篇小说奖，中篇小说《卤水点豆腐》获得了第六届《芳草》文学女评委大奖，短篇小说《听一个未亡人讲述》进入了中国小说学会2018年中国短篇小说排行榜。短篇《调整呼吸》先后进入了六个版本"2017年短篇小说年选"。其他，如《失控》《加西亚的石头》等，也先后被《小说月报》《中篇小说选刊》和《2018年军事文学年选》等选刊选本选载，这些在一定程度上体现了文学圈和读者对我短篇小说的认可。

我喜欢写中短篇小说，尤其喜欢写短篇。在题材选择上，我的关注点又比较多地放在了日常生活上，放在了普通人身上。这九个小说里，除了《卤水点豆腐》（我尝试在其中加入了一些科幻元素的创作），其他几篇都是来源于现实生活，甚至是当下生活的。

其实，越贴近现实越不好写，所谓"画鬼容易画人难"。我注意到，有些作家的现实主义作品，追求的是极为真实的描摹，像工笔画一样丝丝缕缕地刻画现实；有的作家则相反，在写作中融入了许多个人情绪，因对现实的愤懑不满，而传达出非理性的倾向。

现实主义并不是写实，这个已成为共识了。但怎样在贴近中保持理性，在理性中追求艺术，在艺术中寻找力量，始终是值得去探索和努力的。我的一点体会是，现实主义不能只停留在追求真实生动上，或者所谓的"接地气"上，真正的有力量的现实主义，是有人文理想人文情怀的现实主义。在我，就是要在作品中注入我的情感、我的立场和我的愿望。

也许有人认为，这样的愿望表达，会不会让小说呈现出一种"不真实"。对此，我想说的是，在进入写作之后，我会认定一种我内心的真实、艺术的真实。关于艺术的真实，每个作家的理解不尽相同，他从生活中提炼出来的，就是他认为的艺术的真实。"生活的真实"大家都知道，能亲眼看到、听到、触摸到。可是要把它变成小说时，已经经过了作家的加工，这个加工的过程其实就是变为"艺术真实"的过程。你的文学修养、文学追求、审美情趣，甚至是你的成长经历，都会影响到"你的"艺术真实。所以，小说不仅是我对生活的设问，还隐含了我对生活的愿望。

我的小说题材的另一个关注点是女性，我喜欢写女性在家庭婚姻爱情中的遭遇和状态，写她们的悲欢离合。作为一位女性作家，作为一个已经体验了六十年女性生活的人，也许我更能体察女性的内心世界、情感世界，更能理解她们的脆弱、敏感和浪漫，也更能欣赏她们的坚韧、勇敢和乐观。平日里我常常和我的一帮女友混在一起，喝茶，聊天，逛街，旅游，分享网购物品，不亦乐乎。同时，我们也经常讨论社会问题，交流对时政的看法。我们也一起参加公益，为需要帮助的人尽微薄之力。无论是和丈夫在一起的，还是离异的，她们都活得很独立，很充实，很有精神追求。大多数中国女性并非如此，而她们的存在让我更加热爱女性。

在我的小说里，一些女性形象并不都是亮色的，比如《调整呼吸》

里的牟芙蓉，比如《百密一疏》里的李美亚，但她们呈现出的充盈而又丰满的状态，让人能看到真实复杂的人性。这个也正是我想追求的。

当然，这本集子里不仅仅是女性故事，也有男人，也有孩子。而且我意外地发现，我竟然写了四个老男人的故事。当然，所谓老男人，是以世俗的眼光来看的，如果用文学的眼光看，他们是不该被岁月定义的，他们曾经是孩子，曾经是青年，曾经是中年，作家的目光应当能穿透岁月，所以当他们走入我笔下时，都带着他们完整的一生。

我还会继续写下去，在创作中丰富自己的岁月。

裘山山

2019年5月9日于成都正好花园

裘山山

祖籍浙江,现居成都。
1976年入伍,1983年毕业于四川师大中文系。
1984年开始发表作品。创作小说、散文。
曾获鲁迅文学奖、中国人民解放军文艺奖、四川省文学奖、冰心散文奖、《小说月报》百花奖、《小说选刊》年度大奖等。

代表作品

长篇小说
《我在天堂等你》
《春草》
散文
《遥远的天堂》
《你看不到的风景》
传记文学
《隆莲法师传》
作品集
《裘山山文集》(七卷)

失　控

出　品　人	续小强	选题策划	刘文飞	责任编辑	刘文飞
复　　　审	陈学清	终　　审	古卫红	印装监制	巩　璠

项目运营　｜　有度文化·刘文飞工作室

投稿邮箱　｜　liuwenfei0223@163.com　　　微信公众号　｜　bywycbs1984

微　　博　｜　http://weibo.com/liuwenfei0223